绵阳师范学院学术著作出版基金资助项目

加拿大文学起源

汤普森开辟的贸易之路

〔加拿大〕艾伦·特威格(Alan Twigg)　著
宋红英　王　霞　高建国　唐小红　译
杨建国　审校

著作权合同登记号　图字:01-2014-3700 号

图书在版编目(CIP)数据

加拿大文学起源:汤普森开辟的贸易之路/(加)特威格(Twigg, A.)著;宋红英等译. —北京:北京大学出版社,2014.7
(文学论丛)
ISBN 978-7-301-24131-8

Ⅰ.加…　Ⅱ.①特…②宋…　Ⅲ.文学史—加拿大　Ⅳ.I711.09

中国版本图书馆 CIP 数据核字(2014)第 072738 号

Originally Published by Ronsdale Press.

书　　　名:加拿大文学起源——汤普森开辟的贸易之路
著作责任者:〔加拿大〕艾伦·特威格(Alan Twigg)　著　宋红英　王　霞
　　　　　　高建国　唐小红　译　杨建国　审校
责 任 编 辑:黄瑞明
标 准 书 号:ISBN 978-7-301-24131-8/I·2745
出 版 发 行:北京大学出版社
地　　　址:北京市海淀区成府路 205 号　100871
网　　　址:http://www.pup.cn　　新浪官方微博:@北京大学出版社
电 子 信 箱:zpup@pup.cn
电　　　话:邮购部 62752015　发行部 62750672　编辑部 62754382
　　　　　　出版部 62754962
印　刷　者:三河市北燕印装有限公司
经　销　者:新华书店
　　　　　　650 毫米×980 毫米　16 开本　14 印张　250 千字
　　　　　　2014 年 7 月第 1 版　2014 年 7 月第 1 次印刷
定　　　价:45.00 元

目　录

前　言

谨以第三卷献给那些记叙过不列颠哥伦比亚的先驱者。而第三卷特以大卫·汤普森命名，原因有二：其一，他完成了亚历山大·麦肯齐与西蒙·弗雷泽都未完成的事业——开辟了联系北美大陆两边的贸易干道；其二，大卫·汤普森亦是他同时期作家中最有造诣的一位。

大卫·汤普森绘制了可信的大半个北美大陆地图。1807 年，他在哥伦比亚河系建立了第一个贸易站。1811 年，他在此度过寒冬，以此来证实哥伦比亚角可以作为从落基山脉通向太平洋的一个有实用价值的海角。

维克托·霍普伍德写道："在接下来的半个世纪，西北公司和哈得孙湾公司先后使用由大卫·汤普森开辟的这条横跨山区的贸易通道。从阿萨巴斯卡山口到太平洋的这条路线非常便捷，作为一条有实用价值的西北通道，它在 20 世纪前给人们带来了生机。"

1994 年杰克·尼斯比特在《河流资源》一书中总结道："他（大卫·汤普森）代言了此地区翻天覆地的变化，他的到来为这个地区的发展揭开了新篇章。"

除纳西莎·怀特曼之外，《汤普森开辟的贸易之路》一书中还描述了其他涉足不列颠哥伦比亚的人。其中很多人沿着汤普森的足迹，穿越落基山脉到太平洋。

而描述的许多作家（唐纳德·麦肯齐、彼得·科尼、罗斯·考克斯、华盛顿·欧文）的资料主要和位于哥伦比亚河入海口附近的阿斯托里亚这个城市密切相关。

西北公司老板威廉·麦吉利夫雷、政治家威廉·格莱斯顿以及詹姆斯·菲茨杰拉德、俄国科学家乔治·海因里希·冯·朗斯多夫以及亚历山大·麦肯齐的堂弟罗德里克都可以在 www.abcbookworld.com 这个网址上搜索到。其中，只有罗斯·考克斯到达过不列颠哥伦比亚。

有关 19 世纪早期传教士加百利·弗朗什尔、莫德斯特·德默斯、弗朗西斯·诺伯特·布朗谢以及皮埃尔·让·德·斯梅特的资料，将会在下一卷中呈现。

在此，我特别感谢大卫·莱斯特设计了本书的架构，感谢出版商罗纳德·哈奇积极促成本书的出版。也特此鸣谢维克托·霍普伍德、布鲁斯·兰姆、凯瑟琳·怀特黑德、在温尼伯的哈得孙湾公司档案馆以及温哥华海事博物馆的协助。历史记录就如同勘探一般，一幅地图能够通往另一幅图。也特别感谢那些历史学家们，他们的著作已经在参考书目部分一一列出。

众所周知，毛皮贸易连通了加拿大东部和大草原。而在落基山脉以西的地方，境况完全不同。1774 年至 1800 年从事海上毛皮贸易那些有名的探险者以及 1850 年以后的殖民攻击，让不列颠哥伦比亚“城堡与毛皮”的历史曾一度蒙上阴影，但也曾因詹姆斯·道格拉斯以及淘金热声名大噪。尽管这半个世纪的历史毫不起眼，但是对于那些想了解不列颠哥伦比亚如何成为政治中心的人来说，依然是有吸引力和重要意义的。

我希望本书能为有兴趣去回溯历史的加拿大人提供一个有趣的概述。《汤普森开辟的贸易之路》是《首批入侵者》一书的姐妹篇，《首批入侵者》着重记录了 1800 年之前西北太平洋的文学和历史。即使没有阅读过前一本《首批入侵者》的读者也会喜欢上此书。

——艾伦·特威格

不列颠哥伦比亚最古老的旗帜

这面旗帜最早在1825年温哥华堡建立的时候升起。1849年，这面旗帜被詹姆斯·道格拉斯带往北方，又在温哥华岛刚成立的维多利亚堡上空飘扬。后来，温哥华堡被重新开发为旅游景区之际，一位加拿大人把这面破烂的哈得孙湾公司旗帜捐赠给华盛顿州克拉克县。

1995年，温哥华海事博物馆的詹姆斯·德尔加多把这面旗帜带到不列颠哥伦比亚，把它作为温哥华海事博物馆哈得孙湾公司展览品之一展出了很短的一段时间。这面8英尺长、5英尺宽的旗帜之前是被折叠着储存在纸箱中，后来用无酸的包装纸卷起来归还给克拉克县历史博物馆。这面旗帜现在依然保存在克拉克县历史博物馆。

从1671年起，Pro Pellem Cutem成为哈得孙湾公司的格言，它不过是“以皮易皮”说法一种恶作剧似的变更而已。而“以皮易皮”的说法是当撒旦和上帝在探讨约伯(Job)有可能被诱惑而犯罪时，撒旦对于工作(Job：约伯)和人类关系的一种评价。作为一种惯例，17世纪的英文座右铭往往有双重含义。或许哈得孙湾公司——这个继西北公司成立的新兴英国公司投资者用一种亵渎神灵的幽默来暗示，他们得需要约伯(Job)的耐心才能赚到钱。

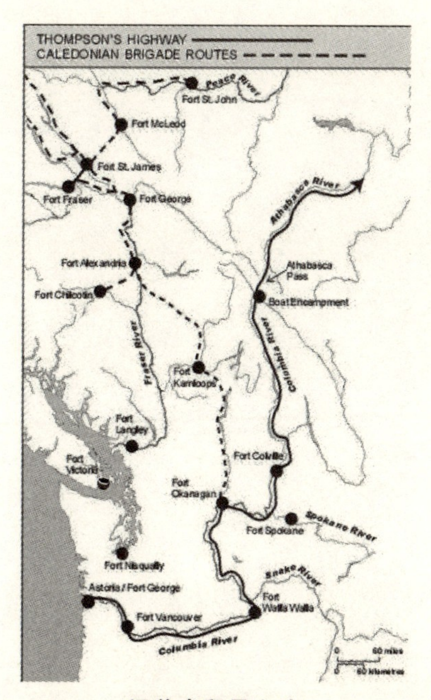

汤普森贸易之路

I 城堡和毛皮贸易

“哥伦比亚河是自然形成的一条沟通太平洋水域的交通路线……大西洋与太平洋水域航道的开通，以及遍布内陆地区、秩序井然的贸易公司的建立，两者日臻发展完善……北美地区毛皮生意所需要的条件已全部具备。”

——亚历山大·麦肯齐在1801年他的论文集《源自蒙特利尔航海记》结尾部分评论道。

不列颠哥伦比亚

1850年，一个一事无成名叫理查德·布兰沙德的英国律师抵达维多利亚堡，宣告了英国殖民政府象征性地对此地开始殖民统治。而整个19世纪上半叶，落基山脉以西的大多数欧洲人仅仅关注建造城堡和经商而已。

继枪支、烈酒和疾病之后，女人和《圣经》才到达此地。这不是一个英雄豪杰的时代，主宰这个时代的是实用主义。但是如果加拿大影视界想去制作一部以1800到1850年期间落基山脉以西的毛皮生意为主题的一鸣惊人的巨片的话，那这部电影肯定会不乏暴力、性以及政治阴谋。

片头字幕会介绍六个主要人物，按照人物出场顺序，分别是：亚历山大·麦肯齐、西蒙·弗雷泽、大卫·汤普森（创建西北公司的探索者们）和乔治·辛普森、约翰·麦克洛克林与詹姆斯·道格拉斯（哈得孙湾公司的管理人员）。当醒目的苏格兰字体字幕——“哥伦比亚”显现的时候，风笛也悠然响起。

就身高与长相来说，安东尼·霍普金斯可能最适合扮演哈得孙湾公司（HBC）的总裁，号称“小皇帝”的乔治·辛普森。他对员工进行性格剖析，俨然就像19世纪版的约翰·埃德加·胡佛一样。

敏感的低能儿约翰尼·德普必须蓄起头发，整成西瓜头型来饰演那个多才、饱受苦难的孤儿——大卫·汤普森，最终要依靠典当他的勘探设备才得以养家糊口的人。

操着浓重苏格兰口音的肖恩·康纳利可能需要一副长的花白胡须来饰演那个“大不列颠哥伦比亚之父”詹姆斯·道格拉斯的导师、威严的“俄勒冈州之父”约翰·麦克洛克林。

流浪艺术家保罗·凯恩、密探亨利·沃尔以及植物学家大卫·道格拉斯将会在他们二十多岁的时候作为人们心中的偶像得到称心如意的特写镜头。

令人遗憾的是，唯一的穿着低开领衣服的女人应属于朴次茅斯一个酒吧女招待。她就是“阿尔比恩的亚麻色头发、碧眼的女儿”——简·巴恩斯小姐，她是加利福尼亚以北北美大陆第一个环航霍恩角的白人妇女。

讲法语的船夫代表人物是朱尔斯·莫里斯·奎斯奈尔，他曾经在西蒙·弗雷泽自命不凡的弗雷泽大峡谷冒险中幸存下来。而就当在美国出生的弗雷泽满怀嫉妒地图谋和亚历山大·麦肯齐一较高低之时，奎斯奈尔可能正坐在篝火旁低声说他那句不朽的名言：“除了痛苦和无聊，其余的一无所有。”

土著人的民族特性会被忽略掉，因为毛皮商人的日志很少会记录单个土著人的事情。而卡里尔领袖夸扣酋长是个例外。他曾经逮住并试图杀死年轻的哈得孙湾公司毛皮商詹姆斯·道格拉斯，因为道格拉斯允许雇员把一个未经审判的凶杀嫌疑犯殴打致死，这个嫌疑犯是一个土著人。道格拉斯因对帝国的杰出贡献而获授爵位。即使当他跪下去迎接授衔的时候，殴打那个土著人可怕的景象可能也一直在他的脑海里萦绕。

新来的人必须学会和土著居民和平共处，否则就会饿死。大卫·汤普森、詹姆斯·道格拉斯与约翰·麦克洛克林都忠诚于他们的混血妻子们——夏洛特、艾米莉亚与玛格丽特（她们一共生了二十五个孩子）——而西蒙·弗雷泽与亚历山大·麦肯齐都没有做到这一点。

亚历山大·麦肯齐被授爵位后，未能获取在西北公司的统治地位。他对其混血后代置之不顾，隐退回苏格兰去享受自己悠闲的男爵生活，在50岁娶了他14岁的堂妹为妻。

字幕是必须要加的，否则观众肯定会被这种经常夹杂着浓厚苏格兰口音，由盖尔语、法语、英语、克里语、拉丁文以及奇努克人的贸易方言组成的奇怪的大杂烩搞的困惑不解、晕头转向。

大卫·汤普森和美国出生的西蒙·弗雷泽非常引人瞩目。除了这两人之外，总的来说，是苏格兰高地人与奥克尼群岛人无意中早在1850年以前建立了加拿大最西的省份。这些以家族为中心的苏格兰人，他们散居在落基山脉以西的地方，逐渐繁荣兴盛，抵御了美国对北纬49度以北地区的入侵。他们发展了出口型经济，出版了自己的刊物，并与同样以家族部落为中心的当地土著人形成了一种互惠互利关系。

为什么是苏格兰人？

某种程度上，由于苏格兰高地的贫困、英国人的傲慢以及苏格兰启蒙运动(1740—1800)，早在1850年之前，苏格兰人就在不列颠哥伦比亚地区繁衍生息。苏格兰启蒙运动是一个知识暴发时期，产生了例如大卫·休姆、亚当·斯密以及詹姆斯·赫顿等杰出人物。(休姆是道德哲学家，曾经写过《论人的本质》；斯密是经济学家，曾经写过《国富论》；赫顿是地质学家，曾经写过《地球理论》)。

包括罗比·伯恩斯在内的这些人，都是宗教哲学家约翰·诺克斯(1515—1572)所设想的一种独特公众教育制度产生的奇葩。为了让所有人都能够阅读《圣经》，诺克斯想把学校教育引进每一个教区。课程对于这些草根下民都不是免费的，但是父母们可以用各种各样的物品来支付这种教育花费。教师的薪水由当地税收支付。罗比·伯恩斯的母亲是一个家庭主妇，父亲是一个贫穷的佃户。他因此而炫耀说："尽管我给老师付出了一些东西，我却成了一个著名英国学者。"

苏格兰引入了一种二级"文法学校"(主要教授拉丁文与语法)和三级大学水平或者"大学预科"。苏格兰这种完全包容的教育体制是加拿大教育体制的基础。它资助非常有天赋的学生去苏格兰名牌大学就读：圣安德鲁斯大学(1411年建立)、格拉斯哥大学(1451年)、国王学院、阿伯丁大学(1495年)、爱丁堡大学(1583年)与马歇尔学院(1593年)。

1800年，苏格兰启蒙运动达到鼎盛。据说，那时站在爱丁堡的集市广场上,一个人可以在一小时之内同 50 个天才握手。甚至连苏格兰高地那些偏远地区的人都有机会阅读书籍和接受教育,这些成就部分归功于苏格兰基督教知识协会(SSPCK)的努力。

据说,在 1750 年到 1850 年期间,苏格兰的大学培养出了一万名医生,而牛津大学和剑桥大学只培养出 500 名。有人认为,在学术方面,只有犹太人才可以与之媲美。

伏尔泰写道,"我们要依靠苏格兰人来获得我们的文明。"

英格兰以北的种种社会进步让伦敦当局忧心忡忡。卡洛登战役之后,获胜的英格兰在一些苏格兰领主同谋帮助下,颁布了一系列苛刻条款,被称之为剥夺法律保护条令与清理条例,包括禁止风笛、没收财产等等。

苏格兰再次成为英格兰"锁链和奴役"政策受害者,而这次苏格兰遭遇了饥荒,加上前所未有的人口膨胀,这使它本来就几乎陷于瘫痪的经济雪上加霜。此时,英格兰对苏格兰从制度上压迫近乎达到斩尽杀绝的地步。

如上这些新情况可以解释,为什么贫穷、有文化的苏格兰人,诸如亚历山大·麦肯齐以及罗伯特·坎贝尔，他们都渴望在加拿大内陆贸易地区一展拳脚，展示自己的生存技能。这个新世界不会比苏格兰更糟。

苏格兰的没落恰恰让哈得孙湾公司获益。这些所谓的吃燕麦的野蛮人能忍受这些残暴的加拿大赢家们带给他们的贫穷，心甘情愿为低廉的工资卖命。

燕麦野人这个贬义字眼源自于塞缪尔·约翰逊对于苏格兰人众多的嘲讽。还有在他那本著名词典中厚颜无耻地把燕麦解释为："一种谷物，在英格兰通常用来喂马，但是在苏格兰，却是一种人吃的食物。"约翰逊传记作者——苏格兰出生的詹姆斯·鲍斯威尔反诘道，"那就是为什么英格兰以马匹出名，而苏格兰以其人民而出名的原因。"

早在横渡大西洋之前，哈得孙湾公司驶往加拿大的船只就停靠在奥克内群岛或者是赫不里德群岛。这个可敬的公司就在斯特罗姆内斯（奥克内群岛）和斯托诺韦/斯特尔纳巴格（外海路易斯岛）建立了贸易站。

1819年亚历山大·麦肯齐写给在劫难逃的北极探险家约翰·富兰克林中尉的信中建议道，"在你的船员中，应该有两位哈得孙湾公司的老员工，如果可能，他们最好是奥克内岛当地人。"

苏格兰任何一个地区离海都不超过50英里，因此很多苏格兰人天生就是好水手。生性节俭而且必须节俭的苏格兰人，他们也天生是称职的职员。他们不仅攻于算术，更擅长划船。可以把满载货物的独木舟从魁北克到大不列颠哥伦比亚划个来回。在19世纪最初五年中，至少有六千苏格兰人来到北美。

这场逃离饥荒而迁移的结果直接就在东部加拿大形成了一个省份，叫做新斯科舍省。在那里，有时依然可以听到盖尔语。而一个鲜为人知的结果是，在落基山脉以西地区，从圣弗朗西斯科至阿拉斯加形成了一个由城堡和贸易站组成的网状体系。很多城堡都建于1850之前。而大概有三分之一的城堡都是在当今不列颠哥伦比亚腹地，一个通常被称为新喀里多尼亚（意为新苏格兰）的土地上修建的。

新喀里多尼亚

“就美好生活而言，这些新喀里多尼亚人的境况绝不会令人嫉妒。”——乔治·辛普森

“……这个可憎的乡村”——约翰·托德，在麦克劳德莱克

“……贫穷与苦难之地”——阿奇博尔德·麦克唐纳

新喀里多尼亚，被认为是毛皮贸易的西伯利亚，它从凯里布/契尔卡登到育空以外大部分地区都没有在地图上标示。西北公司老板威廉·麦吉利夫雷的混血儿子——约瑟夫·麦吉利夫雷写道：“这个区域从北纬51度30分一直延伸到北纬56度。”“它最西为西经124度10分，主要贸易站是亚历山德里亚，因著名旅行家亚历山大·麦肯齐爵士而得名。”

那些不幸被困在新喀里多尼亚的毛皮贸易商都称自己为流亡者。数十个孤独、有文化和经常陷于绝望的人聚在一起，他们在落基山脉以西建造并经营着贸易站，他们代表着加拿大，尤其是新喀里多尼亚地区一种坚韧不拔的精神。

詹姆斯·R.吉布森曾被派驻到新喀里多尼亚，在其《俄勒冈地区的生命线》一书中，他记录了那里的艰难处境：生活极其孤寂，饮食单调乏味，疾病使人衰弱，工作令人厌烦，人们死于意外或者谋杀。

一种使人衰弱的疾病——“奇努克热病”在新喀里多尼亚传播开来，尽管在统计数字上不能判断这种疾病在新喀里多尼亚是否更加肆虐，但是，许多商人认为这是实情。

如果像1811年、1820年、1823年以及1828年一样，鲑鱼迁徙时间退后或者鲑鱼数量减少，这种栅栏里的生活将会如地狱般悲惨。酗酒和黑

蝇肆虐情况也远远高于沿海地区。

乔治·辛普森到达麦克劳德莱克地区之时，他写道，约翰·托德和两个雇员正忍饥挨饿，“数周以来仅以浆果充饥”。他们“脸色非常苍白、憔悴，我几乎没有认出他们来”。

约翰·沃克哀叹这种“永恒的孤独”与“在新喀多尼亚的极度饥饿与寂寞”。弗兰克·埃玛廷格痛恨那种“该死的三文鱼干带来的苦难”，最开始据说它有通便作用。

更糟糕的是，作为一种惩罚，一些罪犯与行为怪异之人往往被送往新喀里多尼亚。首席代理商康诺利请求道：“即使我们中间没这些人，只是户外盗贼就够我们防范的了。”

约翰·托德在他的记事本中写道：“新喀里多尼亚在当时被视作另外一个澳大利亚的植物学湾[罪犯流放地]，人们担心自己会被送到那儿。”

早在1806年，西北公司就决定给派往新喀里多尼亚的人更加充足的物资。1827年，辛普森总裁被迫给在新喀里多尼亚地区的雇员发高薪。据1824年首席代理商康诺利说：“不满情绪日益增长，无法说服任何一个合同期满的雇员续签合同。”

尽管从事海运的毛皮商人可以选择去三明治群岛（夏威夷岛）越冬，内陆地区的毛皮经销商却无所依靠，只能就地挨过一个个饥寒交迫、可怕的夜晚。这个地区偏远落后，被圣·德米尔传道士描述为“一个气候多变、贫瘠的地区”。尽管如此，在这里，这些排他的苏格兰人依然能够和排他的土著居民共存，甚至达到一种和平共处状态。

这些被送往新喀里多尼亚的人往往被一种自我发展的动机激励——海上霸权主义——他们所拥有的坚忍不拔与探险的精神，他们坚持与开拓的手腕，他们的适应性和遭遇的磨难以及他们的经历，卓越非凡。

此地地势险恶，这让西蒙·弗雷泽想起他母亲对于苏格兰的描述，他给此地命名为新喀里多尼亚。乔治·辛普森经常把此地称为西喀里多尼亚。

1858年，维多利亚女王给落基山脉以西的这片新殖民地命名时，她认真考虑了弗雷泽给这个地区的命名。要不是因为已经有两个地方都以新喀里多尼亚为名，新喀里多尼亚这个字眼可能依然标注在如今的地图上。

给不列颠哥伦比亚命名时的青年维多利亚女王

追溯到17世纪之前，巧舌如簧的斯特林伯爵威廉姆·亚历山大说服苏格兰国王詹姆斯六世(亦称为英格兰詹姆斯一世，他下令翻译的圣经钦定版)使新苏格兰能与新法国、新英格兰相提并论。

尽管阿卡迪亚是法国的殖民地，詹姆斯国王不予理会，他把当今许多大西洋沿岸省份以及盖斯佩半岛授予斯特林伯爵。在1624年一个名为《鼓励殖民地》的小册子中，斯特林把新斯科舍省划分为两个省份：亚历山大与(新)喀里多尼亚。

另外一个新喀里多尼亚名字也是由一个苏格兰人的儿子命名。1774年，詹姆斯·库克擅自决定，那个位于南太平洋、在澳大利亚与斐济之间的小岛应该被命名为新喀里多尼亚。

因此，维多利亚女王拒绝了第三个新喀里多尼亚的命名。相反，为了显示她的帝国对于北纬49度以北地区的控制权，她把最喜欢的形容词“不列颠的”与南部主贸易地区相结合得出一个新名字。

哥伦比亚地区的名字源自于那条担任主要贸易通道的河流——哥伦比亚河。而那条河流又是因美国海军上尉罗伯特·格雷那条叫做“哥伦比亚复兴号”的船得名。

因此，不列颠哥伦比亚名字起源既具有美国特色，也具有英国特色。

商业、性与暴力

1800年之后,从事太平洋毛皮贸易的苏格兰人、法裔加拿大人大多受雇于西北公司、哈得孙湾公司以及规模比较小的太平洋毛皮公司(PFC)。

愤世嫉俗者很久以来就在建议首字母HBC应该是“Here Before Christ(始于公元前)”的缩写。因为这个自主管理的HBC在1670年获得了查理二世授予的毛皮生意特许执照。尽管从18世纪70年代起,西北公司就被称为合作伙伴的股东开始管理经营着,但它正式成立公司是在1799年。至1799年,西北公司已经拥有115个贸易站,一千多雇员。

哈得孙湾公司鼓励雇员迎娶“乡下女人”来巩固这种贸易关系,然而正是这些西方人自己打破了这种维系下来的忠诚。

总部设在蒙特利尔的新兴西北公司允许发挥个人首创精神,而哈得孙湾公司吝啬、官僚气十足。

据一些历史学家分析,这种高度模式化的哈得孙湾公司与适应性比较强的西北公司之间的竞争非常残酷,甚至达到两败俱伤的程度。因为有升职机会的激励,西北公司的经销商勘探了比他们对手哈得孙湾公司更多的贸易领域,在西部地区的萨斯喀彻温省获得了主动权。

西北公司的西蒙·麦克塔维什

裙带关系在两个公司都很盛行。哈得孙湾公司是由来自伦敦的英国人把持着，而西北公司内部关系更加复杂，明显是在拉帮结派。西北公司以西蒙·麦克塔维什为领头人的蒙特利尔代理商们，每个夏天都和他们冬季的贸易伙伴在西北公司驻苏必利尔湖总部会晤，起初是在大波蒂奇，后来是在威廉堡，讨论经营管理问题，之后就畅饮狂欢、烂醉如泥。

昙花一现的太平洋毛皮公司是美国毛皮公司一个分支机构，它由一位德国屠夫的儿子——约翰·雅各·阿斯特经营管理。他成为美国第一个百万富翁，在“泰坦尼克”号船上遇难。

1811 年，在托马斯·杰斐逊帮助下，约翰·雅各·阿斯特的太平洋毛皮公司建立了阿斯托里亚堡，它是落基山脉以西美国拥有的第一个永久性边界贸易站。

阿斯托里亚堡坐落于哥伦比亚河入海口，在 1813 年被西北公司合并。即使在蒸汽船“比弗”号面世之后，对哥伦比亚河流具有控制权的公司依然有效控制着整个毛皮贸易。

1821 年，西北公司转而合并到哈得孙湾公司。根据哈马尔·福斯特在《不列颠哥伦比亚研究》中所陈述，哈得孙湾公司这个庞大组织代表着一些原则，而这些为美国人所不齿，“它是英国式的、垄断的、不民主的、独裁的、由在外业主所有。”

鉴于哈得孙湾公司的组织影响力以及悠久历史，极易认为土著人容易被公司操纵和剥削——但事实上，情况刚好相反。尤其是落基山脉以西的土著居民，他们提的条件更加苛刻，更加难以安抚。这些落基山脉以西的土著人，已经是经验老到的贸易者。他们借用美国商船和北方俄国城堡提供的具有竞争力的价格来进行讨价还价。

新来的人必须依赖土著人获得食物、毛皮以及女人，这些让他们陷入不利境地。这些不速之客尽管装备精良，但是他们孤寂的生活让人怜悯。要不是依靠土著、混血伴侣的渔猎技能，西北公司与哈得孙湾公司许多毛皮商人都免不了要忍饥挨饿。

这些土著人，热衷于贸易和提供中介服务，他们迁移整个村落靠近这些新建的木寨区，那是他们的超级商店。无疑烈酒是影响他们迁移的一个重要诱因，但这些土著人可不会在贸易方面上当受骗。日志条录显示这些土著人非常擅长以智取胜，并且总是从白人那里偷学到许多东西。

土著居民往往拿着旱獭皮冒充海獭皮。“当一张毛皮因为尺寸不达标或者质量有瑕疵而被拒收的时候，”乔治·辛普森写道，“他们马上就会根据不同的情况来处理毛皮，要么扩展尺寸，要么着色，要么压平剪齐，然后换一个人当作一张新毛皮呈上，再去接受买家鉴定。”

尽管在很多地区要严格地把不列颠哥伦比亚历史修订为一种剥削范式，仍然有很多证据表明，毛皮经销商和当地土著人之间广泛的合作，往往是自愿的，甚至是热诚的。

“当然，这些从事贸易的印第安人依赖公司获得欧洲货物，”历史学家罗宾·费希尔写道，“但是，公司依靠印第安人仅仅为获得皮毛。”

大多数土著人是自愿而不是被迫把食物与知识分享给那些白人。由于土著人有超强野外生存技能，流动性强，而且人口数量占绝对优势，一开始，他们没有特别感觉到来自白人的威胁。直到19世纪下半叶，白人移民开始大量涌入，土著人才明显感受到来自白人的威胁。

历史学家巴里·古夫指出，“这是狩猎生活方式与农耕定居生活方式的较量，最终，定居生活方式占了上风。”

定居占上风很大程度上得益于疾病蔓延。发生在华盛顿州的罪恶昭彰的惠特曼大屠杀仅仅是大量白人移民所带来的一系列不良后果的一种反应。用1848年彼得·斯基恩·奥格登的话来说，“他们愉快的行程伴随着麻疹、痢疾以及斑疹伤寒。”1850 年之前，受双方各自利益驱使，很多土著人和毛皮贸易商之间处于平衡态势。

除了著名的约翰·麦克洛克林经常给白人移民提供人道主义援助以外，哈得孙湾公司大多数雇员都不主张白人进行殖民开拓，因为那不利于商业发展。然而，渴求土地的白人殖民者对于土著邻居的安宁漠不关心，后来哈得孙湾公司毛皮商人在 19 世纪 30 年代才为土著居民实施了广泛接种天花疫苗的工程。

陆地上的毛皮商人，用罗宾·费希尔的话来说，“他们用相当大的投资和获取的利润完整地保留了印第安人大部分生活方式。”

苏格兰人的日志经常对印第安人屡屡遭受美国毛皮商与俄国毛皮商不公正待遇进行谴责。乔治·辛普森憎恨土著人从事奴隶贸易。禁止他的雇员从事这一行当，尽管他知道在西北太平洋地区的对手正从中谋利。

“我们是商人，”麦克洛克林在 1843 年声称，“除去更多升职动机之外，所有商人都渴望攫取利润。对于我们生意经营而言，与印第安人友好相处更能挣钱，这难道不是显而易见的吗?”

那种普遍认为毛皮商娶“乡下女人”完全是为了性满足的观点也需要重新审视。自亚历山大·麦肯齐之后，跨越落基山脉的毛皮商人知道土著、混血女人是必不可少的。她们能帮助他们减少孤独、打破语言障碍、维系和当地人的关系，更不用提她们非凡的制鞋技艺，她们可以造出适合长途跋涉的鞋子。

1786 年束手无策的亚历山大·麦肯齐写道:“城堡里没有人为我做雪地鞋;没有这东西，我不知道该怎么办。看到了吧，这就是没有老婆的下场。”

不管它是一场正式的婚姻还是一种恣情纵欲，正如马尔科姆·罗斯所说的那样——“女人的交易”非常广泛。但是这些交易，用郝恩的话说，是被用来确保维系友谊最有力的方式，当然它们同样也是一种淫荡放纵。

意识到商业的和谐很大程度上依赖于家庭和谐。1824 年哈得孙湾公司北部地区理事会通过一项法令，规定员工如果离婚，必须要确保向他们的乡下老婆支付足够经济补偿。

落基山脉以西的这些毛皮商人中，能够做到和他们的乡下女人结婚并在遗嘱中给她们留下遗产的人包括:詹姆斯·道格拉斯、约翰·麦克洛克林、大卫·汤普森、约翰·托德、阿奇博尔德·麦克唐纳、丹尼尔·哈蒙、亚历山大·罗斯、彼得·斯基恩·奥格登以及威廉·麦克尼尔。

能够带着他们的乡下女人一同到东部加拿大生活的西北商人有：威廉·莫里森、詹姆斯·休斯、亚历山大·弗雷泽以及威廉·康诺利。

尽管有时乡下女人及其子女被当做拖累而遭抛弃，或者她们被安排转让给其他男人，但如果认为所有的乡下女人都是奴隶身份也是不当的。

如果毛皮商的日记是可靠指标的话——鉴于当时自我反省制度盛行，也不能完全相信那些日志——许多跨文化联姻是非常和谐的。显然，不乏很多土著女人喜欢城堡中相对舒适、彬彬有礼与歌舞升平的生活，厌弃了在自己的土地上靠艰难的游牧为生的日子。

最终，当越来越多的英国女士前往加拿大以及西海岸，对于娶乡下女人为妻的认可才逐渐衰退。这种认可是受到乔治·辛普森婚姻的影响。他是一位出名的浪荡子，1830 年，他迎娶了年仅 18 岁的堂妹。

詹姆斯·道格拉斯是欧裔与黑人混血儿，母亲是克利奥尔人，父亲是苏格兰人。在 1840 年，他讥讽地总结为："这个国家的生活方式正经历着一种奇怪的变革，印第安妻子曾经一度是时尚，后来混血女人替代了她们；现在，在这片枯燥乏味之地，又有了让我们渴望与惦念的外来女人，她们来自于英国、温柔可爱。"

真诚的爱情之路与毛皮贸易之路总不是一帆风顺的，但是许多联姻为贸易铺平了道路。罗宾·费希尔说道："没有出现大规模攻击城堡的事情，落基山脉以西陆地上毛皮贸易的历史很不寻常。"

这很有价值的评价忽略了 1833 年对麦克洛克林堡的攻击，1846 年约翰·托德阻止了前往攻击汤普森河港口的军队以及其他两次围攻（一次在库特奈山庄，另一次是在维多利亚堡）。

除此之外，还有几场大屠杀：

1794 年，卡姆什瓦酋长以及海达族人对美国一艘名为"决心"号帆船上的船员进行了大屠杀，只有一人幸免。

1803 年，土著人在友爱湾以北屠戮了"波士顿"号船上所有船员，只有两人幸免。

1806 年，土著人在米尔班克湾屠杀了"阿塔瓦尔帕"号船上所有人员。

1811 年,在克拉阔特湾,土著人屠杀了“唐奎因”号船上的人,只有一个船员幸免于难。

1823 年,在比顿里弗河口入海口一个小贸易站,比弗的印第安人谋杀了圣约翰公司的经营者。

1852 年,基尔卡特的武士洗劫了塞尔扣克堡。

在落基山脉以西,暴力非常普遍,但是大多事出有因。

屠杀“波士顿”号船员是为了报复先前去过努特卡的欧美商人带来的杀戮,以及他们严重侮辱马基拉人人格。同样的,索恩船长始终举止傲慢、鲁莽,在当众羞辱了当地酋长之后,约翰·雅各布·阿斯特的“唐奎因”旗舰上 23 个船员以及船长被杀死。素来好斗的毛皮商人塞缪尔·布莱克在坎卢普斯同一个妇女争执之后,也遭受了致命的应得惩罚。在乔治堡,因两个毛皮商涉嫌性侵犯,被杀死在床上。

由白人撰写的历史试图忽略或者抹杀入侵者所犯下的野蛮残暴行为。报刊上有关这些报道充其量是肤浅的,但是,如果胆敢拐骗被认定属于毛皮商的女人的土著人将会被割去双耳。

在温哥华堡,一个奇努克男子身着女人服装,登上了停泊在附近的船只,献身给那些水手。这个变态者被带到梅雷迪思·盖尔德纳医生医务室,这个医生帮着船员阉割了他。

通常而言,当大家提到白人所犯下的谋杀事件时总是缄默不语、讳莫如深。赫伯特·比弗牧师于温哥华堡任职期间及之后,打破这种潜规则。他报道了发生在哥伦比亚地区的残暴行为,多半是关于彼得·斯基恩·奥格登领导的蛇河探险队,它是由哈得孙湾公司批准的一种无法无天的撒野行为。

比弗写道:“一把刀引起了争论,这群人杀了一个印第安人,伤了一个,伤的那个应该是重伤,还把一个孩子扔到火里,但后来,这把刀还是在这群人其中一个身上找到的。而一年前,他们把四名印第安人当作偷马贼处死,这件事或许能为残暴行为找个借口,但是之后他们又惨无人道地杀了十个或是十二个印第安人并纵火烧毁他们的村庄。印第安人长期生活在这群人的梦魇之中,不能从山寨进到平原地区,也不能找回他们曾经的生活方式。难道这些事情不需要调查与干涉吗?”

据说,彼得·斯基恩·奥格登自告奋勇要去消灭蛇国所有土著男性。

但是，至少在理论上，有人建议西北公司与哈得孙湾公司的毛皮商人不要用这种一网打尽的报复手段来回应那些所谓的敌人。他们这种作法根本不能获得最大利益。

“在我们和当地人打交道过程中，”詹姆斯·道格拉斯写道，“我们始终本着的原则是，让整个部落为个人行为负责既不明智也不公平。”

休伯特·豪·班克罗夫

然而，审判和处决土著人是非常简单的事情。研究圣·弗朗西斯科的历史学家休伯特·豪·班克罗夫特曾非常睿智地指出：“我们把正义的形式或者说没有形式的正义当成由毛皮公司代理商和贸易商来伸张的。我们必须承认，尽管正义重要且影响深远，但是到目前为止，尤其是对那些瘦骨嶙峋、衣衫褴褛的人而言，它难以让人满意。正义体现在驼鹿皮上的要比体现在貂皮上的多。”

1828 年，詹姆斯·道格拉斯草率地惩处了一个谋杀嫌疑犯，激起了夸扣酋长所领导的卡里尔人民强烈的愤恨。为了自己的安全，道格拉斯和妻子一起不得不搬出新喀里多尼亚。

为确保贸易网迂回至哈得孙湾以及蒙特利尔，落基山脉以西的毛皮经销商必须异常谨慎、刚毅，遭受挑衅的时候保持冷静，必要时要做出妥协，还得有文学天赋，体格健壮且可以忍受长时期孤寂。

难怪西北公司座右铭被精炼为一个词——毅力。

阿斯托里亚 & 维多利亚

在21世纪，人们否认或者不赞同不列颠哥伦比亚与俄勒冈地区有政治上的联系。但是，在19世纪早期，这些地区——新喀里多尼亚与哥伦比亚特区——如孪生子般发展壮大。

建于1811年的阿斯托里亚堡是哥伦比亚河口第一个永久性城堡，也是在当今不列颠哥伦比亚地区第一个重要的欧洲人定居点——维多利亚堡的前身，建于1843年。

要不是因为那个英国海军上校，加拿大仍然可以保留对于哥伦比亚河流北部地区的政治控制权。他是在西北公司实施销售代理制后被任命的，是一个自命不凡的家伙。他威胁阿斯托里亚民众说，一艘英国战舰正在逼近这个地方。他很强硬的指令太平洋毛皮公司雇员在1813年卖掉阿斯托里亚堡。

威廉·布莱克上校乘“浣熊”号抵达之时，他一本正经小题大做一番，举行英国国旗的升旗仪式——仿佛真的赢得了一场军事胜利——他把阿斯托里亚堡改名为乔治堡，并在日记中记载道，他征服了阿斯托里亚地区。

不久之后，当英美在1814年签署《根特条约》结束英美1812年战争之时双方规定互相归还战争中侵占的领土。后来，美国人因此争辩道，阿斯托里亚堡应该交还给美国。因为在1813年，“浣熊”号的上校曾声称那是一次军事胜利。很多阿斯托里亚人以及西北公司人保存的日记中，都记录着布莱克这种骄傲自大行为。

英国没有考虑到要在世界的另一端建立贸易站，它放弃了对乔治堡的管辖——尽管事实上，乔治堡不过从一个私有堡被另外一个私有公司购买而已——之后的1818年10月，英美专员在乔治堡的英国“布洛索姆”号船上签订了协议。

美国“安大略”号船早在两个月前就抵达哥伦比亚河并宣称河流两岸的土地归属美国。美国国旗升起，“布洛索姆”号礼炮齐鸣，宣告了对阿斯托里亚地区所有权的交接替换。这是确保美国对俄勒冈地区漫长控制过程中的第一步。

一段“共同占有”时期开始。鉴于哥伦比亚河依然是毛皮贸易的主要干道,1825 年,约翰・麦克洛克林经营的哈得孙湾公司把总部迁往上游地区的温哥华堡。

麦克洛克林和他的助手詹姆斯・道格拉斯都将证明他们自己是有抱负的商业天才,而不是政治家。他们在政治方面的声望与其说是处心积虑得到的不如说是命中注定的。他们的价值观与所受的教育从根本上体现了苏格兰习俗与风俗。

温哥华堡一直是落基山脉以西地区毛皮贸易的中心。直到 1843 年,哈得孙湾公司才退出温哥华堡,另外修建维多利亚堡。

在詹姆斯・道格拉斯为维多利亚堡选址七年之后(如图所示),英国殖民当局正式抵达温哥华堡。

在整个 19 世纪，在苏格兰出生的毛皮贸易商和他们的儿女们(如上图所示)以及土著妻子们一起在不列颠哥伦比亚地区。

II 著名人物

它是一个残酷无情的行业。

——巴里・M. 戈夫(历史学家)

哈得孙湾公司绝对不是一个好的法人实体,这种说法近乎是异端邪说。(除非你是本地人,只有在这种情况下,才会给人们带来福音。)

——肯尼思・S. 科茨(历史学家)

不列颠哥伦比亚属于英国的而不是美国或者俄国的,很大程度上取决于一小批毛皮贸易商以及由他们所代表的资本家。

——约翰・S. 加尔布雷思(历史学家)

六位出类拔萃的人物

亚历山大・麦肯齐

“如果我们能摒弃诸如他是个高贵的探险家之类赞美的废话,麦肯齐是想狠赚一大笔,然后像康拉德・布莱克一样回到英国,像绅士一样生活。”

——布赖恩・福西特(社会批评家 & 小说家)

“北方的辛巴达。”

——巴里・戈夫(历史学家)

有时,亚历山大・麦肯齐被称为“无冕之王”。1793 年,他横越大陆、长途跋涉到不列颠哥伦比亚海岸的贝拉库拉河口,他的勘探也至此终结。尽管没如他所愿找到通往太平洋的毛皮贸易通道,但是麦肯齐从阿萨巴斯卡出发，对北冰洋以及太平洋的两次勘探是落基山脉以西地区彻底变革的一个支点。

1801 年，亚历山大・麦肯齐的《来自蒙特利尔的航程》得以出版，通过对他书呆子气十足的堂兄—罗德里克・麦肯齐的故事，叙述了那段名不见经传的毛皮贸易经历。它标志着随着海运为基础的海獭贸易的衰落，以及不列颠哥伦比亚地区跨大陆毛皮生意的兴起。

1762 年，亚历山大・麦肯齐出生在苏格兰外赫布里底群岛路易斯岛上斯托诺韦的拉斯肯特尔庄园，并在附近的梅尔波斯特农场接受了良好教育。这个靠海的农场是封赏给他父亲的。他的父亲是显赫的麦肯齐家族的军事领袖，非常忠诚。亚历山大・麦肯齐的父亲与祖父都曾在军事上辅佐苏格兰执政领主。尽管麦肯齐家族接受过良好教育，但是随着苏格兰的地主要求用租金来代替忠诚，也开始变得家道中落、穷途末路。

1774 年，21 岁的亚历山大・麦肯齐和两个姑姑一起乘坐“和平 & 繁荣”号船离开斯托诺韦前往纽约。他可以讲英语与盖尔语，与生俱来就非常自信。他的传记作家罗伊・丹尼尔斯描述道，他还有“路易斯岛人自力更生”的能力，并兼有苏格兰传统的谨慎和远见以及“斯托诺韦人的贸易天赋”。他体格健硕、目空一切、举止神秘、易于消沉、博览群书并喜好争论，是个天生的领袖。

麦肯齐鳏居的父亲肯尼斯・麦肯齐在他儿子之后或者之前也移民来到美国。之后，肯尼斯・麦肯齐和弟弟约翰・麦肯齐应募入伍，成为纽约英王皇家军队中的中尉，开始了他们的军旅生涯，并在美国独立战争中，积极为英国而战。1780 年 5 月 7 日，肯尼斯・麦肯齐在靠近金斯顿的安大略湖地区的卡尔顿岛上去世，可能死于坏血病。

在纽约莫霍克山谷生活了几年之后，亚历山大・麦肯齐被带到相对安全的蒙特利尔和姑妈一起生活，在那里，他接受了短暂的学校教育。1779 年，他到蒙特利尔不久，就受雇于一个新兴的毛皮贸易公司。这家公司是由格雷戈里・麦克劳德创建的，命名为“芬莱、麦克劳德与康帕尼”。它是一个经营方式非常松散的财团，后来发展成众所周知的西北公司。

年轻的麦肯齐给上司的印象不错，被派往底特律。在底特律重新划分的名为格雷戈里、麦克劳德与康帕尼公司里，他成为公司合伙人。起初，这个公司决意和新兴的西北公司竞争，但是商人之间越来越残酷的竞争导致格雷戈里、麦克劳德与康帕尼公司被收编，同时麦肯齐也很幸运地成为这个较大的公司——西北公司中的一名合伙人。

1785 年，在大波蒂奇西北公司年会上，亚历山大·麦肯齐被安排负责主管在萨斯喀彻温省西北跨越法兰西岛大区拉克罗斯的丘吉尔河（也被称为英国河）。在那里，麦肯齐娶了第一个乡下老婆，一个名叫卡特的土著或是混血女人。她在 1804 年去世，给麦肯齐至少育有一子。

1787 年，亚历山大·麦肯齐在彼得·庞德陪同下被派往苏必利尔湖西北的阿萨巴斯卡河地区。彼得·庞德是一个地理学家同时也是两件谋杀案的嫌犯。在那里，麦肯齐首次听说有条大河通向太平洋水域。而提供给他消息的土著人把那片水域称之为"恶臭之湖"。

亚历山大·麦肯齐的回忆录《来自蒙特利尔的航程》中有一段加拿大毛皮贸易历史，现在普遍认为这部作品出自他饱受磨难的堂兄——罗德里克·麦肯齐之手。

庞德遍游各地，他一向认为，按照他自己绘制的地图，从阿萨巴斯卡河地区出发，经由陆路就可以到太平洋。麦肯齐也受庞德激励，他回忆道："我不但要考虑横穿美洲大陆的可行性，而且相信自己具备这些能力。在这种愿望驱动下，我决定去从事这项冒险的事业。"

1778 年，彼得·庞德穿越梅斯·波蒂奇并在阿萨巴斯卡河下游建立了庞德毛皮贸易站。它离阿萨巴斯卡湖有40英里，成为北极出海的第一个城堡和艾白塔第一个白人聚居地。据说，庞德根据当地人的描述绘制出一幅地图，上面标示从奇帕维安族部落向西，仅150英里就可以到达太平洋。

1788年庞德离职之后，麦肯齐独自管理阿萨巴斯卡区，他决定去验证庞德绘制的地图的真伪。堂兄罗德里克·麦肯齐的到来大大鼓舞了麦肯齐。他答应在麦肯齐离开期间，帮助麦肯齐监管阿萨巴斯卡区的生意。曾发誓替堂弟的计划保密，罗德里克·麦肯齐把庞德堡迁往阿萨巴斯卡湖南岸的老波因特堡，并重新命名为奇帕维安堡。他积累大量财富，建了一个著名的图书馆，藏书达两千册。

1789年6月，亚历山大·麦肯齐从奇帕维安堡出发去寻找那个“恶臭之湖”。他历时102天，完成往返北冰洋的行程，不经意间成了到达麦肯齐河口的欧洲第一人。之后，他埋怨道：“庞德先生的断言不过是臆想而已。”

1792年，亚历山大·麦肯齐在皮斯河与斯莫克河的汇合处过冬并在1793年继续去寻找跨陆航线。这次，麦肯齐与九人同行，带了一条狗和一条独木舟。麦肯齐再次找到了不可或缺的土著人向导，在他们的帮助下，他溯皮斯河而上，翻过落基山脉，沿弗雷泽河漂流而下，最终穿过契尔卡登几条“油脂之路”(内陆部落换取鲑油之路)中的一条到达海洋。

到达贝拉·库拉河河口，在北本廷克湾，麦肯齐不能立刻把他到达太平洋的事迹记录下来。因为贝拉·贝拉刚受到一艘大船上的白人的袭击，显得非常愤怒。在他的日记中，麦肯齐记下了两个反复被贝拉·贝拉提到的重要的白人名字——“马库巴”和“本斯席”。而六个星期前，乔治·温哥华上尉的“发现号”探险队的一条小船到达过迪恩海峡。因此，人们普遍认为这两个名字是指温哥华船长[马库巴]与植物学家阿奇博尔德·孟席斯[本席斯]，但是没有任何记录提到孟席斯是当时上岸的成员之一。

在他的日记中，麦肯齐写道："在昨天晚上我们睡觉的巨石东南面，我把朱砂印泥和融化了的油脂调和在一起，用大大的字体，刻下了短暂的留言——1793年7月22日，来自加拿大的亚历山大·麦肯齐经由陆地至此。"如今，很难想象有人能在这个巨石纪念碑上睡觉。在1926年，加拿大古迹与纪念碑委员会在耸立在埃尔科港口前的巨石纪念碑上镌刻了他当年写的字。

麦肯齐一行划着独木舟来到迪恩海峡。在这个地方，麦肯齐用油脂与朱砂印泥混合物在埃尔科港的一个巨石上写下了他著名的题词。

1794年，麦肯齐返回蒙特利尔并卷入到毛皮贸易的政治争斗之中，而且和西北公司的主要创建人西蒙·麦克塔维什产生了私人恩怨。麦克塔维什的哥哥约翰在1803年的信中也声称麦肯齐之所以怀恨在心是因为西蒙·麦克塔维什不同意把麦肯齐的名字加入到—麦克塔维什·弗罗比舍·康帕尼公司正式的名册之中。1947年，这封信被刊登在《比弗》上。

不偏不倚的历史学家W.斯图尔特·华莱士在对他们的恩怨作了大量的调查后，得出结论，麦肯齐受到麦克塔维什的善待，他被"照顾有加。在1795年西北公司重组之时，他获得公司百分之六的股份。而且他也成为麦克塔维什·弗罗比舍·康帕尼的合伙人并被指派与麦克塔维什·弗罗比舍·康帕尼的代理人或者代表之一的威廉·麦克塔维什（西蒙·麦克塔维什的侄子）一起每个夏季在大波蒂奇会晤，成为他们一起越冬的伙伴"。

然而，1799年，西北公司股东在大波蒂奇的年会上就麦肯齐要求更高职位的问题进行了激烈讨论。麦肯齐出席了此次会议，态度坚决，会后退出了西北公司。同年，他去往英格兰，并在那里频繁会晤西蒙·麦克塔维什在伦敦的合伙人约翰·弗雷泽。西蒙·麦克塔维什剖析了麦肯齐的控诉并得出结论："我相信，麦肯齐突然离开蒙特利尔是突发一阵臭脾气而已，接下来他没有任何确定的计划或者根本不知道将去往何方。"1800年，约翰·弗雷泽安慰西蒙·弗雷泽说"我确信麦肯齐还没有做生意的打算，而且也没有想过要妨碍你。"

然而，约翰·弗雷泽错了。为了和麦克塔维什以及西北公司对抗，麦肯齐领导成立了一个新的公司——新西北公司，就是后来大家都知道的XY公司。该公司成立于1800年，公司的商人们喜欢在货包上标记大写字母X和Y，绰号——XY公司可能由此得名。麦肯齐的仇恨甚至殃及他忠实的支持者罗德里克堂兄。因为他已经取代了麦肯齐成为西北公司的合伙人。

在伦敦，麦肯齐对自己同西蒙·麦克塔维什分道扬镳感到后悔，觉得这是不明智的。1801年，麦肯齐发表了两本重要的日记，两本日记是由职业作家威廉·库姆整理出来的。他曾经替约翰·米尔斯以及威廉·科莱特改写过他们的毛皮贸易回忆录。麦肯齐到底多大程度上依赖库姆去修改以及完善他的回忆录，我们不得而知。T. H. 麦克唐纳修订的麦肯齐日记版本，名为《西部领土的勘探》，包含了一个仅存手稿的转录，其中部分被认为是《来自蒙特利尔的航程》的原稿。据历史学家 W. 凯·拉姆所说："出版的第二次探险日记有关麦肯齐航行的描述只在威廉·库姆整理的版本中才有。"

1802年，应拿破仑的要求，麦肯齐的畅销书《来自蒙特利尔的航程》译本在巴黎面世，同时出版的还有汉堡版本与爱丁堡版本(以法语翻译为蓝本)。1808年，俄语译本面世。

1802年，美国总统托马斯·杰斐逊阅读了《来自蒙特利尔的航程》并发起刘易斯与克拉克的探险之旅。这次名为"发现军团"的勘探队，装备精良，并由美国总统前任秘书梅里韦瑟·刘易斯上尉以及威廉·克拉克上尉率领。他们以大卫·汤普森绘制的密苏里河上游地区的地图做向导。1804年，在亚历山大·麦肯齐完成跨越大陆的壮举12年之后，他们到达了太平洋海岸。许多美国人认为刘易斯与克拉克是首批横穿大陆到达太平洋的白人。

亚历山大·麦肯齐经常与爱德华王子在蒙特利尔的比弗俱乐部共餐,并获得了牛饮者和宴会迷的声誉。麦肯齐在加拿大与爱德华王子以及国王的儿子——肯特公爵的友谊和他很快被晋升为骑士有很大关系。

《来自蒙特利尔的航程》促使杰斐逊认识到,美国应该和加拿大毛皮贸易商在太平洋西北地区扩张抗争,麦肯齐对于雷德河谷的描述也加速了塞尔扣克男爵大规模向这个地方移民。塞尔扣克后来也成为麦肯齐的仇敌。

麦肯齐把日记敬献给国王乔治三世。事实上,里面记录了他的英雄事迹并在1802年2月初为他赢得年轻骑士头衔。

1802年,麦肯齐回到加拿大并受到狂热追捧,XY公司/新西北公司更名为亚历山大·麦肯齐 & 康伯尼。麦肯齐的新公司有充足营运资金,并且其销售网一直延伸至拉萨巴斯卡地区。但是,自从他的劲敌——西蒙·麦克塔维什在1804年7月6日意外死亡之后,麦肯齐满脑子复仇的热情逐渐消退。

四个月后,麦肯齐和西北公司西蒙·麦克塔维什的继任者威廉·麦吉尔夫雷商谈了他们公司合并归到西北公司旗下的问题。这次公司合并使麦肯齐获得了公司四分之一股份,同时规定:亚历山大·麦肯齐爵士将从此不再干涉加拿大毛皮贸易。

两年之后，麦肯齐帮助筹划了米奇里马克拉克毛皮公司。这个公司的作用是制衡约翰·雅各·阿斯特和美国毛皮贸易扩张的。麦肯齐疏远了他的堂兄，并发现他正在同亚历山大·麦凯对着干。而麦凯是麦肯齐精心挑选的中尉，他曾经非常勇猛一路陪伴麦肯齐到达太平洋。

1804 年，麦凯与其他四个西北公司职员加入了阿斯特公司。1811 年 3 月 22 日，他乘坐阿斯特"唐奎因"号船到达哥伦比亚河口，成为陆路和海陆都抵达过北美西海岸的第一人。在克拉阔特湾，亚历山大·麦凯被土著人杀死在"唐奎因"号船上。

1808 年，麦肯齐永远离开了加拿大。他依然继续积累财富去激怒他的对手以及合伙人。或者如传记作家巴里·戈夫所写的那样，"麦肯齐难以改变的性格特点就是抠门与神秘莫测。"

亚历山大·麦肯齐以及 19 世纪早期和他一起旅行的人的肖像基本上都不太靠谱。1893 年，在麦肯齐到达太平洋 100 年之际，不列颠哥伦比亚的艺术家伦·埃米尔·昆丁给麦肯齐做了一幅肖像画。这幅画遭到不列颠哥伦比亚《希望之地》的编辑帕特里夏·罗伊以及约翰·赫德·汤普森的批判，他们认为它"拙劣"、"糟糕透顶"。它试图模仿纳撒尼尔·丹斯给库克上尉画的肖像画。麦肯齐的最好、最著名的肖像是由国王的御用画师托马斯·劳伦斯画制而成的。这幅肖像是麦肯齐以六十几尼委托劳伦斯画的。本书的封面上印有这幅肖像。

1812年,50岁的麦肯齐娶了年仅14岁漂亮的堂妹——格迪斯·玛格丽特·麦肯齐。她是孪生姊妹之一,她的父亲是一位在苏格兰出生的富有的伦敦人,死于1809年,在布莱克半岛的奥赫以及罗斯、克罗默蒂留下了大量的房地产。罗德里克替他掌管的毛皮生意的股份已经让麦肯齐富甲一方,亚历山大·麦肯齐又收购了他年轻新娘没有继承到的奥赫的其他地产。

麦肯齐和妻子在伦敦过冬,夏天则去奥赫避暑。1816年,他们的第一个女儿玛格丽特·格迪斯出生。1818年与1819年,他的两个儿子亚历山大·乔治与乔治相继出生。他在加拿大的混血儿子——安德鲁,后来成为一名毛皮经销商。但是据丹尼尔·哈蒙记载,"1809年,在弗米利恩堡,他(安德鲁)抛弃了这种生活。"

1799年,亚历山大·麦肯齐小心翼翼地把50英镑给罗德里克,让他给三河地区一个"麦肯齐太太",并说道,"我打算每年给她提供这笔钱,一直到基蒂嫁人为止。"基蒂很可能是他和卡特的女儿。1927年,省档案管理员约翰·霍西出席了在贝拉库拉举行的麦肯齐纪念碑揭幕仪式。在那里,他遇到一个自称是麦肯齐后裔的年轻男子。

1820年,亚历山大·麦肯齐去爱丁堡为他日益恶化的身体(可能是布赖特氏病)寻医就诊。3月12日,在返回奥赫途中,他在靠近敦刻尔克的一家路边旅店去世。

在教科书上,亚历山大·麦肯齐作为一个探险家的成就被广泛宣扬,但是他作为商业预言家的作用依然被忽略了。

在《来自蒙特利尔的航程》后记中,麦肯齐这个一贯表里不一的伪君子,讽刺性地提出,各个竞争的毛皮贸易公司只有齐心合力,把出口市场拓展到中国以及东印度群岛地区,才能让利益最大化。这种全球视角是对横跨太平洋展望的一种回应。在18世纪末,地理学家亚历山大·达尔林普尔以及美国的环球旅行家约翰·莱迪亚德清晰表达过这种展望。约翰·莱迪亚德曾经同库克船长一起航行到努卡湾。

麦肯齐合并毛皮公司的计划,他为此向渔业以及毛皮公司申请执照,但未能如愿。正如像在名为《在美洲大陆以及北美西海岸建立永久的英国渔业以及毛皮贸易等事项的准备工作》的蓝图中所阐述的那样,麦肯齐希望监督在北纬55度地区海獭房子的建设。他建议英国在努卡湾建立军事基地,并在哥伦比亚河口驻扎适量的军队。

约翰·伍德沃思(上图所示)与哈利·佛莱盖瑞协助证实了有争议的亚历山大·麦肯齐的文化遗产路径,即从靠近乔治王子城的布莱克沃特河到贝拉库拉路线,并为徒步旅行者提供指南。

麦肯齐设想的就是合并公司。在一个合并公司实体的保护伞下,各公司在“彼此海域捕鱼,共享全球市场。这就是商业企业的领域,而它的产出不可估量”。西北公司在新喀里多尼亚设立了贸易站并勘查了弗雷泽与哥伦比亚河,从某种程度上来说,它印证了麦肯齐的先见之明。1821年,西北公司与哈得孙湾公司的合并从某种程度上验证了麦肯齐“哥伦比亚公司”的企业眼光。但是,西北公司只注重毛皮贸易。哈得孙湾公司归乔治·辛普森管理,通过麦肯齐所主张的依靠多种经营的出口,它把西北公司名下的落基山脉以西的亏损贸易站成功地转变为盈利的贸易站。

出生在乔治王子城的布莱恩·福西特在其两本书中评价麦肯齐的时候,令人信服地宣称,麦肯齐是一个受利益驱动的杰出的公司代表,不是一个无私的探险家。同样,古文学家 R. D. 希尔顿·史密斯指出:“他的成就是伟大的,但是他并非发自内心地想去记录这些成就。”尽管亚历山大·麦肯齐在个性上有许多缺点,但是无意中他对加拿大的历史产生了深远影响。麦肯齐发现了一条跨越大陆到达太平洋的通道。之后,商业揭开了落基山脉以西地区的奥秘,远方的当权者在此设立欧洲化政府,所有这些都不过是时间问题。

1966 年,麦肯齐北镇被命名为亚历山大·麦肯齐镇。在加拿大,还有许多其他地方以他的名字命名，如麦肯齐公路以及麦肯齐山谷，所有这些都为纪念他的行程。

为纪念与庆祝麦肯齐跨越大陆到达太平洋的行程，1987 年，一条长达 278 英里的文化走廊被正式确立，它起自靠近乔治王子城的布莱克沃特河一直到贝拉库拉终止。但是，奇尔科廷地区的土著居民争论说这条路线既不是麦肯齐规划也不能算他发现的。一直以来，他们都反对把长达数世纪之久的从努克萨尔克到卡里尔的油脂之路以麦肯齐名字命名。

西蒙·弗雷泽

“我从来没有看到有什么东西可以比这片土地更令人恐惧，因为有时我都找不到合适的字眼来形容我们的处境……我们必须经过没有人敢冒险通过的地方。”

——西蒙·弗雷泽，1808 年于弗雷泽峡谷

1776 年 5 月 20 日，美国解放日前夜，西蒙·弗雷泽出生在佛蒙特胡西克镇上的梅普尔顿村。他的父母都是罗马天主教徒。他的母亲伊莎贝尔·弗雷泽(娘家姓氏格兰特)来自于苏格兰的特拉华州，他的父亲老西蒙·弗雷泽来自于苏格兰的库尔布基。

1773 年，在苏格兰西海岸的威廉堡，弗雷泽一家登上一艘名为“珍珠号”的船移居国外。与他们同行的还有 425 位来自苏格兰高地的族人。相对而言，老西蒙·弗雷泽比较富有，他购置了 160 英亩土地并饲养了大量家畜。但是，不久，他就被卷入纽约与佛蒙特之间的土地管辖权纠纷之中。纠纷的焦点是信仰问题：很多苏格兰移民都是罗马天主教徒而大部分佛蒙特分离论者都是圣公会者。

在佛特蒙，得到纽约授权的 25 英亩最好耕地的所有权被宣告无效。之后，当国内争斗演变成美国独立战争之际，老弗雷泽支持英国。他和他的长子威廉应征入伍，参加了约翰·彼得斯上校领导的女王皇家卫队。1777 年，在本宁顿战役中，他在战场上受伤被俘。在这场决定性的战役中，新兴的美国击败了联合王国的政府军。老弗雷泽被投到奥尔巴尼一个拥挤的监狱中，1779 年，他死在肮脏的监狱中。

丈夫死后不久，伊莎贝尔·格兰特和她的孩子就被这些反叛的殖民

者驱逐。她被剥夺了财产，穷困潦倒；家产也被邻居打劫一空，她收藏的盖尔语书籍也全部被毁。在她 50 岁的时候，美军战胜英军，胜利已成定局，她带着剩下的 7 个孩子逃往加拿大并在安大略旁边的康沃尔安家。

对于西蒙·弗雷泽而言，幸运的是，西蒙·麦克塔维什领导的西北公司依然受苏格兰高地宗派的控制。而麦克塔维什家族与弗雷德家族的古老联盟从苏格兰一直延续到海外。1792 年，在叔父约翰·弗雷泽上尉——蒙特利尔诉讼法院法官的帮助下，西蒙·弗雷泽谋到一个引导员的职位，成为一名 16 岁的职员。这个叔父是魁北克弗雷泽族人中的知名人物，他后来成为立法会中的一员。

1793 年，西蒙·弗雷泽被派往阿萨巴斯卡地区并被升职。1801 年，他被任命为公司最年轻的合伙人之一。弗雷泽性格坚强，而他身居高职的亲戚也让他获益匪浅。

直到 20 世纪 60 年代初，由西蒙·弗雷泽建立的麦克劳德堡贸易站一直持续营业，由受人尊敬的老前辈贾斯廷·麦金太尔(着背带装的)经营着。

1805 年，西蒙·弗雷泽已经被晋升为董事，被赋予去拓展落基山脉以西地区的经营以及勘探那条被认为是哥伦比亚河的任务。

弗雷泽率领第一支由欧洲人指挥的探险队向皮斯河进军并建立了四个贸易站。其中，最著名的就是在麦克劳德湖的麦克劳德堡，它成为落基山脉以西地区欧洲人最古老的永久性定居点。

弗雷泽还建立了乔治堡(现在被称为乔治王子城)、落基山脉波蒂奇庄园(即早期的哈得孙斯霍浦普)、在斯图尔特湖建立了圣詹姆斯堡以及在弗雷泽湖建立了弗雷泽堡。

1806 至 1807 年的冬天,弗雷泽一直待在圣詹姆斯堡并娶一个乡下女人为妻,但到了春天,弗雷泽就抛弃了她。弗雷泽把落基山脉以西以及北纬 49 度以北地区未开发的领土描绘为"一块褐色的草木丛生的荒地"。弗雷泽从来没有到过苏格兰,但他还是把这片内陆地区命名为新喀里多尼亚。

为了找到一条把毛皮从新喀里多尼亚运往太平洋的水路,1808 年 5 月 22 日,这位 32 岁的探险家从斯图尔特湖出发沿着弗雷泽河开始了他的探险之旅。他带着四艘独木舟和大约 20 个西北公司的雇员。

这个探险队包括两个职员:22 岁的约翰·斯图尔特、29 岁的朱尔斯·莫里斯·奎内尔以及两个土著向导。在弗雷斯日记中所记录到的其他人有法裔加拿大人:拉·查普尔、巴蒂斯特、德·阿莱尔、拉·克特、让·巴蒂斯特、鲍彻、加尼尔·波旁以及拉·嘎特。

对于这次探险而言,春天不是最好的季节。6 月 2 日,弗雷泽记录到,在一天时间里,水涨了 8 英尺。他的人不得不更频繁地搬运独木舟,避开危险水域。土著人和约翰·斯图尔特都建议他放弃水路而改用马匹。但是,弗雷泽敏锐地察觉到开拓水路贸易非常有必要。

"迂回的到达海洋不是我们这项事业的目标,"他写道,"因此,我不会偏离目标。"

除了要为毛皮贸易开拓一条切实可行的水上贸易之路以外,弗雷泽也非常急切地要与亚历山大·麦肯齐一较高低,并创办一种受人们喜爱的期刊。后来,他给他的读者说道,"这是一个玩命的任务。"

到达了卡莫森(利顿),一条清澈的小河汇入了这条混浊的河中。弗雷泽错误地以为汤普森已经勘探了它的源头,于是决定用西北公司股东大卫·汤普森的名字命名那条发绿的脏水河。

在约翰·英尼斯的一幅画中，西蒙·弗雷泽在土著向导的带领下通过弗雷泽大峡谷。

弗雷泽的探险队员们不能驾驭独木舟穿过弗雷泽峡谷湍急的水流。他们把独木舟藏在利顿附近，然后经由陆路到达大峡谷下端。弗雷泽的日记描绘了他们蹬着摇摇晃晃绳梯前行，如同《印第安纳·琼斯》中的前进方式一样。在这些致命的险境中，土著人肩扛着他们重达 90 磅的给养袋。

逃出鬼门关之后，独木舟又可以派上用场了。在靠近现在耶鲁大学所在地，一位业主拒绝卖给他们独木舟，于是弗雷泽和他的同伴偷了一艘独木舟逃走。

最后的探险历程也同样危机四伏、变化无常。起初，在靠近今天兰利堡的位置，弗雷泽获得了暂时使用一条大独木舟的权利，可以继续前行到河口处。但是夜间的财产盗窃案导致他们和当地人发生肢体冲突。弗雷泽不得不凭借他的睿智来说服酋长，保证探险队继续前行。

在当今新威斯敏斯特对面，昆特兰人预先告诫弗雷泽，河口处马斯奇安族人令人胆战心惊。之后，他雇佣的土著护卫也拒绝陪他前往。

弗雷泽第一次不遵循惯例，即提前派使者去告知马斯奇安族人他即将到来。

在日记中，这些土著混血助手和向导往往被忽略，他们的历史地位也很少被提及。在19世纪早期，和亚历山大·麦肯齐以及西蒙·弗雷泽一起旅行的所有人，很少有比较靠谱的个人画像。同样，在许多反映时代的意象作品中，这些随行人员以及土著向导很少以个人的形象出现。唯一的例外是刘易斯和克拉克探险队。十一年之后，他们的探险队被派出去与麦肯齐到达太平洋的探险相抗衡。在1804—1805冬天，在曼丹堡，曼丹酋长希赫克（或者She-he-ke；意为森林狼）给刘易斯与克拉克探险队提供了必不可少的帮助。之后，他被带到华盛顿特区并被授予了一枚奖牌。被刘易斯以及克拉克称为“大个子白人”的“希赫克”在美国东部逗留了一年。这期间，借助无痛物理疗法，查尔斯·巴尔萨扎·朱伦·弗瑞特·德·圣·梅明给希赫克做了一幅精准的画。希赫克大概是1765年出生，毛皮贸易商亚历山大·亨利（小）也把他称之为“大个子白人”。他在和苏族的一场争斗中被杀死。

7月2号，在出发后的第四十天，西蒙·弗雷泽到佐治亚湾，据他测量，所在纬度是北纬49度。哥伦比亚河口位于北纬46度20分，所以很明显，他没有如愿以偿地到达哥伦比亚河口。

正如亚历山大·麦肯齐到达太平洋水域不能逗留太久一样，弗雷泽遭遇到马斯奇安族人的强烈抵抗，只能死里逃生。“这些武士从四面八方涌了过来，如饿狼般号叫着，挥动着手里作为武器的棍棒。”

继而，为了争夺独木舟，他们和马斯奇安族发生了激烈的打斗，迫使弗雷泽沿河退回。他们被马斯奇安族人以及昆特兰人追赶。最后，他们被迫把独木舟还给主人，此时，这些人极其仇视他们。“到那时，”弗雷泽写到，“我们的处境可真是到了危急关头。我们被丢置在一个小沙岛上，人数少，没有独木舟，少给养，而且还被700多个野蛮人包围着。但是，我们没有自暴自弃。”

饿得半死、疲惫不堪、睡眠不足，弗雷泽的同伴威胁要发动叛变。弗雷泽劝慰他们发誓彼此忠诚，叛变才没发生。在他的日记中，弗雷泽记录道，要是能预见旅程结果的话，他绝对不会设法应付大峡谷遇到的各种危险。

西蒙·弗雷泽不但发现了弗雷泽河不是哥伦比亚河，而且他也论证了这条河道不适合毛皮贸易。另一方面，弗雷泽重复了亚历山大·麦肯齐所做的事：两个人都遭遇彼此令人失望之河，而如今，这两条河流都以他们各自的名字命名。之后，汤普森在他的地图上标明“弗雷泽河”。

弗雷泽和同伴逆流而上，33天后返回乔治堡。沿途，他克服了来自河岸土著人的袭扰，否决了内部成员之间关于拒绝改换陆路的异议。

随后，弗雷泽去麦肯齐河以及阿萨巴斯卡河上的贸易站任职。1811年，他被安排负责雷德河地区的贸易。据说，他拒绝接受加封爵位，因为他可能要支付很大的费用去维护这个头衔。

到1816年，哈得孙湾公司与西北公司展开了激烈竞争。有时，他们鼓动土著居民去杀死竞争公司的员工。6月19日，在后来被称为“七株橡树大屠杀”中，土著居民杀了20名雷德河移民。

当时，西蒙·弗雷泽就在七株橡树任职。因此，当塞尔扣克勋爵出于报复占领威廉堡之时，弗雷泽和其他一些西北公司业主作为谋杀案从犯被捕送往蒙特利尔受审。后来他们被宣判无罪。

已知的唯一一张可能的西蒙·弗雷泽的侧面像

西蒙·弗雷泽在毛皮贸易中赚了一小笔钱，在接受审判之后，1818年，他离开西北公司并回到靠近安大略康沃尔的家族土地。在那里，他经营着几家磨坊和一个农场。1820年6月7日，44岁的弗雷泽娶了来自安大略马蒂尔达的凯瑟琳·麦克唐纳为妻，他们共育有五子三女。

1862年8月18日，西蒙·弗雷泽去世，享年86岁。他的妻子第二天去世，他们合葬在安大略的圣安德鲁斯公墓。

新闻记者史蒂芬·休姆认为西蒙·弗雷泽应该被赞颂为不列颠哥伦比亚的缔造者。据他称，这个省至少有37处地方是为纪念弗雷泽而得名。坐落在伯纳比山顶的西蒙·弗雷泽大学于1965年9月9日落成。它以西蒙·弗雷泽的名字命名，因为从它所处的位置可以看到弗雷泽河。

这幅广为流传的西蒙·弗雷泽的侧面像，作者佚名，尚不能被认定为他本人真实的肖像。但是它是唯一一幅被宣称为是这个家伙的肖像。弗雷泽的长相曾被描述为“四方脸，头发浓密，脸部乌云密布”。由约翰·英尼斯所画的西蒙·弗雷泽在弗雷泽大峡谷紧靠悬崖壁的画以及由C. W. 杰弗里斯所塑造的弗雷泽站在一个独木舟前方，指挥着通过急流的英雄形象也为人所熟知。

西蒙·弗雷泽的生平细节鲜为人知。而这一情况也因多伦多图书管理员W. 斯图尔特·华莱士变得更加扑朔迷离。在《关于西北公司的商人与其他资料》中，他指出，从事毛皮生意的还有其他四个叫西蒙·弗雷泽的人,其中两个也是西北公司股东。

年长的西蒙·博诺姆·弗雷泽是西蒙·麦克塔维什的堂弟,他在弗雷泽苏格兰高地人中非常有名。他有个儿子,也叫西蒙·弗雷泽,是西北公司股东,1796年在伦敦逝世。

第三个西蒙·弗雷泽来自于圣安妮,生于1760年。1803年被推选为比弗俱乐部成员,一直工作到1816年。在西北公司时期,第五个也就是最后一个西蒙·弗雷泽,是公司一个职员,出席了1821年西北公司年会。

大卫·汤普森

"事实上,汤普森是所有探险家中文学功底最深厚的人。"

——理查德·格洛弗

"……我们不懂上帝之道。"

——大卫·汤普森

1770年4月30日,大卫·汤普森出生在英国伦敦。他的父母是威尔士后裔,但是他不能被称为威尔士人。"在汤普森信件以及手稿中,"研究汤普森写作的重要权威人物维克托·霍普伍德说道:"(在他的作品中,)我没有发现威尔士或者威尔士人的影子,没有任何证据显示他把自己当做威尔士人。"

大卫·汤普森三岁之前,父亲去世并被埋在贫民墓地。七岁时,他被伦敦的格雷·寇特学校收留。格雷·寇特学校是挨着威斯敏斯特教堂的一个慈善机构,为"虔诚的和具有优良品德"的男女孩子提供受教育的机会。他的拼写、书法、算术、航海与文学等课程成绩优异。《鲁滨孙漂流记》、《格列佛游记》以及《天方夜谭》,这些书籍激发了他探险的热情。

1784年,汤普森14岁时,他所在的学校支付给哈得孙湾公司5英镑,让这个体面的公司接纳了他,让他成为签约学徒。汤普森获得了一个哈德利象限仪以及罗伯逊的《导航原理》上下册作为毕业礼物。之后,他随哈得孙湾公司"鲁珀特王子"号航行,该船最后停靠在奥克尼群岛的斯特罗姆内斯港。随后汤普森到达了鲁珀特领地,开始为期7年的学徒生涯。

1784年9月1日,他到达了美洲,来到了哈得孙湾的丘吉尔堡,开始对他自己有限的职责感到沮丧。无论是在丘吉尔堡还是在距此以南150

英里的约克工厂，汤普森发现，“……既不需要写作也不需要读书。我唯一的工作就是自娱自乐，在冬天时候抱怨天冷；在渔猎解禁期，猎杀海鸥、野鸭、啄木鸟以及麻鹬；同蚊子和蠓争斗。”

在此期间，汤普森誊写了塞缪尔·郝恩探险日记，充分利用在约克工厂的约瑟夫·克伦图书馆，该图书馆引人注目，藏书达1400册。他自己买了弥尔顿的《失乐园》与塞缪尔·约翰逊的《漫步者》。

1786年，汤普森被调往萨斯喀彻温河堡。在那里，他初次接触桦皮舟。1787年冬天，他和北竿印第安人一起生活，学习他们的语言与习俗。他后来写道：“写印第安人的那些作家，经常把印第安人和他们这些受过教育的白人相比较，这不公平。他们描述印第安人极度冷漠的习性，更多的是假设而不是现实。公开场合下，印第安人希望表现出任何事情都不会影响到他们。但是，私底下，他们对于发生在自己身上或者发生在家人身上的一切事情都会感觉和表现出敏感的态度。和这些印第安人熟悉了之后，我发现了几乎文明社会中所有特征：从庄重的法官到搞笑的小丑，从开朗的慷慨解囊之人到贪婪的吝啬鬼，都可以在他们中间找到原型。”

爱丽丝·萨尔蒂尔·马歇尔接受委托画了这幅肖像。画的是1807年37岁的大卫·汤普森第一次通过豪斯山口时的样子。这个时期的风格是以托马斯·劳伦斯爵士绘制的亚历山大·麦肯齐的肖像为蓝本。

1788年圣诞节前两天，汤普森在一次事故中摔断了腿，而这次受伤给他带来了好运。数月之后，他被当做伤员，用雪橇送往坎伯兰庄园养病。在那里，他师从制图师兼"务实的天文学家"菲利普·特纳，大大提升了测绘和天文知识方面的才能。1792年到1796年期间，凭借着一个六分仪、指南针、温度计以及一本《航海年历》，汤普森为他的雇主测绘了马斯托巴湖北部和萨斯喀彻温省。尽管他得到了升职加薪的奖励，汤普森还是觉得雇主不完全了解他的潜能。

汤普森感觉自己在哈得孙湾公司是大材小用。1797年，他接受了竞争公司西北公司的邀约。1783年，《巴黎条约》签订之后，西北公司需要人去判定他们现存的城堡到底是位于加拿大境内还是美国边界。28岁的汤普森凭借地图纸和一套新的绘图仪器，在西北公司任职的第一年就跋涉四千多英里，在地图上标注出西北公司各个贸易站的位置。

1797年，汤普森发现密西西比河的源头就是特特尔湖并预言北美地区的盎格鲁一撒克逊人最终将会"在文明生活的艺术活动方面远远超出埃及人"。他经常与船夫一起，从密苏里河和密西西比河出发一直到苏圣马里，再返回大波蒂奇。早在1798年，他第一次遇到"高山印第安人"，激起了他考察落基山脉以西广垠未开发地区的兴趣。

在大草原上，大卫·汤普森遇到了爱尔兰裔商人帕特里克·斯莫尔的女儿，14岁的夏洛特·斯莫尔，即后来和他一起生活长达57的混血妻子。夏洛特五岁时，父亲从西北公司退休回到大不列颠。1799年6月10日，他们俩在埃勒·阿·拉·克罗斯(在现在的萨斯喀彻温省)按照农村风俗(按照北方风俗或者按照故乡风俗)举行了婚礼。1801年，在靠近克里尔沃特河的萨斯喀彻温河流旁边的亚伯达山麓的一簇房屋之中，即在落基山庄中，他们的第一个孩子出生。他们共育有13个孩子，其中10个幸存下来，长大成人。

1800年冬天，汤普森住在落基山庄，他第一次和库特奈族的土著人接触。尽管他们害怕不友善的北竿印第安人，还是从落基山脉以东冒险而来同他交易。"我不由自主佩服这些勇敢、无畏但是贫穷的库特奈族人精神。"他回忆道。汤普森意识到，北竿印第安人是臭名昭著的偷马贼，他们只是想保持充当库特奈族人与白人贸易商中间人的优势。汤普森和这些温文尔雅的库特奈人交朋友，并获得他们的信任，而北竿印第安人对他非常仇视。

1807 年,汤普森带着妻子、三个孩子和 10 匹驮着 300 磅干肉饼的骡马,取道豪斯山口,来到了坐落在落基山庄西南、不列颠哥伦比亚戈尔登附近的哥伦比亚河。(据维克多·霍普伍德说,汤普森于 1814 年在地图上将该处命名为豪斯山口既不是为纪念西北公司贸易商贾斯珀·霍斯,也不是为了纪念哈得孙湾的竞争对手商人约瑟夫·豪斯。贾斯珀·霍斯经营着 1813 年建在阿萨巴斯卡河布鲁尔湖的一个补给仓库,而约瑟夫·豪斯曾经追随汤普森经过这个山口并在 1810 年把哈得孙湾公司探险队首次带到太平洋坡。)

据说在豪斯山口,汤普森让他的马踢翻了两桶烈酒。"对我自己而言,我把它作为一个规定,"他回忆道,"在我的公司里,烈酒绝对不能通过落基山脉……我把这件事写信告诉了我的合伙人,而且我也会以同样方式处理任何一桶烈酒。在接下来六年时间里,我管理落基山脉以西的毛皮贸易,没有人再敢把烈性酒带过来。"

然而,哈得孙湾公司往往把掺了蜜糖的杜松子酒(称作"英国白兰地"),西北公司主要用一种叫做"利卡"的稀释酒做交易。在《征服西部加拿大》一书中,弗兰克·拉斯基宣称:"西蒙·弗雷泽对印第安人普施恩惠,汤普森喜欢印第安人。在西北公司中,他是唯一一个拒绝用朗姆酒使印第安人堕落的贸易商人。"这有点言过其实,早在 1807 年,为了执行公司政策,汤普森经常把烈性酒分发给土著居民。

五月份,汤普森在去今天的不列颠哥伦比亚赴任途中,一条狗被波丘派恩扎伤,他的同伴不得已宰了这条狗当做食物。一个名叫比利的船夫(一个聪明活跃的人)在尽情享用狗肉之后,这个可怜的家伙,在大快朵颐的同时,咽下了一根波丘派恩刺。当比利病倒之后,汤普森发现这根黑波丘派恩刺的一端刺到比利肋骨间。汤普森回忆道,"(我)用一个柳叶刀把这个地方切开,用一副钳子把这个刺拔出来,消除了这种疼痛。"

6 月 22 日,汤普森看到了这条浩瀚的哥伦比亚河并向上帝祈祷有朝一日能够找到其入海口。那年夏天,汤普森和比利在温德米尔河上建立了库特奈山庄,同年冬天,他们遭受到 40 个北竿印第安人长达三周的围攻。汤普森在离开库特奈族人地盘之前,他把温德米尔湖命名为库特奈湖,把向北流的河流命名为库特奈河,而没有意识到它就是哥伦比亚河。

同时，他以在两年前特拉法尔加战役中战死的霍雷肖·纳尔逊海军上将的名字来命名一座山脉。

1808年春天，汤普森在勘探库特奈河与莫伊河时，突然意识到他一直寻找的哥伦比亚河就在距离此处大概向西50英里的地方，但是疲惫的同伴和马匹无法让他到达哥伦比亚河。向导“阿格里·黑德”提出了可行建议，才使得汤普森在六月底返回落基山庄，和夏洛特以及孩子团聚。

1809年，约翰·雅各·阿斯特大张旗鼓地计划要在哥伦比亚河口为太平洋毛皮公司建立一个城堡。作为回报，他要向西北公司缴纳太平洋公司三分之一的利润。阿斯特提议给予威廉·麦吉利夫雷五大湖区企业的一半股份。

麦吉利夫雷在1810年初到纽约时，初步表示同意这个交易。但是，他说道，这个交易必须得在威廉堡举行的冬季合伙人会晤年会上才可以确认，从而拖延了这些美国人。而直到1810年7月，西北公司董事们才接受阿斯特的开价。到那时，麦吉利夫雷和在蒙特利尔的同事已经构想出了防范措施。

阿斯特的殖民团队打算乘“唐奎因”号绕过霍恩角前往哥伦比亚河口。西北公司给大卫·汤普森发送了紧急消息，要求他赶在阿斯特殖民团队之前到达。

九月初，汤普森派出四艘独木舟组成哥伦比亚代表团沿萨斯喀彻温河而行，九月底到达落基山庄。汤普森寻求新鲜给养时，他派出驶往哥伦比亚的主力派遣队受到一个叫做布莱克·贝尔的北竿印第安人首领警告。如果他们敢继续前进通过豪斯山口的话，后果自负。据布莱克·贝尔所说，北竿印第安人设置了一个封锁线要阻止航行者与那些被称为“平头”的库特奈族人进一步联系。这些航行者观望着，等待着，最后选择返回落基山庄。

意识到部落的敌对不可等闲视之，汤普森采纳了同伴的建议。既不诉诸武力，也不企图贿赂北竿印第安人部落，他决定绕道靠近阿萨巴斯卡河源头，沿着一条没有人走过的路径到达北部。

亚历山大·亨利用大量朗姆酒成功分散了北竿印第安人注意力，汤普森的哥伦比亚探险队重新上路，开始穿越萨斯喀彻温河流和阿萨巴斯卡河漫长而艰难的行程。与此同时，消息传到落基山庄，哈得孙湾公司贸易商同样也在靠近卡纳尔弗拉茨的地方遭到北竿印第安人的阻挠。

他们踏上一条陌生的旅程，试图在 12 月份和 1 月份穿越落基山脉，但是不久之后，他们士气锐减。12 月 21 日，汤普森在一封信中私下吐露心声："我逐渐厌恶了这种无休止的艰难的行程。在过去 20 个月中，我只有两个月可以在木屋里睡觉，其余时间都是睡在帐篷里。在未来 12 个月中，这种情况也可能不会有什么变化。"

一位身着灰色上衣的男孩，
14 岁漂洋过海，
来到哈得孙湾的一个荒凉的贸易站，
为哈得孙湾公司效劳。
他是知识的探寻者，
是追梦人。

距代理商之门只有一步之遥，
荒野就在那里，
河流绵延一千英里，
湖泊向他敞开，
森林是来自上帝之手的创意，
等待着挑战他的意志。

这些航道，
它们通往何方？

这些平原，
它们在哪里终止？

荒野的欢乐是什么？
只有爱它的人才可以获得么？
问下白喉莺，
它正在柔和的灰色雨天里鸣叫。

用细长的桦树做成的桅杆和桨，
穿着雪靴踏雪而行，
马鞍、行囊与羊肠小道伴随，
这就是他的梦想，他乐此不疲。

他追随着河流的歌曲，
越过一个个鹅卵石的音乐小节。
用云杉与落叶松
他测量着自己的行程；
月亮是他的日历；
他可以很好的测算他自己的路线，
也可以凭借忠实的闪亮的星星，
来研究自己的行程。

他追逐着那蜿蜒的支流形成的
天蓝色丝带，
当做自己的向导，
通过激流、广垠的土地与遍布圆
石的沙滩，
跨越了巨大的分水岭，
他看到一条宽广而湍急的河流，
带着银色的浪花弯转而去。

顺流而下，穿过迷宫似的峡谷，
他看到了这条浩瀚之河，

它们通往何方？
又终止于何处？
这个少年要去探索和发现。

以席卷一切的气势横扫前行，
如箭般地奔向远方，闪闪发亮。
他知道，他最终找到了，
他的梦想之河。
因弗米尔 B.C.,1922.08

加拿大作家协会推举布利斯·卡曼为加拿大桂冠诗人。1922年，卡曼参加了不列颠哥伦比亚地区在温德米尔湖举行的大卫·汤普森坎特伯雷纪念堡落成典礼。典礼的露天表演包括一些库特奈人与一个装扮成大卫·汤普森的人，那个扮演者身着大卫·汤普森时期的服饰。之后，布利斯·卡曼写下了上面的这首诗歌，描述了大卫·汤普森发现了“他的梦想之河”，“它如箭般地奔向远方，闪闪发亮”。

年底，汤普森探险队由一个名叫托马斯的易洛魁族人引导，这个探险队锐减到仅有12人、4匹马和8条狗。马匹陷在深深的雪地里，不能前行，而他们穿着雪地靴跋涉在这片陌生的土地上，忍受着低至零下26度的寒冷。汤普森成功找到了阿萨巴斯卡山口，它成为后来英国贸易商在西部的主要通道。

到达垭口后，汤普森派一个船夫和向导托马斯回去给西北公司合伙人威廉·亨利送信。狗儿们和人都在雪地里挣扎着、蹒跚而行。“团队中勇敢的精神，”汤普森写道，“……正在迅速沉沦着……当人们到了一个陌生国度，各种恐惧占据着他们的心灵。”

当他的团队下到一个2000英尺的冰川时，三个灰心沮丧的船夫彻底放弃了冒险，带着一个患雪盲症的同伴离开。汤普森和留下的两个健壮的人——瓦拉德和阿莫诺一起在一个叫做博特恩坎普门特的地方建造了一个12英尺长12英尺宽的小屋。

在他的同伴帕尔和科特带着一个克里族猎人和另外一个船夫回来后，汤普森决定暂时用雪松树根把木板绑在一起，用雪松树做一个25英尺的独木舟。这项任务花了3月的大部分时间，最后终于成功。

经过一系列水陆跋涉之后，汤普森顺着湍急的库特奈河而下。在凯特尔瀑布，汤普森购买了马匹，添加了四个土著桨手和一条新独木舟，开始了他顺哥伦比亚河而下的探险之旅。

在华盛顿东部逗留期间，汤普森接近当地的萨哈泼丁人。他很尴尬的去观看一些妇女跳裸体舞蹈。但是，和很多贸易商人不同的是，汤普森并不排斥他们不同的生活方式。

他写道："如果这些女士着装得体的话，她们将会被视为优雅、漂亮。尽管不用肥皂，但是她们依旧像文明社会中的人一样干净利落。肥皂这种物品在文明社会里所受到的重视远不如它们应该受到重视的一半。如果没有肥皂，那些俊男靓女将会变成什么样子？那些吹嘘洁净的文明人如果没有肥皂，他将不会像这些未开化的、从来不知道肥皂用途的野蛮人这么洁净。"

1811 年 7 月 9 日，在汤普森到达哥伦比亚河口之前，他就升起了英国米字旗并附上一张纸，宣称该版图属于英国所有。他写道："来自加拿大西北公司商人打算在这个地方为周边国家的贸易设立一个工厂。"

但是他来迟了。7 月 15 日，汤普森发现，早在三月份，约翰·雅各·阿斯特雇佣的一帮前西北公司雇员就到达了哥伦比亚河口并在那里建造了四所木屋。这就是阿斯托里亚，离六年之前路易斯与克拉克建立的临时的克拉特索普堡很近。1812 年 2 月 15 日，一支横跨大陆探险队的到来使之发展壮大起来。这支横跨大陆的阿斯托里亚探险队是由威尔逊·普赖斯·亨特率领，他们从蒙特利尔出发，历时 19 个半月。

亚历山大·罗斯和盖布里埃尔·弗朗切尔见证并记录了大卫·汤普森的到来。盖布里埃尔·弗朗切尔记录道："汤普森先生定期写日记，在我看来他的游历更像一个地理学家，而不仅仅是毛皮商。"弗朗切尔说的很对。大卫·汤普森手边总备有一个六分仪，他和 8 个易洛魁族人、船夫以及一名译员，沿哥伦比亚河顺江而下，游历了它大部分支流，并证实哥伦比亚河流是一条由落基山脉通往太平洋的适航航道。

"此时，汤普森跨越落基山脉的这条路径，"维克托·G·霍普伍德写道，"后来成为哥伦比亚毛皮贸易具有重大历史意义的路线，即从阿萨巴斯卡河的贾斯珀·豪斯至哥伦比亚河的大拐弯的博特恩坎普门特。这条路线先是被西北公司使用，后来又被哈得孙湾公司使用。这也是对于汤普森之前论点正确性的默认。他的论点是，应该开拓一条新的跨越落基山脉的路线来替代穿越豪斯山口的路线。"

汤普森和他的团队受到阿斯托里亚人的欢迎，因为他们明白，汤普森在太平洋斜坡上开拓了一条现代毛皮贸易兴旺之路。

汤普森声称行动失败，承认没有先于阿斯托利亚人进入哥伦比亚河。一些亲英派人士批判他的这种做法，认为这是面对来自北竿人阻挠他接近豪斯关口敌意的一种胆怯行为。尤其是海伦与乔治·阿克瑞格，他们给汤普森起了个绰号为毛皮生意的“哈姆雷特”，认为他在行动上没有应有的果断。

荒谬的是，这些溯及既往的指控没有充分认识到，所有毛皮贸易商中，大卫·汤普森是唯一一个能领悟他的整个行程的人——人文学科、地理学、自然科学与天文学。亚历山大·麦肯齐以及西蒙·弗雷泽的动机仅限于商业，汤普森与他们不同，也没那么冷酷无情。满载着毛皮，汤普森非常想知道并关注他所遇到的一切，保持着平和的心态。很显然，一方面为了追求知识，另一方面也为了名誉，他记录了鸟、天气、地形、外来词汇以及天空中所有的东西。“探明落基山脉的海拔高度，”他写道，“一直是我所关注的重点。”

很难想象，除了汤普森还有谁能留意到，“没有鸽子像白松鸡一样温顺。我经常把它们从网里解救出来，在保证不伤害它们的情况下挑衅它们，但是它们都温顺的听任摆布。尽管我们是野蛮的人类，但是在某个傍晚，我们还是忍不住询问，为什么这些如天使般的鸟儿注定要成为肉食动物可怜的猎物，而上帝的方式不是我们凡夫俗子所能懂得的。”

人们推崇汤普森如推崇 A. J. M. 史密斯一般，认为他是土著神话的记录者，“几乎拥有荷马式独特的视角。”他不把自己的偏见强加给别人，相反，他向所遇到的原住民妥协。恃强凛弱不是他的风格。后来，他在安大略的企业破产，也是因为他不愿意咄咄逼人地索取大部分利益。

汤普森感知白人的侵入大大改变了北美荒原的自然秩序、削减了海狸以及其他动物的数量、瓦解了土著群体。汤普森深刻地感知到这些，他也通过坚持写日记的形式来研究自己的哲理。直到 80 岁他都坚持写日记——记录了 22 年在西部地区和另外 38 年在加拿大东部地区的生活。

1812 年，大卫·汤普森举家迁往加拿大东部并在那里隆重地举行了他与夏洛特的结婚庆典。

在 1812—1814 年美加战争中，汤普森曾经担任过守备民兵少尉。期间，汤普森着手绘制一幅巨大地图，上面涵盖了加拿大西北部所有领域。

这幅地图长达10英尺，耗费汤普森两年多时间才绘制完成。上面标注出西北公司78个贸易站并包括了大卫·汤普森游历过的大约150万平方英里的地区。汤普森把这幅史无前例的地图赠送给他之前的老板。这幅地图一直悬挂在苏必利尔湖威廉堡西北公司总部餐厅里。一直到20世纪，这幅地图依旧有其实用价值。这幅地图在西北公司以小册子形式出版，为后来出版的地图提供了原始参考资料。

1814年，汤普森对第一幅地图做了改进。汤普森的一个儿子把这个版本复制件卖给了上加拿大政府。之后19世纪大部分时间里，它成为加拿大西部地图的原本。第二幅地图，用汤普森本人的话来说，“涵盖了北纬45度到60度以及西经84度到124度，包括了20多年勘测与发现的成果。这些成果包括从俄勒冈州地区到太平洋的勘测以及由菲利普·特纳对亚历山大·麦肯齐在1792年经过的弗雷泽河下游的这条路线的勘探，即阿萨巴斯卡湖、奴河以及由麦肯齐河流入北极海的湖；还包括已故的西北公司的约翰·斯图尔特所做出的勘测成果。”

大卫·汤普森正在使用六分仪，C. W. 杰弗里绘制

大卫·汤普森提议的边界划分地图

汤普森不断锤炼自己的绘图技术，在1826年与1843年，他把改进版地图呈交给英国。这些都成为大不列颠博物馆与伦敦公共事务记录办公室的财富。很少有人注意到，1801年出版的亚历山大大卫·麦肯齐的《来自蒙特利尔的航程》中的地图其实也是汤普森绘制的。这幅地图是汤普森1800年之前绘制的众多地图的汇总。而麦肯齐很少会把荣誉赋予别人。

大卫·汤普森的工作从未被完全地认可，也从来没有因为工作获得高薪。“老板们允许伦敦的地图绘制商，如阿罗氏密斯公司，出版他的地图，”理查德·格洛弗在《不列颠哥伦比亚研究》中写道，“这种行为被霍普伍德教授形容为‘剽窃行为’。这个字眼用的不怎么恰当，因为汤普森的地图是属于他老板们的财富，他们付给汤普森钱去绘制地图。然而，结果是可悲的，整个世界都在用汤普森绘制的这些精准的地图，然而人们对于地图绘制者却知之甚少。”

《根特合约》之后，汤普森在一个国际边界委员会担任英国勘测员与天文学者至少10年。这个委员会明确规定了从圣吉里斯圣劳伦斯岛一直到伍兹湖的加拿大和美国的边界，靠近现在安大略湖—马尼托巴湖的边界。夏天，他大多待在野外，冬天，他则待在威廉斯敦绘制地图。当美国指定的勘测员在这项工程进行到一半辞职时,汤普森依然坚持工作。正是由于汤普森的诚信和能力,他的工作成绩被美、加双方认可。

汤普森在边界委员会里的工作包括完成比较艰难的任务,即找到伍兹湖最西北端。约翰·米切尔 1775 年绘制的一张地图上错误的标注伍兹湖最北端到密西西比河。这个错误被发现后,探索工作就展开了。汤普森数十次实地考察伍兹河,他耗费好几年时间才完成这个艰巨任务,确定拉特·波蒂奇(即今天安大略湖的凯诺拉)位于加拿大境内。历史学家与制图学专家大卫·马拉哈尔记录了这项来之不易的成果,他已经探明当年汤普森放在这个湖区西北部的一些石堆界标的具体位置。

1815 年,汤普森夫妇在格伦加立县的威廉斯敦买下他们的农场,那时他们已经有五个孩子。在这栋房子里,他们又陆续生了六个孩子。这栋房子之前属于约翰·白求恩牧师,此人把长老会制引入到上加拿大地区。六个孩子中最大的名为伊丽莎白,1817 年 4 月 25 日出生;最小的叫伊莱扎,1829 年 3 月 4 日出生。

农场生活非常艰难。麦吉利夫雷、泰恩和康帕尼共欠汤普森 400 英镑,他们的破产,加之汤普森有免除别人债务的品性,使他的经济状况一直不稳定。

汤普森出租了大大小小八处多达 36 公顷的农场,但是在 19 世纪 30 年代,当他的佃户无法支付地租时,他也无力支付自己的按揭贷款。他还尝试过经营一家杂货铺,开过酒馆并兜售过钾肥等生产设备。

大卫·汤普森被迫在安大略地区格兰格瑞县做了 20 年的私人调查员。他被指派到马斯科卡湖地区、靠近舍布鲁克地区的东部镇区、蒙特利尔的圣彼得湖区沿岸以及圣劳伦斯河沿岸。他任务繁琐,但收入微薄,而且视力每况愈下。汤普森 65 岁的时候破产,被迫和家人离开威廉斯敦。

尽管从事毛皮贸易达 28 年,汤普森竟被迫要卖掉六分仪以及其他仪器来给家人买食物,他甚至还典当了自己的外套。在向一个朋友借了两先令六分之后,他在日记中写下了最后一句话:“感谢上帝,有这么一个救济。”

1857 年 2 月 10 日,大卫·汤普森在魁北克的隆格伊于贫困中死去。夏洛特·汤普森三个月之后去世。

他的一个女婿在芒特罗亚尔给大卫·汤普森夫妇购买了一块墓地,

但是这个在C区507的墓址,一直到1927年之前都没有任何标记。1927年,地理学家约瑟夫·B.蒂勒尔为它立了一块普通的墓碑,给汤普森写了精练的墓志铭:“世间最伟大的、注重实效的国土地理学家。”

大卫·汤普森,这位来自格雷·寇特学校的孤儿,给加拿大120万平方英里的主要旅运通道绘制了地图,为美国50万平方英里的面积绘制了地图。他徒步或者乘舟或者骑马游历的地方超过了8万英里。

他溯流而上到达哥伦比亚河流源头,建立了哥伦比亚河第一个贸易站,勘测了密西西比河源头并开拓了阿萨巴斯卡关口——这仅仅是1813年前他所取得成就中的一小部分而已。

尽管成就斐然,大卫·汤普森的名气要比他同时代的人,西蒙·弗雷泽和亚历山大·麦肯齐小得多。

大卫·汤普森夫妇在安大略威廉斯敦的家被重新命名为白求恩—汤普森故居。它已经成为受保护的文化遗址,汤普森使用过的一些仪器被安大略档案馆找到。安大略皇家博物馆里保存着汤普森为西北公司绘制的两幅巨大地图中的一幅。上面精准标示出了北纬45度以北北美两侧主要水系。大卫·汤普森公路#11把雷德迪尔与落基山庄国家历史遗址连在一起。但是马尼托巴湖的汤普森并不是为了纪念大卫·汤普森而命名的(事实上,它是为了纪念国际镍业公司的约翰F.汤普森而命名)。落基山庄里保存着大卫·汤普森的六分仪。

这个博得“Koo-koo-sint”(在内斯珀西印第安人语言中意思为“观察星星的人”)绰号的人从来没有见到过弗雷泽河的最长支流——汤普森河,它是在1808年由西蒙·弗雷泽以汤普森的名字命名的。

1984年,在不列颠哥伦比亚纳尔逊地区,创建不久的大卫·汤普森大学关闭了。之后,大卫·汤普森文化社团继续为纳尔逊社区组织社会和文化报告。

2005年,在斯波坎的西北艺术和文化博物馆里,公开举办了大卫·汤普森的展览,包括汤普森的日记、地图、山脉草图以及由艺术家保罗·凯恩与亨利·詹姆斯·沃尔绘制的现场草图。

2007年,随着庆祝大卫·汤普森到不列颠哥伦比亚200周年纪念活动的临近,越来越多的人认为,汤普森的制图技术、忍耐力、对土著人的一贯尊重和探险精神、精通至少六门语言以及惊人的文学遗产都让他成为加拿大历史中最未得到充分肯定的一个英雄。

没有任何一个毛皮商人像他一样，待在城堡外时间比在城堡内的时间多。没有任何一个加拿大毛皮商人比他更忠诚、更勤奋、更善表达。

大卫·汤普森不仅为北美大陆两端开辟了贸易路线，开拓出哥伦比亚河这个贸易路线，而且长达半个世纪以来，他跨洲的天文知识与测绘技术成为描绘加拿大地貌与描绘美国大部分国土地貌的依据。

在研究不列颠哥伦比亚土地勘测的《量身定做》一书中，凯瑟琳·戈登认为，"对于他所研究的河流与山脉，汤普森煞费苦心地给出了河流长度以及山脉高度的详细数据，给英国制图师日益发展壮大的可靠素材贡献了大量惊人的、准确的信息。适合温哥华地区笨重、体积庞大的航海计时器以及远洋航行的类似仪器都无法使用，汤普森依靠一支表加上天文观测来确定经度。他的方法是可靠的：他费尽苦心多次观测木星的月食情况，然后再把他所处的地点与在格林尼治地区观测结果进行时差比较。假如由于某种原因，看不到木星，汤普森就测量月亮同这两个固定天体之间的角度。"

"勤奋是汤普森最宝贵的财富。多年来，在他的日记中，他记录了成千上万的观测数据，之后，他通过实地勘测继续跟进补充具体信息。"

要是汤普森能在有生之年编辑并出版他的39本日记的话，他就能够获得更高荣誉。约瑟夫·蒂勒尔购买了汤普森未完成的手稿以及日记，并完善出一个汤普森探险与成就的修改版本，即《1784—1812年大卫·汤普森在美国西部探险的故事》。1916年，这本书在多伦多首次出版。

没有汤普森的肖像，很难去歌颂他。1850年，英国军队外科医生兼地质学家约翰·杰里迈亚·比格斯比在他名为《鞋和独木舟》游记中描述了汤普森在1823年为边界委员会工作乘独木舟出行的情况：

"他身材矮小壮实，黑色长发，头发刚刚超过眉毛，修理得整整齐齐，就像被舷弧划过一样。肤色呈现出园丁的褐红色，布满皱纹的面容表情和蔼又睿智。但坍塌的鼻子让他看上去很怪异。尽管从小就背井离乡，但是说话方式依然显出他是威尔士人。后来我同他一起游历。他才智出众，具有非凡的制图能力。"

为配合由不列颠哥伦比亚因弗米尔举办的大卫·汤普森200周年庆祝活动，来自亚伯达省坎莫尔的艾丽丝·萨尔蒂尔·马歇尔要创作一幅新的、虚构的大卫·汤普森肖像画。而比格斯比对于汤普森的描述与汤普森30岁孙子的照片为她提供了参考。它试图刻画出大卫·汤普森1807年跨越位于亚伯达与不列颠哥伦比亚边境的豪斯山口抵达哥伦比亚河时的形象。豪斯山口从此被认为是从温哥华到埃德蒙顿的一条陆路捷径,大大缩短了行车时间。

乔治·辛普森

"我的命令是不容置疑的。" ——乔治·辛普森,1820年

"就如奥古斯塔斯·恺撒代表罗马一样,他代表着哈得孙湾公司。哈得孙湾公司是他用砖艰难的建立起来的,并让它像大理石一样永存。"

——F. W. 霍维,1939年

乔治·辛普森是哈得孙湾公司总管,被称为"小皇帝"。当时,这个公司在加拿大实力最强,它所监管的地区比西欧面积还要大。乔治·辛普森的下属约翰·托德把他描述为"那个狡猾的狐狸"。辛普森在不列颠哥伦比亚发展过程中发挥着重要作用。辛普森决定把新喀里多尼亚(不列颠哥伦比亚内地)以及哥伦比亚(哥伦比亚河以及西海岸南部)毛皮贸易区域联结起来。这一决定导致了在现在不列颠哥伦比亚地区建立了一系列城堡,最早建立的是兰利堡(1827年)。

"(落基)山脉这边的贸易"他写道,"如果合理经营的话,我敢说不但贸易无可匹敌,而且投资的总额会赚取比在北美其他任何地方利润的两倍。但是,为了利益最大化,新喀里多尼亚必须被包括在内,海岸贸易必须配合内地业务。"

19世纪之前,落基山脉以西的城堡和贸易站包括:麦克劳德堡(1805年)、纳尔逊堡(1805年)、圣詹姆斯堡(斯图尔特湖堡、新喀里多尼亚堡,1806年)、乔治堡(1807年)、库特奈山庄(1807年)、阿斯托里亚堡(1811年)以及汤普森堡(希万普斯堡,1812年)。

1850年之前,辛普森掌权时期新建城堡和贸易站有:亚历山德里亚堡(1821,不要和今天位于马尼托巴湖的亚历山大堡相混淆)、巴宾堡(1822)、温哥华堡(1825)、康诺利堡(1827)、契尔卡登堡(1829)、霍尔基特

堡(1929;1832)、辛普森堡(又名纳斯堡,1831)、麦克洛克林堡(1833)、埃辛顿堡(1835)、迪斯莱克贸易站(1838)、圣弗朗西斯科堡(又名耶尔瓦布埃纳,1839)、火奴鲁鲁(1839)、斯蒂金堡(1840)、雅酷堡(又名达勒姆堡,1840)、维多利亚堡(又名卡莫森堡,1843)、育空堡(1847)、耶鲁堡(1848)与霍普堡(1848)。

辛普森认为哈得孙湾公司应该同美国和俄国的海上毛皮贸易竞争,这一决定使一艘名为"比弗"的蒸汽驱动船驶达西海岸。

1670 年,国王查尔斯二世授权给总部在伦敦的哈得孙湾公司在大部分英属北美区域收购毛皮。西北公司总部设在蒙特利尔,大部分由苏格兰商人组成。面对西北公司日益激烈的竞争,哈得孙湾公司在 1821 年实施了重组,把西北公司新贵列入其中并保留其垄断地位。自 1816 年,两个公司就开始筹划合并事宜。随着两个公司的合并,哈得孙湾公司/西北公司从根本上控制了从拉布拉多到俄勒冈州、从雷德河到育空的所有毛皮贸易。此时,加拿大西部仅有少数移民,因此在 1845 年之前,哈得孙湾公司为所有人免费投送信件。

1820 年,23 岁的乔治・辛普森作为一个在伦敦受训的会计来到加拿大。哈得孙湾公司里一个叫做安德鲁・科尔维尔的董事赏识他的能力。正如历史学家乔治・伍德科克声称的那样,"(科尔维尔)和他(辛普森)错误的结合到了一起。"辛普森是一个私生子,大概是在 1792 年(据美国传记字典)或者是在蒙特利尔他的墓碑上提供的日期——1787 年,出生在苏格兰的罗斯郡的丁沃尔。不管怎样,辛普森不是由父母养大,而是被亲戚带大的。他之后对于妇女的态度很可能源于受到不良家教的影响。

作为一个新手,辛普森在温伯尼湖上的挪威庄园度过第一个冬天。当时,北美的哈得孙湾公司主管威廉姆・威廉姆斯的工作受到极大的胁迫,因为西北公司对他签发了逮捕令。为保证威廉姆斯被捕后工作得以正常开展,哈得孙湾公司需要备用另外一个职务稍低的人。1820 年,威廉姆斯派出新代理人,乔治・辛普森。他带领一帮船员向西航行,一方面去了解公司运转情况,另一方面也尽量减缓同西北公司的紧张局势。据历史学家道格拉斯・麦凯说,辛普森被派往阿萨巴斯卡地区,"(它是)毛皮贸易竞争风暴的中心同时也是敌方(西北公司人员)最后一个堡垒。"

《1841—1842年环球游记》中乔治·辛普森的侧面像

1821年合并之后，辛普森分管了北方片区，包括加拿大西部大部分区域以及美国部分地区。他采取措施去安抚那些心怀不满的西北公司人员，让他们感觉之前在哈得孙湾公司的对手是欢迎他们的。约翰·托德亲眼目睹辛普森的外交手腕并给出了报道，“他们先前僵硬的表情松弛了一点；他们逐渐慢慢地开始融合在一起；有几个人处理的更好，他们完全投入到对方阵营中，彼此之间相互握手问候。”

为了进一步限制前敌尖酸刻薄，辛普森把新喀里多尼亚、哥伦比亚、阿萨巴斯卡以及麦肯齐河流域的贸易片区的管辖权全部让给西北公司的人，让西北公司掌管全部25个毛皮贸易片区中的18个。辛普森继续调整他认为不当的管理经营模式。截至1825年，公司裁员超过百分之五十，降低了工资标准。辛普森这场崇尚节俭的运动得到阿奇博尔德·麦克唐纳的帮助。之前，辛普森在阿萨巴斯卡地区工作时遇到了毛皮贸易商麦克唐纳。1821年，麦克唐纳到达哥伦比亚河口，之后，这两个人有大量书信往来。1822年，麦克唐纳写了一份报告，批判西北公司在哥伦比亚地区四个贸易站的浪费现象与自我放纵。四个贸易站分别是：乔治堡（阿斯托里亚）、斯波坎豪斯、瓦拉瓦拉堡以及汤普森河（奥克那根与坎卢普斯堡）。

1824—1825年，辛普森亲自去西部地区调查情况，批判了落基山脉以西见到的种种现象。“……如果我消息准确的话，”他写道，“迄今为止，哥伦比亚站一直被忽视。它的管理非常糟糕，已呈现出最奢侈浪费的现象、充斥了最愚蠢的纷争。该是我们改变这种体制的时候了。我认为，我们有足够改革与修正的空间。”

乔治·辛普森绝对是非常认真的。1824年，到乔治堡时，他写道，“奢侈浪费已经蔚然成风。”出于效率而非道德层面考虑，他取缔了哈得孙湾公司给印第安人提供烈性酒的传统。“他的指令就是节约，”历史学家F. W. 霍维写道，“食物的节俭、供应品的节俭、印第安人信誉方面的节俭、工资的节俭以及各项开支的节俭。”

1825年3月19日，辛普森出席了哥伦比亚河温哥华堡的命名仪式。辛普森游历广泛，他喜欢带着一个苏格兰风笛，乘坐专门制作的特大号独木舟去贸易站，他的船尾飘着一面旗帜。他是一个苛刻的人事判官，保存着一本个人的“人物个性录”，上面记录了他对别人的评价。比如说，在对首席贸易商亚历山大·麦克劳德的纪录中，辛普森把他描述为“一个傲慢无礼、专横的家伙”。据说他“傲慢，他不能让自己局限于平淡无奇的事实中，经常炫耀他取得功绩的细枝末节，这使他身边的人恼怒。挂在他嘴边是‘我做了这’、‘我做了那’、‘我也做了另外一件事’，但是，不幸的是，他很少做好任何一件事”。

1828年，在结束对新喀里多尼亚所有城堡的调查之后，辛普森团队获得了第一手资料，即弗雷泽河不是一条适合贸易的通道，不能使兰利堡成为哈得孙湾公司在太平洋上主要的补给站。“我应该考虑到下一步的，十次尝试中，十有八九不成功。”他写道。在兰利堡待了一周后，辛普森和他的大批队员在普吉特湾遭遇敌对的土著人。首席贸易商A. R. 麦克劳德领导的哈得孙湾公司代表团在克拉卢姆乡村杀死20多个土著人，而这场遭遇是对那个事件血腥报复的余波。

1832年，辛普森给在伦敦的上级写信，要求派一艘汽船来解决沿海运输和航运问题。“我们不清楚这样一艘船要花费多少，”他总结道，“但是耗资六千英镑的话，觉得不应该算贵。”约翰·麦克洛克林首先提出要这样一艘船的想法，但是后来考虑到“我们不得不又增加一项花费”，他否定了自己的想法。1834年3月5日，关于这个问题，哈得孙湾公司做出了对于辛普森有利的决议。

1835年8月27日，这艘重达109吨的“比弗号”在大卫·霍姆船长率领下，由威廉·达比船长率领的“哥伦比亚”号护航，驶离了英格兰的格雷夫森德。两艘船在1836年4月10号抵达温哥华堡。在温哥华堡，这艘长达101英尺的“比弗号”船装置了独立的货运引擎与桨轮。凭借着70马力的引擎，以及最大可达每小时9.75英里的航行速度，大大促进西海岸的交通。这艘船大大减少了哈得孙湾公司对城堡的依赖。尽管它不是太平洋上的第一艘蒸汽机船，但是通常它被认为是第一艘在太平洋地区航行的蒸汽机船。

自1833年起，辛普森被安排在靠近蒙特利尔拉辛急流的哈得孙湾公司加拿大总部工作。1839年，身为会计师的辛普森被任命为哈得孙湾公司所有属地主管，而不仅仅是北部片区。直到1860年，他一直担任这个被称为“小皇帝”的职位。

1841—1842年，辛普森经由西伯利亚开始了环球探险，出版了两卷探险日记。探险日记中的一卷是关于他乘马或者是乘独木舟跨越加拿大的故事，包括他访问加利福尼亚的行程；另一卷主要涉及他到夏威夷以及穿越西伯利亚的行程。一幅地图标示了他的行程。尽管辛普森旅行的目的仅仅为了贸易，但在《加拿大境内的落基山脉：最早的旅行与探险》中，埃斯特·弗雷泽仍然给辛普森起了一个“班夫第一旅行家”的名号。辛普森的随从每天要走40到50英里的路。1841年8月25日，他到达温哥华堡。

在他的探险过程中，辛普森建议建造维多利亚堡，从而成为不列颠哥伦比亚的始祖。当他和詹姆斯·道格拉斯一起去阿拉斯加的锡特卡和俄国人进行谈判时，两个人讨论用哈得孙湾公司北部的一个备用贸易总部来替代温哥华堡。

“温哥华岛的南端与德富卡海峡北部接壤，”辛普森写道，“它是建立城堡最好的位置……我没有机会登上温哥华岛南端，但就距离而言，它处于普吉湾和佐治亚湾之间，还有，根据C.F.麦克洛克林以及其他到达那儿的人报告，我们完全有理由相信，在那个地区找到一个合适地点来解决城堡建址问题毫无困难。”

1841年，乔治·辛普森被加封为爵士。19世纪40年代，作为爵士，乔治·辛普森不可避免的参与了为哈得孙湾公司争夺温哥华岛的所有权的阴谋中。但是，他可能不太热衷于潜在的长期利益，他不赞成开拓殖民地，因为他已经预见到殖民地可能会妨碍贸易。“我认为，格莱斯顿先生、休姆先生以及其他一些对于把温哥华岛置于公司领导下的殖民地总部太过苛刻了，他们都过高估计了温哥华岛的价值。”1850 年，他在给詹姆斯·道格拉斯的信中这样写道。

1924 年乔治·辛普森进入圣·詹姆斯堡的情景再现

鉴于一贯彬彬有礼和长期“典范单身汉”的形象，正如他自己说过的那样，乔治·辛普森和他多数混血情人保持良好关系，然后又轻而易举地抛弃她们。早在 1830 年在伦敦娶 18 岁的堂妹弗朗西斯之前，他就已经和四个别的女人生了至少五个孩子，包括加入哈得孙湾公司之前在英国所发生的一段与女人的关系。在《天生的陌生人》一书中，詹妮弗·S. H. 布朗列举出辛普森同那些混血土著女人之间放荡的、盛气凌人的关系。

首先值得一提的是贝特西·辛克莱。她是哈得孙湾代理商威廉·辛克莱与土著妻子玛格丽特(Nohoway)·诺顿所生的女儿。1822 年，她给辛普森生了个孩子(一个女儿)。在信函中，辛普森把婚姻伴侣称呼为“我的东西”以及“我的日本助手”。他认为在 1822 年抛弃她比较合适。他写信给 J. G. 麦克塔维什：“如果你能把这个女人处理掉，这是非常让人满意的事情。因为她已经是一个多余而奢侈的附属品。养着一个女人却不能享受其魅力，在我看来这毫无乐趣可言。而我现在零乱的生活不允许我这么做。但是，如果她是滞销的，我不想她成为工厂里所有年轻小伙子通用的宿营店。”

就在同一个月的晚些时候，辛普森又给麦克塔维什写信："看来，怀特·菲什很喜欢生育，要是我在套房里有一个很好皮条客的话，我应该把我卵子的一部分存储起来，但是已经……让我名声传播得更远。"后来，玛格丽特·泰勒给他生了两个儿子，她是另外一个代理商的女儿。与此同时，在拉辛总部，他和另一个女人保持着私通关系，而且她很可能给他生过一个孩子。当娶堂妹时，辛普森安排另外一个人娶了泰勒，就如当年他处理贝特西·辛克莱一样。

鉴于他位高权重，他的始乱终弃并不是那么引人注目。但是他对于雇员性方面的问题却经常是自相矛盾、虚伪矫饰的。尽管他劝说来自内陆的雇员要"一旦到达这个地方就要马上和当地家庭形成某种联系"，但尤其是当这种安排成本太高或者妨碍贸易的时候，他就又很快谴责那些真把这种关系当回事的人。

辛普森写道："我们确实应该制止这些绅士们把老婆和孩子从东部地区接到落基山脉以西的行为。伴随这种行为而来的是航行费用增加和不便，生意不得不让位于对家庭的考虑和照顾，这些绅士们都变成了不务正业的混混，而不能再被支配。总之，这种祸害比我所描述的要严重许多。"

显然，辛普森缺少对家庭的感激和认可。男人可以和"古铜肤色的性伴侣"调情，寻欢作乐，但是贸易和消遣必须得要分开。1831 年，他描述了一个名为罗伯逊的贸易商，在他和一个名叫特丽莎·查理福克斯的乡村女人结婚十年后，他试图把她引荐到雷德河谷上流社会中来。"这个春天，罗伯逊带着这个棕色皮肤的女人来到开拓地，让她在拜访文明世界之前先学会一些英国人的举止。但是不可能——我明确地告诉他，这件事不可能。这极度地伤害了他……我听说，他第二天离开时，羞愧、懊恼之情无法形容。"当时盛行种族歧视主义。辛普森甚至更加残酷。他傲慢、冷漠、残酷，利用权力去驯服或者贬损别人。一直到 1860 年去世，他都保持着霸道、节俭的生活方式。

乔治·辛普森总管(戴高顶大礼帽)

人们很想把辛普森看作一个死板、专横的家伙,而在1945年的《不列颠哥伦比亚研究》中,一位名叫K.凯恩·拉姆的不列颠哥伦比亚卓越的历史学家告诫道,"人们经常假设,只要是牵扯到毛皮贸易,辛普森好像是了不起的上帝似的。事实上,他只不过是在一定范围内工作,而且是按照在伦敦制定的、详细的、令人惊讶的政策行事而已……在毛皮贸易的'黄金时代',辛普森完善了这个庞大的贸易体系,但是随着形势变化,这个体系还没有达到他不愿意去改进、不可侵犯的地步。相反,他一向都在留意着让公司的发展跟上时代的步伐。因此,在我们这个区域,他鼓励农垦、渔业、林业、采矿业以及毛皮贸易。如果条件允许的话,他甚至准备去尝试捕鲸业。"

历史学家西奥多·J.卡拉曼克斯给出了一个他自己的总结:"总之,辛普森是一个具有洲际眼光的人物。"

约翰·麦克洛克林

"……那个怪异的庞然大物麦克洛克林。"

——雇员约翰·托德

早在詹姆斯·道格拉斯之前,西北太平洋地区最精明、权利最大的行政长官,白头发的"俄勒冈之父"——约翰·麦克洛克林,是他的顾问。1839年,麦克洛克林亲自参观了温哥华岛,传递乔治·辛普森建立维多利亚堡的指令(给道格拉斯)。根据W.K.拉姆说:"传说夸大了麦克洛克林的声望,把他塑造成一个品德高尚的、惊人的典范形象……他不完美,但非常有趣——激情与固执让他饱受折磨,让他成为一个不易相处乃至最终成为一个难以让人忍受的下属;但是他具有宽宏大量的人道精神、远见卓识、事业心强。"乔治·辛普森最初把麦克洛克林描述为,"他是一个尽职尽责、荣誉至上、正直的男人。"

1784年10月19日,约翰·麦克洛克林出生在魁北克卢北河附近。父亲是一个贫穷的天主教教徒,母亲是一个出身高贵的新教徒。他受洗成为一个天主教教徒,但是长大后成了一个圣公会教徒。14岁的麦克洛克林师从博士詹姆斯·费希尔爵士学医。1803年4月30日,他获得行医执照,据说后来他在和一个英国军队的军官发生殴斗之后逃离了魁北克。麦克洛克林加入西北公司之后,主要在威廉堡供职。在那里,他娶了一个土著女人为妻并育有五个孩子。1814年,麦克洛克林成为西北公司的股东,作为西北公司与哈得孙湾公司联合谈判的前期准备人员之一而声名鹊起。

雷德河殖民地的一个官员罗伯特·森普尔被杀,这场事件的余波导致麦克洛克林头发变白。麦克洛克林不想看到土著人被不公正的指责为谋杀者,他出面向西北公司人员提出异议,结果却发现他自己被指控参与了谋杀。在麦克洛克林被带往审判途中,经过苏必利尔湖的时候,所乘的独木舟倾覆,有几个人溺水而亡。1818年10月30日,他洗脱了所有罪名,被宣判无罪。

1824年,麦克洛克林被任命为哈得孙湾公司哥伦比亚区域主管,由彼得·斯基恩·奥登辅助其工作。1825年,在他的指导下,在哥伦比亚河北岸的贝尔维角建造了温哥华堡。起初，温哥华堡被命名为阿斯托里亚堡，它取代了乔治堡成为哈得孙湾公司西海岸的总部。1826年新喀里多尼亚区域和哥伦比亚区域合并之前，麦克洛克林一直任哈得孙湾公司主管。

麦克洛克林孜孜不倦、尽职尽责、仁慈厚道。对土著人，他采取了相对开明的政策，与他们合作，有时还给他们治病，是众所周知的"白头鹰"。他也因帮助饥寒交迫、精疲力竭的、跨大陆而来的美国移民而出名。他违背其英国雇主的意愿，为这些移民提供人道主义援助。

麦克洛克林喜爱舞蹈和阅读。在城堡内，他建立了一所图书馆并乐意接待诸如苏格兰植物学家大卫·道格拉斯这样的宾客。道格拉斯冷杉就因他得名。最初，在伪装神圣的 Rev. 赫伯特·比弗到达之前，麦克洛克林自己主持礼拜仪式。后来，他同比弗发生了激烈的争执。1832年，麦克洛克林在落基山脉以西创办了第一所学校，由约翰·鲍尔担任第一位老师。

他的门徒詹姆斯·道格拉斯是他一辈子的朋友，把他奉为偶像。然而，桀骜不驯的麦克洛克林开始和他的领导者乔治·辛普森产生了严重的分歧。辛普森开始担忧麦克洛克林会背叛公司自立门户。1832年，辛普森私底下说，麦克洛克林的"坏脾气难以压制、性情狂躁"，认为麦克洛克林"无论在哪个国家，无论在任何政府管理下，也无论在任何情况下，都将会是一个劲敌。"辛普森越是怀疑麦克洛克林对于共和主义的同情，辛普森和麦克洛克林越是对公司事务分歧重重。麦克洛克林赞成为贸易建立系列贸易站，而辛普森更赞成继续使用像"比弗"号那样的船只。麦克洛克林鼓励移民，而辛普森则反对之。

麦克洛克林与辛普森最终决裂源于麦克洛克林第二个儿子小约翰不幸的死亡。小约翰生于1812年，1821年被送往蒙特利尔接受学校教育。麦克洛克林的这个儿子同他的舅姥爷西蒙·弗雷泽一起住在蒙特利尔，但发展的不理想。之后，小约翰又被送往法国去学医，和他的叔叔大卫·麦克洛克林住在一起。但是，无论去哪里，他总是不断地惹是生非。

尽管没有行医执照，他仍然被授予哈得孙湾公司医生的职位，并被派往温哥华堡。1840年，他被派往斯蒂金堡去提供象征性的医疗服务。在那里，他得到了一个情绪无常的酒鬼的名声。1842年4月20日，他被一个自己人射中并一命呜呼，年方29岁。

英国专业历史学家批判约翰·麦克洛克林这位“俄勒冈之父”对移民过于慷慨大方。尽管如此，开明的麦克洛克林被移民们铭记。“麦克洛克林博士是一位极好的绅士，”来自于弗吉尼亚的丹尼尔·沃尔多回忆道，“哈得孙湾公司的所有人都是不错的。你很难发现会有人比这个老博士还好。我发现他信任那里很多人。他从来不问他们是否付得起货款与否。他向他们提供他们想要的一切货物。我们用他的船只长达九天之久。我想付钱给他，但是他分文不收。我告诉他，我们把船只损坏了，他说他们会‘马上修理，马上修理’。他是一个伟大的老人，他是那里最好的人。要不是因为哈得孙湾公司的话，我们很难活下来。”

辛普森让麦克洛克林相信，不过是一个与他同姓的人被谋杀而已。辛普森主管进行了仓促的调查就下结论，说麦克洛克林的混血儿子应该为此事承担部分责任。

麦克洛克林与辛普森因此结仇。辛普森的一封发号施令的信函的到来最终导致麦克洛克林辞职。这封信部分内容如下：“据我所收集的资料，小麦克洛克林先生整体的经营与管理糟糕透顶。在酒精的驱使下，他暴力不断，而且经常如此，最终发展成精神错乱……这个事件是在俄国地盘上发生的，我没法采取任何合法的措施制裁当事人。但是，我相信，任何审判此案件的法庭都只会得到陪审团的一个判决——‘无可非议的杀人犯……’整个贸易站经营的非常糟糕……很抱歉的是，我必须说，整个账目都混乱不堪。”

约翰·麦克洛克林自己开始调查他儿子的死因。不久,他意识到,辛普森的判断肤浅而简单,他仓促做出判断是为了避免此事件妨碍他与俄国管理者埃托林总督在斯蒂金的贸易。麦克洛克林收集到了第一手资料。詹姆斯·道格拉斯也从一个名叫卡拉夸斯的易洛魁族人那里收集到一些至关重要的情报。小约翰死时,卡拉夸斯就在斯蒂金堡。据此,麦克洛克林获悉,他的儿子并非如向辛普森提供信息的人所指控的那样,当时并未过度饮酒。相反,他的儿子当时曾尝试阻拦不服管教的职员携带公司货品逃离,并阻止他们去城堡外交易商品以满足他们自己的性需求。

在斯蒂金堡的男士不允许把土著女人带入城堡。黄昏之后,他们也不能离开城堡去与情人约会。于是,他们制定了一个阴谋,去暗杀他们的主管。之前,辛普森把小约翰的重要助手兼私人秘书罗德里克·芬利森调到城堡。老约翰·麦克洛克林越发对此不满,他认为这个决定置他的儿子于孤立无援的悲惨境地,让小约翰不能控制那些被放逐到斯蒂金堡的坏蛋。对斯蒂金堡账务的审计也显示,他儿子账务上,仅有 11 英镑的出入。他消费酒精的记录显示,他摄入的酒精量是适度的,这些也在小约翰乡下老婆那里可以得到证实。

在斯蒂金堡的谋杀者们对辛普森撒了谎。这些调查结果被送往佩利主管以及驻伦敦的哈得孙湾公司委员会那里。1843 年,佩利回复道,"证据显示,对约翰·麦克洛克林的谋杀是有预谋的。在小约翰死后,他们对他提出的包括酗酒以及残酷的惩罚部下的控告是缺乏公正依据的。"但是,杀害小约翰·麦克洛克林的凶手一直没有被绳之以法。

亲英职业历史学家曾指控,实质上,老约翰·麦克洛克林出卖了加拿大的利益去帮助美国移民并且获得美国国籍。麦克洛克林这么做,一方面是报复哈得孙湾公司经营管理的玩世不恭,另一方面也有可能是他被共和主义吸引的结果。

19 世纪 40 年代,天主教牧师抵达。之后,麦克洛克林又转而信仰天主教。1842 年 11 月 19 日,他邀请天主教传教士 F. N. 布兰切特以隆重的宗教仪式主持了他的婚礼。直到死亡,麦克洛克林一直忠诚于名为玛格丽特或是被称作玛格里特的第二任妻子。她是前西北公司让·艾蒂安·瓦丁的混血女儿。苏格兰商人紧密团结在一起:在玛格丽特的丈夫亚历山大·麦凯在"唐奎因"船上被杀一年之后,即 1812 年,麦克洛克林遇到了她。麦克洛克林甘愿为她前段婚姻的儿子担任父亲角色。她儿子名叫托马斯·麦凯,有三个妻子。

即使是在最好的年代里,内陆的家庭生活也是艰辛的。在西海岸,麦克洛克林积极尝试帮助他的混血孩子摆脱威廉堡的不幸生活。麦克洛克林的长女玛丽亚·伊丽莎白(1814年出生)是由他的姐姐,一个乌尔苏拉会的修女把她抚养成人。玛丽亚婚后,夫亡。之后,父亲去世之前,她一直受其资助。1817年,他的第二个女儿出生于威廉堡的埃洛伊萨,据说深得他的喜爱。她来到西部陪伴父亲并嫁给城堡首席秘书威廉·格伦·雷。后来,威廉自杀身亡。她的第二任老公去世之后,埃洛伊萨带着孩子与父亲住在一起,于1850年再婚。

1821年,麦克洛克林的儿子大卫出生在威廉堡。在温哥华堡住了一段时间之后,他被送往巴黎与他的叔叔一起生活。老麦克洛克林说服大卫放弃他自己在加尔各答军队中的职位,让他来到温哥华堡学习毛皮贸易。因对城堡生活不感兴趣,1849年,大卫·麦克洛克林从哈得孙湾公司辞职。他娶了一个名叫安妮·格瑞斯莉的库特奈族印第安女孩为妻,她是一个酋长的女儿。他们在爱达荷州和加拿大的边境拥有160英亩土地。在那里,他们度过了一生中大部分时间。直到1903年他去世为止,他肆意挥霍着他继承的巨大财产。

1846年,麦克洛克林因与辛普森意见不合而郁郁寡欢。他选择辞去哈得孙湾公司的管理工作。1847年,他被罗马教皇格雷戈里授予圣·格雷戈里骑士头衔。他住在俄勒冈城堡,经营着哈得孙湾公司的磨房与商店,并在1851年在66票中以44票的绝对优势当选为市长。他因慈善而出名,为公共项目捐赠出了大笔财富。尽管麦克洛克林成为美国公民,但是美国政府依然把他当做外国人,没收了他大部分财产。尽管如此,麦克洛克林1857年10月3日去世时,依然富甲一方、受人尊敬。他的账目显示,从1838年一直到他去世,他每个季度都会给一个名叫凯瑟琳·奥格曼,一位不为人知的女人送去10—50英镑不等的钱。至于为什么,依然是一个未解之谜。

如果麦克洛克林是"俄勒冈之父"的话,他应该就是不列颠哥伦比亚地区的祖父,但是那里很少有纪念他的东西。1833年5月23日,在蜜尔班海峡的坎贝尔岛的麦克洛克林海湾建造了麦克洛克林堡。1833年到

1836年，医生兼毛皮商威廉·弗雷泽·托米供职于此。1843年，这个城堡被废弃并被大火夷为平地。哈得孙湾公司在麦克洛克林湾建立了一个贸易站，迎接蒸汽船“比弗号”以及“奥特”号的到来。这个贸易站发展为现在被叫做贝拉贝拉的沿岸社区。

詹姆斯·道格拉斯

“即使是应付了事，也不要对一个印第安人食言。”

——詹姆斯·道格拉斯（给移民安德鲁·缪尔的建议）

“如果可以做到的话，政府最好拥有一个明智的、很好的专制统治。”

——詹姆斯·道格拉斯（日记账分录）

詹姆斯·道格拉斯娶了他老板的女儿为妻——他的岳父是首席负责人威廉·康诺利。他成为实际上的独裁者并被公认为是缔造不列颠哥伦比亚的元勋。1803年，他出生于不列颠吉亚纳（现在是圭亚那）德梅拉拉地区。他是格拉斯哥商人约翰·道格拉斯的私生子，当时约翰在德梅拉拉有生意事务。其母是一个名叫玛莎·里奇的克里尔奥人，来自于不列颠吉亚纳或者巴巴多斯。他曾经写道，他出生于6月5日，但是在罗斯湾公墓他墓碑上的日期是8月15日。

可以想象，詹姆斯·道格拉斯终生厌恶“可恶的奴隶买卖”部分是由于他自己有异族人通婚的家庭背景。1829年，他非常清楚地知道，美国人在弗拉特里海峡以及胡安·德富卡海峡购买奴隶，把他们运至海达后，每个奴隶可以换到30到50张海狸毛皮。

他写道：“对于我们而言，这种可恶的买卖以及它所带来的不幸很沉重，但是在我们能力范围之内，也采取不了任何补救措施，仅考虑我们的利益而言，我们也会做这种买卖。”

尽管道格拉斯意识到奴隶一直以来都是“让这个海岸发展起来的介质”，他依然不允许哈得孙湾公司的商人通过出售奴隶或者以奴隶易货的方式来获取毛皮。他的这种做法与很多俄国与美国商人不同，他鄙视太平洋海岸奴隶制度的传统。

1809年，詹姆斯·道格拉斯的父亲在苏格兰结婚后，詹姆斯和他的弟弟被带往苏格兰去接受教育。詹姆斯在苏格兰的拉纳克接受教育，在那里，他获得了良好、扎实的法语培训。这些都让他能够在1819年，年仅16岁的时候涉足于毛皮贸易行业，为西北公司服务。1819年，他驾乘“马修斯”号双桅船抵达蒙特利尔。作为一个二等职员，他在加拿大苏必利尔湖边的威廉堡度过了他在加拿大的第一个寒冬。

道格拉斯的贸易生涯带有很多暴力色彩。1821年，他与别人决斗，没有造成任何伤亡。

1821年，西北公司与哈得孙湾公司合并。之后，道格拉斯被派驻于北萨斯喀彻温省的丘吉尔河的埃乐·阿·拉·科诺斯。1825年夏天，他曾一度被派驻至皮斯河地区的弗米利恩堡。随后，他被调任到最重要的不列颠哥伦比亚斯图尔特河的圣·詹姆斯堡。1828年，在新喀里多尼亚，他同16岁的混血女孩阿米莉娅·康诺利相遇并结婚。阿米莉娅的父亲是首席主管威廉·康诺利，母亲是克里族人弥代·尼皮伊。

对于詹姆斯·道格拉斯而言，妻子克里族的血统是一个敏感话题。他曾经建议他的小女儿玛莎不要提到她编纂14个科钦与6个克里族故事的来历。“我不反对你讲述这些古老的故事，”道格拉斯给她写道，“但恳请你不要告知世人它们是关于你自己母亲的故事。”

在道格拉斯毛皮贸易生涯中，最具有争议的事情发生在他娶妻的那一年。据说，在1823年，两个土著人在乔治堡（现在是乔治王子堡）杀害了两名白人毛皮商人。由于曾经被受害者羞辱过，这两个印第安人把那两个白人的头颅砍了下来，逃避追捕长达五年之久。

其中一个逃犯在另外一个部落被人杀死。1828年夏天，另外一个逃犯在斯图尔特湖区露面。那个时候，詹姆斯·道格拉斯在其岳父离开期间暂时主管圣·詹姆斯堡。道格拉斯带领几个男人在附近的卡里尔村捉住这个被指控的罪犯。他们没有对这个罪犯进行任何的审判或者是审讯，用毛皮商人约翰·麦克林的话来说，哈得孙湾公司的“代表团”即把这个罪犯绳之以法，“基本上把他殴打致死”。

在道格拉斯写给女儿的一封信中，谈及此事。“这是一个危险的冒险行为，”他写道，“高度的责任感促使我这么去干。”以牙还牙，以眼还眼。

道格拉斯对这个罪犯如汉谟拉比般的惩罚招来了当地卡里尔印第安人首领夸克（或被称作 Quah）的敌意。他带人进攻了圣詹姆斯堡并打倒道格拉斯，捆住他的手脚。根据一些报道，道格拉斯机敏的老婆阿米莉娅把城堡里各种物品都带来当做赎金营救了他。另外一种解释是,他在匕首的威胁下,产生慈悲心怀,答应绑架人的条件。他的妻子匆忙提供了衣服以及其他贸易货物作为赎金。

后来,道格拉斯与两个人在去往弗雷泽的路上遭遇坏人搭讪,再次面临丧命的危险。据说,道格拉斯用不卑不亢的态度说服了逮他的印第安人放了他。

1830 年 1 月 30 日,为了防止进一步的对峙,首席主管康诺利把他的女儿以及道格拉斯送往温哥华堡。康诺利向麦克洛克林引荐了自己的女婿,说"无论他被派往何处,他总是一个有用之才"。

乔治·辛普森主管赞成他的这个评价。1832 年,这个小皇帝在他私密的"职员性格记录簿"中,对道格拉斯做出了如下的评定:

"一个苏格兰西印第安人,大约 33 岁,供职 13 年。——一个体格健壮、头脑灵活的家伙,行为端庄、能力超强:受到相当好的教育、书面表达清晰条理、熟悉会计事务,他是一个非常棒的商人。——完全能胜任需求坚定的意志和敏锐的判断力的任何工作,但是当他被惹怒时,他难以控制自己的狂躁。——他有理由尽早升职并很可能后来会在我们的理事会中从事管理工作。——驻扎于哥伦比亚。"

卡瓦首领的女儿科热尔(上图)。卡瓦的儿子塔亚继他之后成为首领。

在温哥华堡，詹姆斯·道格拉斯受到约翰·麦克洛克林的保护。他同阿米莉娅·康诺利的婚礼是由新来的比弗牧师主持，以隆重的英国国教仪式举行。

1835年，道格拉斯被晋升为首席贸易商，1839年，他又被升为首席主管。道格拉斯已经意识到毛皮贸易与殖民地开拓之间的冲突。1838年，他写道："殖民地与毛皮贸易的利益永远无法协调。前者只有通过相应的法律保护、自由贸易的影响以及有威望的居民参与才可以繁荣发展；总而言之，它需要建立事务之间的新秩序，而每次变革都会让毛皮贸易遭受损失。"

1840年，詹姆斯·道格拉斯代表哈得孙湾公司去加利福尼亚，为的是同西班牙当局建立贸易联系。而在同年早些时间，他已经同俄国科普瑞诺夫总督在阿拉斯加进行了类似的外交联络。萨利纳斯和圣克拉拉山谷给道格拉斯留下了深刻印象，他宣称加利福尼亚"在很多方面跟地球上任何其他地方无法相提并论"。尽管道格拉斯从未出版过任何传记，而且他从来也没有被人当做过作家，但是，他所保存的日记后来被出版，名为《1840年从哥伦比亚到加利福尼亚的航行》。

1837年，道格拉斯受到"比弗"号船长麦克尼尔的强力举荐。1842年，他被麦克洛克林派往温哥华岛南端，为在那里建造一个新城堡的选址问题做早期调研。1843年，道格拉斯在靠近今天的比肯山公园的克洛弗角停泊，并把建造城堡的地址锁定为靠近维多利亚内部港口的哥萨克(Camosun)，之后它被改名为维多利亚堡。"在这个西北海岸沉寂的荒野间，这个地方本身就像一个完美的'伊甸园'……如果有人猜想它是从云端掉至现在这个位置的话，是可以被理解的。"道格拉斯写道。道格拉斯舍弃了苏克与埃斯奎莫尔特作为新堡的选址，他监督了新堡前期的修建工作，次年这个城堡就顺利竣工了。

阿米莉娅·道格拉斯(坐着的)及其家人

1843年,在写给詹姆斯·哈格雷夫的一封信中,詹姆斯·道格拉斯对于他那年在温哥华岛上遇到的土著人的“天生的粗鲁”表达了他的态度。“人类的粗鲁理性是一种多么卑劣的事情。有时候,我会想到,如果和这些亡命之徒在一起数月之久,即使是那些完全否认宗教使人高贵的疯子们都会从中学会谦逊,抛弃他们那些无用的幻想。”

1846年,詹姆斯·道格拉斯继约翰·麦克洛克林之后,接任了落基山脉以西哈得孙湾公司的管理工作。“道格拉斯通往成功的路很大程度要归功于约翰·麦克洛克林。他对麦克洛克林的爱戴,”历史学家德里克·佩西克评价道,“一旦在麦克洛克林对他没有任何用途的时候,似乎就减少了。他记录了麦克洛克林在任职期间的死亡事件,而在这种情况下,他是冷酷无情的。”

1849年,即英国政府把温哥华岛以每年7先令的租金割让给哈得孙湾公司的那一年,维多利亚堡代替了温哥华堡,成为哈得孙湾公司在西部的总部。除了有一次到欧洲旅行之外,道格拉斯在维多利亚堡度过余生。

1851年10月30日,身兼哈得孙湾公司首席代理商的道格拉斯又继理查德·布兰沙德这个酒鬼之后成为温哥华岛的总督。1850年道格拉斯到来后,就妨碍了布兰沙德相对轻松的生活。历史学家休伯特·班克罗夫特把布兰沙德的困境简单概括为,“尽管他身后有世界上最强大的国家做后盾,他比一个野人的第七个老婆还要无助。”

但是这个新近到达的移民布兰沙德也不是一个傻瓜,他受过法律培训。就如他自己所说的那样,他主要是受到“哈得孙湾公司所追求的整个系统的发展趋势”的迫害。“它要把自由移民驱逐出去,并把温哥华岛要么留下来作为扩展自己贸易站的地盘,要么把它变为不毛之地。”

让诸如时任殖民地大臣的爱德华·布尔沃·利顿这些英国当权者们感到恐慌的是,1853年,在没有任何法律授权的前提下,道格拉斯建立了自己的最高法院。道格拉斯还义无反顾的任命他刚从英属圭亚那德梅拉拉来的内弟为该法院的首任法官。

尽管道格拉斯专横霸道,但是他还是听从了布尔沃·利顿的建议,在强硬的独裁主义和无政府状态之间走一条中间路线。1854年,在澳大利亚的维多利亚,这种独裁主义引发了所谓的尤里卡栅栏事件。而无政府状态表现为加利福尼亚的淘金热事件。当然,近来的历史学家对道格拉斯基本上遵循了这一中间路线表示赞许。

一仆不侍二主,1858年,道格拉斯辞去了他在哈得孙湾公司主管的职位,他开始一心一意地去管理不列颠哥伦比亚这个新的殖民地大陆。道格拉斯能力非凡,在弗雷泽河发现金子之后,他也能够胜任管理好大陆与温哥华岛屿两个地区。他支持警察局长查特斯·布鲁与马修·贝格比法官采取的执法措施、修建道路(包括卡里布路)、从旧金山引进可靠忠实的黑人、策划同土著人谈判,以及监管新威斯敏斯特地区与兰利地区的发展。

1858年5月8日,道格拉斯对大量淘金者的涌入做出了迅速回应。他发布了一个公告,武断地宣称其政权完全受法律保护。

来自于土著人的暴力,尤其是对于移民的人身侵犯以及暗杀都会受到迅猛、严厉的军事镇压。然而,在1850到1854年期间,道格拉斯先是任哈得孙湾公司在维多利亚堡的首席代理商,之后又成为温哥华岛殖民地的第二任总督。在此期间,他已经高瞻远瞩的制定了在温哥华岛上同土著人的14个条约或者是土地协议。这些被称作“道格拉斯条约”的条款把大概温哥华岛上三分之一的土地划拨给了这些土著居民。

1899年,联邦政府的第8号条约把不列颠哥伦比亚东北部区域囊括在内(现在包括8个不列颠哥伦比亚印第安人居住带)。除此之外,在詹姆斯·道格拉斯任期之后没有达成任何协商条款。这种情况一直持续到1998年,格伦·克拉克首相与乔·戈斯内尔酋长签署了尼斯加协议,并于2000年正式批准了该协议。

埃默·德·科斯莫斯是一个平民论者,作为道格拉斯的主要批评家,他激烈的批判了道格拉斯。他正确地把道格拉斯视为顽固的精英。尽管道格拉斯在任公职期间大部分时间都是严肃、冷漠的,但是,他与他的妻子和他们的女儿们的私人生活却丰富多彩。他的一个女儿嫁给了年轻有为的约翰·赫尔姆肯博士。1864年,道格拉斯辞去他的总督职位,去欧洲旅行并在1866年被授予骑士头衔。这通常都是对于在遥远的殖民地任职又不给大英帝国捣乱的管理者的一种奖赏。

道格拉斯既不宽厚仁慈也不盛气凌人,很容易让人联想到,道格拉斯形成了一种潜在的罗马将军的心态,而且这种心态永远都不会消失。1845年,在写给约翰·辛普森的一封信中,詹姆斯·道格拉斯评价道,"当罗马军团被从英国以及其他遥远的领地召回之后,罗马帝国迅速衰落,分崩离析。我们的疆域也是广阔无比,我们的统治也会因为同样的处理方式而遭受苦难。它有衰落的危险,只有勇敢地一路前行,我们才会拥有实力、操纵力和安全保障力。"

维多利亚的詹姆斯海湾墓地的詹姆斯·道格拉斯的墓碑(上图)。1845年,这个严父般的道格拉斯在写给殖民地国务卿亨利·拉布谢尔的一封信中承认了他自己"拥有非常少的法律知识"。

詹姆斯·道格拉斯返回维多利亚，一直到1877年去世，一直过着富足的生活。“道格拉斯是威严而显赫的。”他的女婿约翰·塞巴斯蒂安·赫尔姆肯如此评价道。但是，詹姆斯·道格拉斯身上也有一些卑劣的、让人反感的东西。道格拉斯的崇拜者德里克·佩西克曾经把他总结为，“一个基督教徒与权谋政治家完美的融合。”詹姆斯·道格拉斯把他一生中两个对他最有影响力的人物性格融合在一起。他把乔治·辛普森反对民主的合作传统与约翰·麦克洛克林如慈父般的慈善心融合在了一起。

艺术家和科学家

保罗·凯恩

作为加拿大艺术之父，保罗·凯恩是第一个精巧描绘太平洋西北地区的加拿大职业画家。他的绘画题材包括塞帕斯酋长，亦称沃特酋长，他是奇利瓦克酋长威廉·塞帕斯(亦称K'HHALSERTEN，意为“金蛇”)的父亲或祖父。其中有一幅是沃特地区的——他们住在斯考克尔，在弗雷泽峡谷的萨迪斯附近。非常值得一提的是，威廉·塞帕斯成为最早出生(但不是第一个)在不列颠哥伦比亚的土著作家。

凯恩在温哥华岛最南端及其附近度过的三个月时间里所创作的作品，有近百幅幸存至今。在1847年，凯恩画了维多利亚堡和来此参观的不同部落的原住民。由于他在西坡史无前例的工作，保罗·凯恩成为首位有畅销作品的加拿大画家。出版于1859年的《画家漫游记》很快就被翻译成法语、荷兰语和德语等几种文字。

2002年2月25日，保罗·凯恩的一幅油画——乔恩·李弗诺伊的肖像——卖了460万美元，它是历史上拍卖价格最高的加拿大作品。

1810年，保罗·凯恩出生于爱尔兰科克县的马洛。1819年，他随父亲迈克尔移居到上加拿大的小约克镇(今多伦多)。他父亲出生在兰开夏郡，曾经是个炮兵，后来成了一个卖“葡萄酒和烈酒”的商人。保罗·凯恩师从上加拿大学院的一个美术老师托马斯·德鲁里，学习绘画课程，然后绘制广告牌，接着他又在一家家具厂当了一段时间的装饰画家。从1836

年起的五年时间里，保罗·凯恩曾经到过底特律、密西根、莫比尔、阿拉巴马巡回肖像画家为人们画肖像。1841年他攒足了钱，坐船从新奥尔良到了法国马塞。在接下来的三年里，他在罗马、佛罗伦萨、威尼斯和伦敦学习和临摹知名画家的作品。1843年，在伦敦保罗·凯恩遇到了正在那里展览其美国西部作品的乔治·凯特琳。深受凯特琳色彩鲜艳的非欧洲画风的启发，凯恩坐船从利物浦到了阿拉巴马州的莫比尔港，决定在加拿大西部从事同样的绘画工作。

1845年，35岁的凯恩返回多伦多。红胡子凯恩虽然身无分文，但意志坚定，他决心涉足于制作关于五大湖区的作品。但他没有穿越苏·圣玛丽·索村前往五大湖区，而是回到蒙特利尔。他非常明智地向“小皇帝”——乔治·辛普森的寻求前往五大湖区的许可。1846年3月，辛普森会见了他。

辛普森授权凯恩可以以客人身份自由乘坐哈得孙湾公司的船前往，同时他还委托凯恩画12幅画，这些画是关于诸如猎杀野牛、宴会、魔术、舞蹈“或者别的你认为最吸引人、最有趣的野蛮人的生活”。

保罗·凯恩自画像，作于1847年左右

保罗·凯恩的画"在这片大陆上众多部落北部毗邻的那个部落，被航海家们称为巴宾族或大嘴唇族。这个部落的女性通过嵌入一片木块来撑大她们的下嘴唇，因此而得名。她们自婴儿起，一小片骨头被自下而上塞进婴儿的下嘴唇，并且随着年龄增长逐渐增大嵌入骨头的尺寸，如此，直到可以嵌入长3英寸宽1英寸的木条，使嘴唇向前突出到惊人的地步。她们的下嘴唇会随着年龄增长而更加突出。对她们而言，美丑取决于她们嘴唇的大小，同时大而突出的嘴唇也让这些自由女性跟女奴区别开来。倘若这个木条被取下，她们的下嘴唇就会耷拉到下巴上，露出一种人类无法想象的最令人恶心的样子。"——保罗·凯恩

来年春天，凯恩加入一个西行马队。他们从威廉堡出发向西行进。他们一起猎捕野牛，并在哈得孙湾公司的贸易站小住。1846年11月，他穿越阿萨巴斯卡山口，沿哥伦比亚河顺流而下，1月份抵达温哥华堡。然后，他继续向北，在4月8日和6月9日期间，他曾多次光顾维多利亚堡。一些靠近北边海岸的土著人来到维多利亚堡，正是在这里，凯恩绘制了一些引人注目的土著人的肖像，同时他还观察了土著人在不同营地的生活并予以记录。

"一天早上，我正在画画，突然注意到一群乌鸦和秃鹫正在啄食岩石上一具年轻女人的尸体。而就在几天前，我还看见这个女人健步行走。芬利森先生，维多利亚堡的主管，陪我去了她居住的小屋。在那里，我们见到了她的主人，一个印第安妇女，把她女仆的死看得非常淡。毫无疑问，她正是女仆死亡的元凶。她告诉我们，奴隶不能享受埋葬的权利。当芬利森说那个死掉的女奴比她自己要好得多的时候，她勃然大怒。歇斯底里地说：'我是酋长的女儿，竟然还比不上一个死奴隶！'她怒火冲天，昂

首阔步高傲地走出门去了。第二天早上,她收拾好自己的帐篷离开了。一个目击者还告诉我,他曾经看见一个酋长树立起一尊木雕神像,用五个奴隶来献祭它。并且以一种洋洋得意的方式炫耀到,他们当中还有谁能提供那么多奴隶做祭品!”

在维多利亚堡期间,凯恩雇了一个土著人带他和他的翻译穿越哈罗海峡(De Aro 运河)去往一个叫考威禅(科威恰)的小村子,在去惠比特岛和普吉特湾之前,他看到了下面一幕:

“大约晚上十点左右,我进入村子,听到一个帐篷里传出凄厉的叫声,我就走了进去,看见一个老妇人正扶着一个我所见过的最漂亮的印第安女孩。印第安女孩裸着身子,在房子中间盘腿坐着一个裸体医生,他面前放着一木碟水,周围坐着 15 到 20 个男子。我眼前的场景是他们试图给这个肋部有病的女孩治病。当他们看到我进来了,就为我腾出点地方,让我坐下。主持驱病仪式的医生显然因为努力治病而大汗淋漓,不久,他就坐在其他人中间,看上去疲惫不堪。一个较为年轻的医生马上代替他坐在盛水的木碟前,靠近那个生病的女孩。他扔掉身上的毯子,手舞足蹈,嘴里念念有词。与此同时,其他人也跟随节奏,用小木棍敲着空木碗和鼓,不停地吟唱着。就这样折腾了大约半个小时,他汗流浃背,然后突然冲向那个年轻的女孩,用牙咬住女孩的肋部,撕咬长达几分钟,女孩显得极度痛苦。接着,他松开口,尖叫着,说他找到了,同时用手捂着嘴。然后他突然把手浸入水中,假装把费了好大的劲才从女孩身体里揪出的病魔按入水中,以防病魔跳出来,再钻进女孩的体内。

“最终,他彻底控制了它,然后得意洋洋地转向我。他用两只手的大拇指和其他手指紧抓着那个好像是一块软骨的东西。其中一个印第安人磨了磨刀,把它切成两段,每只手各持一段。他把一段扔进水里,另一段扔到火中。同时,发出恶魔般的声音,也只有他能发出这样的怪声吧。之后他洋洋得意地站起来,虽然在我看来,可怜的病人好像因为完结了这种残暴的治疗而大松一口气。”

那些在哥伦比亚河口的土著人以及位于河口上游100英里的普吉特湾、德富卡海峡以及温哥华岛南部的土著人，他们自婴儿时就把头压平……与其他平头族相比，奇努克人和考利茨人的头压得更平。把头压平的程序如下：印第安母亲把孩子捆缚在覆盖着雪松皮和苔藓的木板上，用草或者雪松木屑做成的枕头支撑在脖子下面，在孩子额头上放一个垫子，上面压一块光滑的桦树皮，用皮带拉紧木板两端，紧紧压着孩子的前额。孩子从出生一直到8到12个月大，都必须接受这种特殊的头型定型仪式。到那时，孩子的前额已经失去其自然形状变成楔形，头骨前端扁平上端高耸，造成其相貌极为怪异。然而这种非自然程序并不会影响孩子的健康，平头孩子的死亡率也没比其他印第安部落高，好像也不会影响孩子的智力。——保罗·凯恩

完成画作以后，1847年6月10日，凯恩离开维多利亚堡返回温哥华堡。10月，凯恩回到多伦多，在那里他用6年的时间根据自己的见闻画了大约100幅油画。凯恩后来双目失明，极其痛苦。1871年2月20日，在多伦多离世。

亨利·詹姆斯·沃尔

"这里的风景如画,跟瑞士的阿尔卑斯山不相上下。"

——亨利·詹姆斯·沃尔爵士

第一幅对加拿大洛矶山脉的艺术绘制是由陆军少尉亨利·詹姆斯·沃尔在旅途中完成的。那是在1845年,他当时的身份是一名英国密探,皇家工兵默文·瓦瓦苏中尉陪伴他去往加拿大落基山脉。沃尔关于洛矶山脉貌似业余的画作负载着军事任务,以备在英美关于俄勒冈地区领土争端升级为战争的时候之用。

1845年5月,沃尔和瓦瓦苏离开蒙特利尔,乔装成两个寻求户外运动和科学考察的绅士,去察看蒙特利尔和俄勒冈地区间的交通网、英国防御工事和美国军事实力。他们沿着哈得孙湾公司的贸易路线途径雷德河的加里堡到洛矶山脉,穿过怀特曼山口(以皮埃尔·让·德·斯梅特教父的名字命名)到达库特奈湖。1845年8月25日,他们抵达靠近海岸的目的地——温哥华堡。

在路上,他们的60匹马死亡过半,作为一名英国军官,沃尔总结道:"我们跨越这些崇山峻岭的旅途困难重重,这些坚强的马匹在此过程中做出了重大贡献,它们帮助我们运送物品,没有它们,我们不可能成功。从埃德蒙顿出发时,我们有60匹马。到达哥伦比亚河科尔维尔堡时,只剩27匹了。其中有几匹已经累得筋疲力尽,再也无法前行。由于山路陡峭难行,缺乏应有的给养,还要目睹到同类在空中翻滚坠入万丈深渊下的激流。这些因素综合在一起,造成了马匹的重大损失。让军队带着装备穿越这片未开发的区域,翻过如此陡峭的山脉,这种想法看来是不切实际的。"

他的建议就是:让英国军队从加拿大东部由陆地长途跋涉到太平洋沿岸的这种做法是不切实际的。

在温哥华堡,沃尔和瓦瓦苏把有钱绅士的身份发挥到了极致,他们购买了质量特别好的海狸皮帽、双排扣长礼服、粗布马甲、呢子裤子、指甲剪、梳子、漂亮的手绢、衬衫、烟草、烟斗、葡萄酒、威士忌还有大量的玫瑰精油。

在温哥华堡，沃尔有幸见证了俄勒冈州第一部戏剧作品的诞生。英国皇家军舰“莫德斯特”号的船员们为甲板上的300名观众演了两部戏剧，《加勒迪市长》和《究竟是他》。

沃尔说剧中的“女士们”特别迷人，“船员小伙子们化妆成很高大的女人，有的脖子还特别红（尤其是道格拉斯先生扮演的一个漂亮的女孩）。一些女士（大部分都是混血儿）在得知他们根本不是‘船上的女人’，感觉非常惊讶。由此可见，他们以假乱真的女扮男装堪称完美。”

哥伦比亚河北岸出现了由马篷车队上校米歇尔·特劳特曼·西蒙斯和黑人开拓者乔治·华盛顿·布什带领的美国移民以及法籍加拿大农民出现在威拉米特河沿岸，让英国控制太平洋西北岸利益的企图变得错综复杂，难以处理。

到1843年，在俄勒冈地区的威拉米特河岸的尚波伊，俄勒冈州美国临时政府成立了。在成立地区政府的投票中，赞成票为53，反对票为50。

沃尔和瓦瓦苏特别提及，越来越多的美国人涌入西海岸，使得哈得孙湾公司的防御工事相对薄弱。沃尔写道：“1842—43年，住在该地区的美国人不超过30家，而1843年，大约1000人组成的移民队伍，带着大量的马车、马、牛等横穿密苏里州、落基山脉和哥伦比亚间的沙漠地区，抵达威拉米特河流域。”

令英国间谍亨利·詹姆斯·沃尔和瓦瓦苏·默文震惊的是俄勒冈人在尚波伊建立了一个独立的定居点

“美国移民主要聚居在威拉米特河谷，那里有这个国家最肥沃的土壤、最优良的土质。但是,该山谷中可耕种土地面积只有 60 到 80 英里长,15 到 20 英里宽。几乎所有的大草原地区都被占了,因为这些移民比较懒,不愿意砍伐树木开垦新的农田。后来他们在靠近尼斯阔利和普吉特湾的哥伦比亚河口两岸以及北方风景秀丽但土壤不太肥沃的平原上,这些移民修建了新的定居点。"

从哥伦比亚河入海口出发,沃尔和瓦瓦苏沿普吉特湾北上到达温哥华岛。沃尔在 1845 年 9 月画了一幅维多利亚堡素描,他准确地预见到"维多利亚堡不久就会吞食掉温哥华堡,它将成为哈得孙湾公司在落基山脉以西的总部"。在对美国的军事能力进行评估的过程中,沃尔画了 80 多幅水彩画,有些画是具有重要军事价值的地方。他总是把小小的土著人放在画的突出位置,以免被人看出他的真正意图。

英美边界争端问题结束以后,沃尔出版了《北美和俄勒冈地区素描》,包括一幅地图和一篇名为"行程概述"的描述性文章。该书包含了一些最早的、最好的平版印刷风景画,它们都是以落基山脉和太平洋西北岸的风景为素材的。

1845 年 4 月 3 日,在唐宁街 10 号,哈得孙湾公司的总督乔治·辛普森爵士、英国首相罗伯特·皮尔爵士和皮尔政府的外交部长阿伯丁男爵进行了会晤,极大地激发了沃尔的冒险之旅。他们三人就新任美国总统詹姆斯·K.波尔克发表的一连串夸张的言辞进行了讨论。在波克的就职演说中,他宣称整个落基山脉以西从墨西哥到阿拉斯加的俄属美洲都属于美国。波克好战的竞选口号"以北纬 54 度 40 分为边界线,否则就开战"激怒了英国,乔治·辛普森建议派出四艘战舰,其中两艘守住普吉特湾和胡安·德·富卡海峡入口。

皮尔和阿伯丁更倾向于把波克对选民的承诺解释为叫嚣。因此皮尔决定派两名间谍"摸清俄勒冈地区的大体军事实力,万一美国方面或其他敌对势力侵犯到我们在俄勒冈地区的利益,我们就能立即做出反应,保护我们在该地区的利益。"

1846 年 7 月,沃尔和瓦瓦苏回到蒙特利尔。当沃尔在蒙特利尔的报告送到在伦敦的英国首相罗伯特·皮尔手中时,皮尔已经决定让步,把哥伦比亚地区和北纬 49 度之间的区域让给美国人了。作为一名军人,沃尔继续致力于其辉煌的军事工作,并且因为他突出的贡献被封为爵士。

关于沃尔的生活，还有一些事值得一提。他的童年经历对其能力的发展是非常有帮助的。1819年，沃尔出生在好望角，1832年他进入桑德赫斯特的皇家军事学院学习，1837年获得海军上尉军衔。后来，他在法国待过半年，研究卢浮宫的名画、学习法语。

1839年，在坎特伯雷他再次加入陆军54军团，作为英属北美指挥官理查德·道奈斯·杰克逊爵士的副官，乘坐英国皇家舰队的皮吉号从英格兰的普利茅斯出发。1841年，他升职为中校。完成西海岸冒险之后，1847年沃尔成为上尉，同年，他出版了前面提到的《北美和俄勒冈地区素描》。

1855年，在爱尔兰和爱奥尼亚岛服役后，他跟乔治娜·艾米莉·卢金结婚。两个月以后，他升为陆军中校，前往参加克里米亚战争，沙德福斯中校牺牲后，他掌控了57团。同年，他被授予三等巴斯勋章，还出版了《克里米亚素描》。

1856年，他驻防马耳他。1858年，他被提升为上校。1859年，他带领第57团从埃及到庞贝，并被任命为准将。他的军事生涯还包括在印度、新西兰、贝尔法斯特和北爱尔兰等地的短暂服役。

1898年4月3日，亨利·詹姆斯·沃尔于伦敦离世。

1918年，在洛矶山脉怀特曼山口东面，他们曾经穿越的两座山被命名为瓦瓦苏山和沃尔山。

大卫·道格拉斯

“到过美国西北海岸的人中几乎没有人与科学有缘。”

——大卫·道格拉斯

在欧洲跟美洲交往的最初20年，至少有三个重要的以科学发现为目的的船队抵达西北太平洋：英国的库克、法国的拉·贝尔恩和西班牙的马拉斯皮纳。当然还有温哥华上尉的远征考察队，其中包括植物学家阿奇博尔德·孟席斯。

在接下来的50年，毛皮贸易扩展到整个美洲大陆，在科学考察中，只有大卫·道格拉斯的名气比较大。他是苏格兰最著名的植物学家、探险家，道格拉斯杉就以他的名字而命名。道格拉斯是第一个不涉及毛皮贸易而深入不列颠哥伦比亚腹地的欧洲人。之后，他坚信美国和加拿大的边界应该就是哥伦比亚河。

大卫·道格拉斯把至少254种植物引入英国，据说他大约给克佑区植物园和林尼厄斯园艺协会提供了7000多个物种，占当时欧洲已知物种的百分之十三，堪称前无古人。1825年1月10日，在约翰·斯库勒陪同下，道格拉斯还在加拉帕戈斯群岛上收集了40多种植物标本。

1799年6月25日，道格拉斯出生在珀斯郡斯昆的一个小村庄，他的父亲是一名石匠。小时候，他就对动物和自然非常感兴趣，经常收集鸟类，还养宠物猫头鹰。他最喜欢的书是《鲁滨孙漂流记》。11岁时，他师从斯昆宫管理员威廉·贝蒂当园丁学徒，负责管理斯昆宫植物园。斯昆宫曾是苏格兰的旧都。十几岁时，道格拉斯进入瓦利菲尔德的罗伯特·普莱斯顿爵士图书馆，后来他升职为副管理员。

道格拉斯自学成才，从未获得任何正式学位。作为一名格拉斯格植物园的雇员，他师从格拉斯格大学植物学主任威廉·杰克逊·胡克，从而踏上他的植物学研究之旅，并被推荐到伦敦皇家园艺协会。

1823年，伦敦皇家园艺协会派道格拉斯去上加拿大和纽约收集植物标本。在东加拿大证明了自己的能力以后，1824年皇家园艺协会秘书约瑟夫·塞宾安排他乘坐哈得孙湾公司的年度供给船“威廉和安妮”号去描绘和收集哥伦比亚河流域的动植物群。

虽然受雇于皇家园艺协会，但是也收到哈得孙湾公司的鼎力赞助，道格拉斯不得不完成为哈得孙湾公司收集信息的任务。他收集的信息是哈得孙湾公司活动频繁“广袤、多样化地区的植物珍品”。与道格拉斯同行的还有苏格兰植物学家约翰·斯库勒，他负责沿海地区的研究，而道格拉斯调查内陆地区的情况。

道格拉斯和斯库勒经由合恩角，航行了八个半月，1825年初抵达温哥华堡。在此期间，道格拉斯记载了加利福尼亚秃鹫和加利福尼亚绵羊的情况。据说，登陆前，他注意到岸上的三种树：毒芹、香脂冷杉和一种对他来说完全陌生的物种。虽然阿奇博尔德·孟席斯已经在1792—1794年收集了这种不知名物种的标本，但是为了纪念道格拉斯，在他死后，人们把这种高大的常绿乔木命名为道格拉斯杉（它与詹姆斯·道格拉斯没有任何关系）。最初他把道格拉斯杉叫做紫杉。

道格拉斯预测:“人们可能会发现这种乔木有很多居家用途,比较细小的枝条非常适合做梯子和脚手架,因为不易弯曲;大的树干可以有更大的用途。”

他们以温哥华堡为基地,在那里,道格拉斯跟植物学爱好者阿奇博尔德·麦克唐纳成了朋友。据说,在哈得孙湾公司的赞助下,道格拉斯的足迹遍布现在的不列颠哥伦比亚、华盛顿州、俄勒冈州、爱达荷州,长达7000多英里。最初,有些印第安人不相信他、害怕他。因为他有很多怪习惯,诸如:鼻子上架着眼镜、饮茶、用太阳光和放大镜点烟。也正因如此,奇努克人给他起了个绰号叫做Olla-Diska,奇努克土语,意为“火”。随着他此行的目的被越来越多的人所了解,他又为自己赢得一个“草人”的绰号。

大卫·道格拉斯

1827年4月19日到5月2日,在穿越阿萨巴斯卡山口和哈得孙湾回英国的途中,道格拉斯游历了东不列颠哥伦比亚。五月初,他爬上布朗山,这是有史以来,第一次有人翻越落基山脉的山峰。道格拉斯大大高估了两座山的高度,他慎重地以罗伯特·布朗(1773—1858:英国博物馆植物园第一任园长)命名其中一座为布朗山,另一座以他的导师胡克(后来成为克佑植物园园长)命名为胡克山,这两座山都坐落在贾斯珀国家公园。

道格拉斯从哈得孙湾公司返航回国,与他同行的是可怜的北极探险家约翰·富兰克林爵士。人们对道格拉斯的评价毁誉参半。意识到自己作为一名地理学家知识的欠缺，道格拉斯开始学习如何经度和纬度测算。此外，他还从皇家协会秘书萨宾那里学了一些关于天体三角学和对数的知识。

1830年，依旧带着他的苏格兰小猎狗和更好的装备，在一名白人仆人的陪同下，道格拉斯重返加利福尼亚。道格拉斯在加利福尼亚待了大约一年半时间，在那里，他勘查并收集标本。后来，他得到消息，阿拉斯加总督欢迎他去阿拉斯加。一直以来，道格拉斯热切地希望能去新喀里多尼亚进行植物学和天体学研究。之后，他穿越圣·詹姆斯堡、锡特卡和阿拉斯加，去西伯利亚进行了更多的科学研究。

"多么美好的前景呀!"他在给胡克教授的信中写道，"在两个大洲上，同一个人用同样的工具，在大致相似的环境和纬度下从事同样的工作!有人说西伯利亚就像一个捕鼠器，进去容易，出来难。我打算起码去验证一下这种说法的真实性。我希望那些认识我的人也能明白这些小困难是难不倒我的。"

1833年，道格拉斯在新喀里多尼亚的冒险远远不止小困难那么简单，他遇到了很多危险。事实上，在哥伦比亚地区，那场肺结核传染病夺去了24个哈得孙公司员工和数以千计印第安人的生命，而他幸存下来。他还遇到了波涛汹涌的激流和极其恶劣的天气。同时，他还不得不应付几乎失明和卷入决斗的威胁。

道格拉斯在温哥华堡过冬。1833年3月20日，他与爱德华·艾马廷格向奥克那根堡进发。他们计划在汤姆逊河驿站(坎卢普斯堡)换几匹新马，然后溯波拿巴河北上到霍斯湖，之后，向西北前行到威廉河和弗雷泽河，最后抵达亚历山大堡。乘小船或独木舟，他们穿越弗雷泽河、尼查克河和斯图尔特河到达新喀里多尼亚最大的驿站圣·詹姆斯堡。

5月1日，道格拉斯把艾马廷格猎杀到的一只鹧鸪剥皮并制成标本保存起来。他认为这是一个新物种，以约翰·富兰克林爵士的名字命名为富兰克林鹧鸪。

在抵达坎普卢斯堡后，道格拉斯向他的东道主坎普卢斯堡长官谈了他对其雇主真实、直率的看法，羞辱了他的同胞斯哥特·萨缪尔·布莱克。道格拉斯说："哈得孙湾公司纯粹是一个唯利是图的公司，公司里每个官员都跟海狸皮一样没有心肝。"鉴于道格拉斯在温哥华堡对其东道主约翰·麦克洛克林曾表达谢意,这番话或许指的不仅仅是哈得孙湾公司,还包括他自己。

斯哥特·萨缪尔·布莱克有一个弟弟,是《伦敦早报》的编辑。布莱克对地理以及地质学都感兴趣,自我感觉良好,认为自己知识渊博。他比表面显现得更为老练。受不了道格拉斯的羞辱,布莱克向道格拉斯发起挑战,要跟他进行决斗。第二天早上,布莱克直面他的客人:“道格拉斯先生,你准备好了吗?”但是这位喝醉了的植物学家很聪明地回绝了这场格斗。

1833年6月6日,道格拉斯抵达圣·詹姆斯堡,受到执行长官彼得·沃伦·迪斯的热情款待。但是因为交通不便和缺少向导,他不得不滞留在那里。在皇家园艺协会内部,道格拉斯也遇到了更大的困难。哈得孙湾公司(毫无疑问,他们已经通过布莱克知道道格拉斯对哈得孙湾公司的态度)不愿给道格拉斯再提供护航和给养。

由于沿海地区的土著居民臭名昭著、充满敌意、美国商人卖的酒又让他们比较好斗,加上新喀里多尼亚的极寒天气,道格拉斯及其仆人根本就不能冒险,独自前往沿海地区。那里离纳斯河口的辛普森堡500英里,然后还要向北走300英里才能到阿拉斯加的锡特卡。

由于差点卷入一场决斗,他必须学会谋略。道格拉斯及其仆人威廉·杰克逊(哈得孙湾公司的一名员工,后来成为俄勒冈州玻特兰的首位定居者)乘坐桦树皮独木舟沿斯图尔特河和耐查克河顺流而下抵达乔治堡,但是不久他们还是遇到了灾难。在现在的乔治王子城和奎斯内尔某处,他们的船在激流中被打翻,道格拉斯被水冲走,漂流了一个多小时。他的笔记本、食物、毯子和收集的400种植物标本都丢失了。

忧心如焚的道格拉斯和杰克逊设法回到圣·詹姆斯堡。第二次,他们乘坐独木舟,终于成功地抵达亚历山大堡。(不久后,该堡的员工乔治·林肯、他老婆以及三个孩子,还有其他三个人在差不多同一个地方溺水身亡。)

8月份,道格拉斯和他的仆人终于抵达温哥华堡,他们饥寒交迫,高烧不止。“我们经历的灾难让我精疲力竭”他给胡克的信中写道。

梅雷迪斯·盖尔德纳和威廉·弗雷泽·托尔米这两名“医生”,也是两个有抱负的植物学家,新近抵达温哥华堡,给道格拉斯带来些许宽慰。

1836 年,盖尔德纳死于肺结核。而早在苏格兰就认识道格拉斯的托尔米继续在不列颠哥伦比亚地区收集植物标本。

在道格拉斯多次行程中,刺眼的太阳光严重损伤害了他的眼睛。很多人把在不列颠哥伦比亚发现了金子的事情归功于道格拉斯,据说他在奥克那根湖畔发现的金矿很有开采价值。在加利福尼亚寻找金矿的描述中也提到了道格拉斯。1831 年他把植物样本送到英格兰,金子碎片应该就是在这些样本上发现的,但是无据可靠。道格拉斯在太平洋西北海岸收集的岩石被送到英国博物馆,但这些岩石样本早就不在了。

著名的地质学家乔治·道森反复提到,道格拉斯在库特奈湖东岸发现了大量的铅矿、方铅矿和铜矿,即后来的布卢贝尔矿山。这些露出地面的方铅矿岩层位于温泉城或安斯沃思对面。不幸的是,没有任何证据表明道格拉斯到过库特奈湖。很可能他的某个助手发现的,或者他从土著人那里收集到相关信息。那些土著人对凯特尔福尔斯附近的一座叫做契卡门的山(金属山)比较熟悉。

1833 年 12 月,道格拉斯和他忠实的猎狗比利乘船到达气候温和的夏威夷。在那里,他收集蕨类植物,成为被记载的攀登两座活火山山峰的首位欧洲人。

1834 年 7 月 12 日,厄运降临在时年 34 岁的大卫·道格拉斯身上,据说他被一头野公牛活活戳死了。

一个不知名的编辑提供了一些关于他死在捕牛坑的细节,而这本杂志直到 1914 年才得以出版,这些情况让我们有理由怀疑他是死于谋杀。

“对我们所有人来说,哈得孙湾公司给出的这个悲剧所发生的方式是不可能出现的,以至于我们都不愿相信这篇报道,”阿奇博尔德·麦克唐纳写道。

大卫·道格拉斯介绍到海外种植的北美土生土长的众多植物中,野风信子作为太平洋西北沿岸土著的食物而出名,可食用的蓝色花苞富含淀粉,吃起来像烤熟的梨子,但是道格拉斯抱怨这种东西容易引起胀气。

1834年8月6日,英国驻三明治岛领事理查德·查尔顿在写往英格兰的信中汇报了此事。信中声称,虽然道格拉斯事先被警告那里有三个危险的捕牛坑,但是他还是选择在那条路上继续他的行程。在其中一个捕牛坑里,道格拉斯被一头小公牛戳死,或者是道格拉斯掉入捕牛坑之后,小公牛才掉进坑里。

这两种情况都不太可能,因为道格拉斯和他的狗已经在野外差不多旅行了12,000英里都可以幸免于难。另一方面,众所周知,道格拉斯近视比较严重,有一次掉进俄勒冈州的一个深谷里,被人施救才得以脱险。

据说,道格拉斯是在一个叫约翰的黑人的陪同下艰苦跋涉、跨越大陆抵达拜伦湾(现在的希洛)的。约翰是一个传教士借给道格拉斯用的仆人，他几乎跟不上道格拉斯的脚步。在他死的那天早上，道格拉斯在捕牛者内德·格尼的小屋里吃过早餐。格尼是一个可怕的、有前科的人，曾在澳大利亚劳改营服过刑。

后来的一些证据和谣言表明道格拉斯曾经在格尼和其他人面前露过财，他还跟格尼商量着他第二天一大早就走，把他的仆人甩掉。这之后，仆人约翰就像人间蒸发了一般，再也没露过面。

1839年，格尼在夏威夷失踪。道格拉斯死时，身无分文。埋葬道格拉斯的牧师在他身上发现一些砍伤的痕迹，而这些砍痕和所说的公牛袭击所造成的伤痕根本不相符。一个调查组被派出点差情况，但是内科医生做出结论，公牛是最有可能的凶手。很多年以后，控告臭名昭著的内德·格尼为杀人犯的知情人才现身。

道格拉斯的墓当时没有任何标记，很可能是因为他不是夏威夷皇家园艺协会的正式员工。皇家园艺协会的内部争斗导致他最重要的支持者被驱逐出协会，为了回应此事，道格拉斯辞职了。

有资料显示，在夏威夷，他只有做出假证使别人认为他依然受雇于皇家园艺协会，人们才会贷款给他，道格拉斯因此才自杀。因为借款人一旦知道协会根本不会把钱还给他们，道格拉斯的名声就会受损，他也会陷入深深的债务危机。

1855年，一个叫尤利乌斯·L.布伦奇利的传教士，环游世界的旅行作家在卡瓦雅豪教堂墓地（夏威夷的韦斯特敏斯特修道院）买了一个白玉纪念碑来纪念他。1919年，一个叫威廉·F·威尔森的档案管理员在檀香山出版了一本小册子《植物学家大卫·道格拉斯在夏威夷》。一个标志他罹难之处的匾额被放置在冒纳凯阿火山，在斯昆也有一个很大的大卫·道格拉斯纪念馆，同时落基山脉的道格拉斯山是以他的名字命名的。

除了他跟一个奇努克"公主"（好像在19世纪初任何一个跟欧洲人有性关系的土著女人都被称为公主）调情的故事以外，道格拉斯离群索居，他有强烈的收集种子的欲望而不是播种，他热衷于扬名。但是，最后一些关于大卫·道格拉斯的事情还必须提及。有人指控说，这个勇敢的植物学家有时候会乐于把别人的发现据为己有。从小他就喜欢《鲁滨孙漂流记》，这很能让他比较有浪漫思想，也同时让他的个人形象急剧膨胀。

无论如何，皇家园艺协会曾经公布了254种道格拉斯介绍到英国的植物，包括西加云杉、糖松、美国黄松、辐射松、加利福尼亚金英花、5种沟酸浆和18种羽扇豆属植物。至于道格拉斯杉，在500年内能长270英尺高，已经有了很多不同的名字，比如俄勒冈松、红松、普吉特松、俄勒冈杉、道格拉斯杉、红杉、黄杉、俄勒冈松、杉松等。它不同的科学名称包括道格拉斯松、道格拉斯黄杉、孟席斯苔（以阿奇博尔德·孟席斯命名）和紫杉。

约翰·斯库勒

在查尔斯·达尔文抵达加拉帕戈斯群岛的1835年之前，到过这个群岛最早的六个科学家也曾游历了不列颠哥伦比亚。位列第六的是年轻的约翰·斯库勒，“海达人”对他的印象深刻，认为他是加拉帕戈斯群岛上的怪人。

1780年，作为亚历山德罗·马拉斯皮纳科学考察团的成员，植物学家安托尼·皮内达、路易斯·皮尔和博物学家塔德罗·亨克首先到了加拉帕戈斯群岛，然后抵达努特卡湾。

15年后，即1795年，植物学家阿奇博尔德·孟席斯和乔治·温哥华游历了伊莎贝拉岛西北部的加拉帕戈斯群岛的荒凉地区，但是没发现什么有价值的东西。

已知的最早在加拉帕戈斯群岛收集样本的科学家是两个年轻的苏格兰人，大卫·道格拉斯和斯库勒。1825年1月9日他们乘坐哈得孙湾公司的双桅船“威廉和安妮”号抵达加拉帕戈斯群岛的圣·詹姆斯岛。他们收集的样本大多丢失或者损毁了，但1847年约瑟夫·胡克爵士发表的关于达尔文的论文中引用了斯库勒在加拉帕戈斯群岛收集的13种和道格拉斯收集的5种植物样本。大卫·道格拉斯和约翰·斯库勒被认为是最早在加拉帕戈斯群岛收集用于科学研究的植物样本的人。

作为一名“威廉和安妮”号的医护人员，斯库勒（1804—1871）和他的格拉斯格大学同学道格拉斯在加拉帕戈斯群岛登船，在太平洋西北沿岸做了最早的植物学和地理考察。“当我们看到这片漂亮的土地可以提供丰富的给养时，”在参观胡安·德富卡海峡时，他写道：“这里人口密集，我们一点都不奇怪。比起北美的印第安人来说，他们更容易获取食物，因为乔治亚湾到哥伦比亚河地区，海洋里有各种鱼类，胭脂鱼、大菱鲆和鳕鱼，小溪里还有大量的鲑鱼;草地和森林出产各种草莓和可食根茎。采集草莓和可食根茎就是妇女和孩子的主要工作,而男人们则捕鱼捉虾,晒干以备冬天食用。"

1825年,斯库勒参观了夏洛特皇后群岛,他写道:"斯基德盖特附近,大量种植土豆,他们卖给我们许多土豆。人们应该对于这种商业文明的征兆感到兴奋。如果他们能坚持这样去做的话,就会定居下来,并有更好的理财观念。他们会懂得,捕捞小溪里的鲑鱼要花大量精力,收获也没有保障,还不如去耕种这片肥沃的土地,会收获更多。"

1825年,有着狂热的收集爱好的斯库勒做的有点过了火,他在海达墓地偷了三个头盖骨。愤怒的海达人一直把他追到船上,他仓促地从该地区撤离。

无论如何,斯库勒认为"从智商角度而言,海达人比哥伦比亚的本地人聪明得多"。返航途中,斯库勒参观了努特卡湾,发现那里的毛皮货源已经枯竭了:"曾经让马德里和伦敦当局争论不休的努特卡,现在已经被所有文明势力彻底遗忘,现在那里的贫瘠状态不会让人有任何商业冒险欲望。"

到1850年为止,斯库勒是少数几个游历过太平洋西北沿岸而不是以悲剧收场的内科医生之一。阿斯托里亚商人亚历山大·罗斯后来指出:"哥伦比亚人经常评论的一个话题就是,在那个地区一些专业人士的命运是坎坷多舛,特别是那些内科医生和外科医生。"

先于长寿的威廉·弗雷泽·托米医生到达的内科医生的伤亡率非常高,以至于人们认为他们是厄运缠身。这里列出了一份斯库勒医学同事的清单:

- 1778年詹姆斯·库克灾难般降临努特卡湾的时候,威尔士医生大卫·萨姆威尔幸免于难,但是1778年8月,"决心号"上的同事外科医生威廉·安德森在阿拉斯加海岸死于肺结核。
- 1786年,斯特兰奇船长的外科医生助手约翰·麦凯,在马奎那酋长那里"做客"仅仅一年就成了一个酒鬼,受尽折磨死在印第安。
- 1792年亚历山大·珀维斯·克兰斯顿,"发现号"上温哥华船长的外科医生,因伤残离开努特卡湾回国。接替他的是植物学家阿奇博尔德·孟席斯。

- 根据亚历山大·罗斯的说法，1811 年一个叫怀特的内科医生抵达阿斯托里亚，但是突然精神错乱，跳下甲板，淹死了。罗斯还记载到，一个名叫考利的医生被送去受审，据说他涉嫌蓄意持枪杀人；1816 年，当船停靠在乔治堡附近的时候，还有一个在“阿兰上校”号上的外科医生在船舱里自杀身亡。
- 1828 年，哈得孙湾公司的商人、外科医生亚历山大·麦肯齐(不是那个探险家)在胡德运河被土著人杀害。
- 1830 年，理查德·J.哈姆林医生跟约翰·麦克劳林争吵后离开温哥华堡。
- 因无法治愈导致成千上万土著人丧命的疟疾，在爱丁堡受教育的内科医生约翰·弗雷德里克·肯尼迪感染了疟疾，扬言要辞职，被送往辛普森堡。
- 1832 年同样在爱丁堡受训的傲慢的 22 岁的梅雷迪斯·盖尔德纳和 20 岁的威廉·弗雷泽·托米乘坐“盖尼莫德”号，7 个半月后抵达温哥华堡。1833 年，梅雷迪斯在那里治愈了 600 多名疟疾患者。而 1837 年，他自己却在夏威夷死于肺结核。

托马斯·德拉蒙德

1827 年 7 月，在新喀里多尼亚探险时，大卫·道格拉斯不期而遇他在格拉斯格植物学教授威廉·杰克逊·胡克爵士的另一名苏格兰门徒，托马斯·德拉蒙德。1793 年，德拉蒙德出生在苏格兰安格斯镇福尔法的一个乡下教区，因弗拉里蒂。作为佛斯铃汉姆庄园首席园艺家的儿子，托马斯·德拉蒙德和他哥哥詹姆斯都研究园艺学，并且都有杰出的成就。1825 年，在他作为约翰·富兰克林海军少将第二次极地探险队成员抵达加拿大之前，托马斯·德拉蒙德已经出版了第一本关于苏格兰苔藓的书，《苏格兰苔藓》。其中，有两种苔藓以他的名字命名：德拉蒙德木灵藓和木贼藓。

1826 年，当富兰克林在北冰洋饱受命运折磨时，德拉蒙德被派去勘探加拿大落基山脉，他途经阿萨巴斯卡山口抵达不列颠哥伦比亚。一次，遭遇了北极熊和豹熊，他从崖壁上垂直跳下，幸亏下面刚好经过一群高山绵羊才幸免于难。黄色的高山花儿德拉蒙德仙女木、德拉蒙德冰川和德拉蒙德山都是为了纪念他在加拿大度过的日子。“伟大的苏格兰苔藓学家”回到苏格兰后出版了另外一本关于苔藓的书,其中包括关于他在加拿大的发现,后来他成为贝尔法斯特植物园馆长(1828—1831)。德拉蒙德渴望更多冒险,他去往德克萨斯州并寄给胡克教授750种植物样本和150种鸟类样本,这是科学家第一次收集到的德克萨斯动植物样本。德拉蒙德在杳无人烟的加尔维斯顿岛度过冬季,差点饿死,然后抵达新奥尔良。饱受霍乱和腹泻的折磨,他继续前行到墨西哥,1834年12月才发着高烧回到新奥尔良。1835年2月,他还依然勘探了佛罗里达州的部分地区,3月在古巴的哈瓦那逝世。

海 路

约翰·朱伊特

“约翰……做我的奴隶。你敢说不,找死!”

——马奎纳酋长1803年对约翰·朱伊特说

“一想到我就要自由了,兴奋得心脏都要跳出来了。”

——约翰·朱伊特,1805年

迄今为止,关于欧美人跟土著人在不列颠哥伦比亚早期关系的书面记载著名的第一手资料当属约翰·朱伊特的回忆录。约翰·朱伊特在温哥华岛西海岸被俘,他的回忆录记录了1803年到1805年他的前三年的囚禁生活。朱伊特是一个铁匠,是1803年大屠杀中两个幸存者之一。据说,自从1807年自费出版了一本48页的罗宾逊·克鲁索式的《白人奴隶》记述之后,这本书一直未再版。到1931年,朱伊特最早的版本只有7本存世,每本市价25,000美元。后来比较流行的版本是由理查德·阿尔索普编辑发行的。

1783年5月21日,约翰·罗杰斯·朱伊特出生于英格兰林肯郡,他父亲爱德华·朱伊特是一个铁匠,想让他接受教育成为一名医生。当他父亲的生意搬到赫尔港时,约翰·朱伊特听到航海冒险故事,就跟一艘美国船“波士顿号”签约，成了一名机械师。这艘船从英格兰出发，绕过霍恩角到当时的温哥华堡加入新兴的对华贸易做水獭皮生意。

1803年3月12日，六个月愉快航行之后，波士顿号停靠在友爱湾(努特卡湾)北部5英里的地方。第二天，附近育空定居点的马奎那酋长带领一个小型独木舟船队拜访了波士顿号，用英语欢迎索尔特船长。毫无疑问对索尔特的到来马奎那的情绪很复杂，他的部落跟西班牙船长马丁内斯矛盾不断，加之多灵顿船长及其船员18年前曾经抢劫过他的村子。然而，对马奎那人来说，把友爱湾建成西海岸水獭交易中心，他们受益匪浅。

欢迎索尔特的酋长和1778年遇到詹姆斯·胡克的是不是同一个马奎那，(或者是继承了这个称号的继任者)，我们不太确定。但是有一点是肯定的，马奎那的英语比索尔特想象得要好得多。索尔特低估了马奎那的骄傲和智慧，这很快就带来了致命的后果。

这幅马奎那的著名素描是托马斯·德·苏里亚1791年在努特卡湾完成的。这幅素描常用来指约翰·朱伊特的俘虏者马奎那酋长，但是2005年加拿大政府官员和努特卡领导人正式达成一致意见，1774年到约1820年间，其实有两个马奎那酋长，马奎那是一个世袭头衔。

起初，双方很友善地交换礼物。索尔特送给马奎那一挺双管猎枪，第二天马奎那回赠了18只野鸭。当马奎那不知道如何使用他刚收到的新枪时,麻烦来了。枪栓堵住了,马奎那宣布枪是坏的,需要维修。索尔特当面(用英语)贬损马奎那,根本没有想到马奎那完全听懂了对他的侮辱。约翰·朱伊特就负责维修那支枪。

朱伊特后来写道:"很不幸的是,马奎那完全听懂了船长对他说的那些难听的话。他一言不发,竭力压制他的愤怒。但是他的表情把他的愤怒表露无遗。船长说话的时候,我看到他不断地用手压着,从喉咙捋向胸部。后来他告诉我,他这样做是平息心里的怒火,因为怒火都冲至嗓子眼了,让他窒息。"

第二天马奎那就对这种侮辱予以报复。马奎那再次拜访了"波士顿"号,邀请索尔特的一半船员上岸去抓鲑鱼。那些族人在看到马奎那给出的信号以后,突然袭击杀死了25名波士顿船员,其中包括索尔特。朱伊特和舵手约翰·汤普森意外地逃过一劫,当时朱伊特受了伤,躲在甲板底下。而约翰·汤普森在突袭的时候他躲在船舵下面,第二天才被找到。

在车间,马奎那就注意到了朱伊特,知道他作为铁匠的用处。朱伊特醒来后,他不得不发誓做一个好奴隶,替马奎那制造武器和工具。朱伊特告诉马奎那,汤普森是他父亲,成功地解救了这个比他大20岁的幸存者。朱伊特按照要求辨认了那些他的船友的断头尸体,之后,船被洗劫一空,放火烧毁了。

汤普森来自费城,被俘后一直耿耿于怀且采取不合作态度。而朱伊特却开始亲近马奎那的家人,学习他们的语言。"在我被俘时起,我就决定跟他们友好相处,"朱伊特回忆道,"尽我所能适应他们的习俗,思维方式,深信让我死里逃生的神灵不会让我在被野蛮人关押期间憔悴痛苦。"

1803年5月21日,20岁的朱伊特设法从"波士顿"号上面抢救出一本空白笔记本。汤普森不会写字,但是他鼓励朱伊特去记日记。朱伊特解释道:"汤普森迫切的乞求我去记日记。没有墨水,他提议不管我什么时候想用,他都愿意割破手指取血给我当墨水。"

6月1日,朱伊特把植物和草莓汁混合煤粉煮开过滤做成墨汁,开始写日记。"最终,我设法做成一种还算过得去的墨水。我把黑莓汁煮开跟细煤粉混合在一起,再用布过滤。"他写道,"至于羽毛管,我什么时候想用,就能不费吹灰之力弄到。海滩上鲸鱼、海豹吃剩的残渣招来大量的乌鸦和短嘴鸦，它们很温顺，我用石头就可以轻易地杀死它们，拔下羽毛为我所用。蚌壳可以作砚台。”

尽管朱伊特的作品被一名编辑大量修改过，他的报道还是为我们提供了一些关于努特卡人日常生活场景的第一手资料。同时他还详细地描述了对他的主人马奎那的良好印象，后来他们成了朋友。马奎那，建立了自己作为其他部落的调解人或批发商的地位，有时让英国人和西班牙人相互争斗，成为其所在地区最有权势的首领。朱伊特觉得他很令人敬畏，“他穿着一件海獭皮做的齐膝斗篷，腰部用一条粗布做的宽带子束着，上面画着五颜六色的图案。这件衣服确实不好看，但是却给人一种野性的美感。”

汤普森与抓捕他的人仍然保持疏远的关系，而朱伊特却帮马奎那熟练运用英语，为别的酋长制作刀子和鱼钩，还给他们的妻子儿女做饰品。马奎那的妻子特别喜欢朱伊特，他 11 岁的儿子也非常喜欢朱伊特。作为回报，朱伊特被这个部落所接纳，并允许他在马奎那部落里选一个妻子。

这幅题为“努特卡马奎那酋长 1803 年的俘虏——约翰·杰维特”的虚构肖像是查尔斯·威廉·杰弗里斯于 1845 年所画，这是杰弗里斯关于加拿大历史的数千张虚构画作之一。

在一次鲱鱼油宴会上，杰维特选了一个“大约 17 岁的女孩，阿坡盖斯塔酋长的女儿”，朱伊特给他取了一个名字叫优斯道克。马奎那跟阿坡盖斯塔经过不断讨价还价，第二天早上朱伊特接到了自己的新娘。

接下来，在马奎那的村子又办了一场宴会，在宴会上马奎那告诉朱伊特在接下来的10天里一定不能有性生活。在马奎那家，朱伊特、优斯道克、汤普森和马奎那的小儿子赛特住在一个单独的套房。

从朱伊特对他妻子的描述明显可以看出，他们之间的感情肯定不错。他写道："我觉得我的印第安公主不仅可爱而且聪慧。除了马奎那的妻子以外，她是目前为止最漂亮的女人，在任何国家都可以称得上非常漂亮。"

虽然朱伊特可能跟他妻子生了一个儿子，但是很可能是为了尊重他新英格兰（后清教徒）读者的缘故，他避免提及他们间的关系，不乐于表示顺从这段婚姻。

朱伊特参与了对南部50英里一个叫阿沙特的村子的成功袭击，之后，当地人给了朱伊特四个奴隶。这次袭击中，40艘战船载着大约600名勇士击败了他们的对手，他们获得了大量奴隶，残忍地杀害了老弱病残者。虽然马奎那很关心朱伊特的健康，但是他还是告诫朱伊特，如果他试图逃跑，被抓后还是会被处死的。据朱伊特说，马奎那宣称，当一艘美国船"曼彻斯特"号上6名落难者试图逃离他的村子，他把石头塞进他们的喉咙，杀了他们。

1805年7月19日，另一艘商贸双桅船"莉迪亚"号驶近友爱湾。此前，朱伊特一直都滞留在马奎那的村子里。北部一个友好的酋长曾经提醒"莉迪亚"号塞缪尔·希尔船长，马奎那捉了两个英国俘虏。

朱伊特匆忙给希尔船长写了封信，骗马奎那把信送过去。在信中，他请求希尔邀请马奎那上船，抓住他并要求他释放汤普森和他自己。当其他努特卡人建议马奎那不要上船时，马奎那征求朱伊特的意见，得到的建议当然是他上船没什么危险。船长给马奎那敬了一杯酒之后，就有人用枪指住马奎那。岸上不小的骚乱后，朱伊特和汤普森被作为人质成功地跟马奎那进行了交换。船长也说服毛瓦查人归还两年前从"波士顿"号上抢走的所有东西。奇怪的是，朱伊特和马奎那竟然像朋友般惜别，根据朱伊特叙述，马奎那还邀请他有空回来看看。

关于马奎那对"波士顿"号的报复和把朱伊特留在身边的动机，我们只能去猜测。历史学家罗宾·费希尔和其他学者都认为，努特卡湾毛皮贸易的衰败破坏了他在部落中的威信。据朱伊特说，有时候，他的族人因为痛恨跟外国人的生意变得萧条而批评和威胁马奎那。虽然，在一次宴会中，马奎那曾经发给族人200支火枪和7桶火药，但是欧洲商品的供给已经大大减少了。马奎那拒绝了维察尼斯酋长购买朱伊特的请求，部分原因是马奎那打算如果再有一艘商船前来的话，朱伊特可以做中间人。

8月，“莉迪亚”号驶往中国，直到1807年中才回到波士顿港，同年，约翰·朱伊特出版了《努特卡湾日记》。在努特卡，朱伊特接纳了一个土著女人为妻。1809年圣诞节，朱伊特跟海斯特·琼斯结婚。

直到1815年，一位有名的康涅狄格州作家、富有的哈特福特商人理查德·艾尔索普注意到朱伊特的著作。之后，朱伊特在文坛的名气大增。为了增加故事的商业价值，艾尔索普采访了几次朱伊特，润色他最初的版本，改善了叙述不充分的地方。以丹尼尔·迪夫的《罗宾逊漂流记》为蓝本，他根据朱伊特的叙述重新创作了一部作品，在康涅狄格州的米德尔顿出版，书名为《朱伊特的冒险和苦难历程》……在这部幽灵般的作品中，朱伊特被描写为船员大屠杀中唯一幸存者，而实际上，朱伊特是两个幸存者中的一个。

作为这部作品的主人公而非作者，1815年3月8日，朱伊特申请到由卢米斯和理查森公司出版的这本书修订版的版权。同一天，朱伊特又写了一首歌，以海报形式印刷，歌名为《一个可怜的军械室男孩》。很明显，他或者艾尔索普用押韵对偶体为他独幕剧似的作品仿写成了一首广为传唱的海歌。

朱伊特积极地宣传艾尔索普版新书，用一匹马拉着，一个个城镇地兜售。艾尔索普版包含很多最常用的努特卡语词汇。1815年以来，大约出现了20个修订版。1896年版又增加了关于温哥华岛历史的注释和探险家罗伯特·布朗的回忆。

朱伊特极力推销他的书和海报小册子，北到缅因州南到马里兰，艾尔索普开始后悔跟朱伊特的合作。在费城有名的剧作家詹姆斯·纳尔逊·巴克帮助下，1817年3月21日，朱伊特的苦难经历首度公演。这部名字为《机械师的逃亡:在努特卡的三年》独幕剧以约翰·朱伊特先生有趣的叙述为蓝本，在朱伊特用努特卡语演唱了一首印第安战争曲之后，以约翰·朱伊特自己演奏的《机械师男孩之歌》落幕。

1987年作为白人奴隶和土著主人的第六代，约翰·杰维特和麦克·马奎那（现在的莫瓦查特酋长）在温哥华博物馆会面。照片中他们展示的匕首是大约183年前杰维特的祖先为他的俘虏者做的。

这幕剧没有流传下来，也没有什么著名评论。该剧连续演了三场，但是费城剧院的晚场不太理想。朱伊特继续穿着他的努特卡服装表演，但是他的明星之路不太顺畅，身体状况也开始恶化。在职业表演不太受尊重的那个时代，他妻子曾经写信告诉他她宁愿听说他死了也不想听到他还在演出。这个巡回演员、书商最后还是回到在米德尔顿的妻儿身边。1821年1月7日，他在康涅狄格州的哈特福特沉寂而亡。

1931年，波士顿的查尔斯·E.极速公司再版了1807年版朱伊特原版日记。不列颠哥伦比亚大学对朱伊特1807年版的《努特卡日记》和后来的记叙版进行了数字化处理，美国国会图书馆提供1815版的扫描版，朱伊特如果得知后人一直在制作关于他的故事的电影，毫无疑问，他肯定会很高兴的。

约翰·朱伊特不是第一个在不列颠哥伦比亚居住超过一年的白人，这个殊荣属于一个出生于爱尔兰、在1786年抵达努特卡湾的毛皮贸易船上做助理医生的孟买士兵。1786年夏天一直到1787年秋天，这个叫约翰·麦肯的人，生了一场大病。之后，他自愿待在育空和塔西斯做马奎那酋长的客人。

约翰·达·沃尔夫

“达·沃尔夫船长是最有同情心、最仁慈的人之一。”

——乔治·凡·朗斯多夫

人们普遍认为,约翰·雅各布·阿斯特在哥伦比亚河口创立的阿斯托利亚城堡,开创了俄勒冈州的毛皮贸易业。事实上,1810年一些鲜为人知的先驱者就在哥伦比亚沿岸建立了临时定居点。其中一个颇具影响力的先驱者就是约翰·沃尔夫(1779—1872)——赫尔曼·梅尔维尔的叔叔,1805年,他任美国船“朱诺”号的船长,沿北太平洋沿岸航行。

作为一个环球冒险家,沃尔夫13岁就开始了航海生涯,他来自于一个显赫的罗德岛家族,该家族在奴隶贸易中因拥有商船而发家。出海航行11年以后,24岁的德·沃尔夫被他的家族雇用驾驶新买的“朱诺”号到西北海岸为中国收购毛皮。这对于沃尔夫而言是一件好事,因为据说他反对奴隶贸易。

1805年4月,满载五金、朗姆酒、烟草、珠子项链、干牛肉、火器和棉花,他的船抵达温哥华岛西北角的纽威提港。

“我们周围的一切,海、天空和险峻的海岸以及四周茂密的森林,都让人感觉很郁闷。”他写道,“每天都有大量的印第安人带来一些海獭皮,但远不足以使我们的生意兴隆。在跟我们的交易中,他们非常奸诈,像乞丐一般。海獭皮交易好像不能满足他们,他们看到什么都想据为己有。他们是一群蛮横、彪悍的矮子,但在某些方面,他们又很擅长。他们的独木舟是用整根木头刨挖出来的,大小不等,有的只有16英尺长3英尺宽,而有的却有35英尺长6英尺宽,他们的船桨打磨得很光滑。”

达·沃尔夫继续向北前行,并于1805年8月17日抵达巴拉诺夫岛西岸的新阿尔汉格尔(今天的锡特卡)。在那里,达·沃尔夫遇到了试图做环球旅行的沙皇代表拜伦·尼古拉·彼德洛维奇·蕾莎诺夫。达·沃尔夫跟29岁的内科医生德国博物学家乔治·凡·朗斯多夫成了朋友。1804年,他曾跟随克鲁辛斯特恩探险队穿越波利尼西亚。(1809年,他们在圣·彼得堡再次碰面。)

1861年出版的约翰·达·沃尔夫日记记录了他为什么以及如何把

他 206 吨的船卖给蕾莎诺夫，同时卖出的还包括船上剩下的三分之一货物。当时，这些俄国人几乎吃光了其雇主俄国总督巴拉诺夫提供的供给品，这些货物救了他们的命。帝王般的巴拉诺夫时年 65 岁，饱受关节炎的折磨，濒临崩溃。他经常从他随身携带的桶里舀伏特加来喝。

在布里斯特尔，为了使俄国人免于饥荒，蕾莎诺夫用原主人花费的两倍购买了“朱诺”号和船上的货物。另外，他还把一艘俄国船“叶尔马克”号用来与达·沃尔夫做交易。刚到那里，达·沃尔夫就把三分之一的货物卖给巴沙诺夫，挣了一大笔钱。然后就吩咐其船员把船驶往中国去卖掉他在交易中获得的一千张毛皮，而他却留了下来。

达·沃尔夫本来计划跟随“朱诺”号的新主人航行到西伯利亚，但是蕾莎诺夫搁置了计划，因为他要等第二艘船建好。冬天快过去了，食物供给又不够了，1806 年，蕾莎诺夫不得不于前往加利福尼亚，希望可以从西班牙人那里得到食物。

在这次离奇的冒险中，蕾莎诺夫暂时流放达·沃尔夫的五名美国籍水手在贫瘠的阿尔卡特斯岛上。他还杀死了一些朗斯多夫收集的海鸟样本并把它们的尸体抛于舷外。同时，40 岁的蕾莎诺夫设法跟圣·弗朗西斯科长官何塞·阿尔盖洛的小女儿 15 岁的玛利亚·阿尔盖洛订婚了。

6 月 21 日，蕾莎诺夫得意洋洋地抵达阿尔汉格尔。但是，问题是，没有沙皇的允许，他不能结婚，而他的情人没有教皇的许可也不能结婚，婚期被定在两年以后，即 1808 年 5 月 20 日。

不能再耽搁了，在朗斯多夫陪同下，达·沃尔夫驾驶 25 吨船“拉斯洛夫”号驶向俄国海岸。达·沃尔夫成为第一个自东向西环游西伯利亚的美国人。但是直到离开西伯利亚 16 个月之后，他的船才抵达圣·彼得堡。

与此同时，因为想尽快见到沙皇，蕾莎诺夫独自穿越西伯利亚，因为赶得太急，在克拉斯诺亚尔斯克附近，也就是乌拉，他从马上摔下来，死了。

蕾莎诺夫死了之后，巴沙诺夫就可以考虑达·沃尔夫的建议，即前面提到的去俄勒冈州的美国探险。1810 年，由拿丹·文绍坡船长带队前往探险。

19 世纪早期，西班牙人禁止外国人在加利福尼亚沿岸与他们辖区的印第安人做海獭生意。为了能进入那个潜在的暴利市场，达·沃尔夫给巴沙诺夫一个建议，包围西班牙的限制圈，带领阿拉斯加的卡迪亚克印第安人进行离岸交易。

巴沙诺夫对这个计划非常热心，但是他的长官蕾莎诺夫不想冒疏远西班牙人的危险，担心会影响到俄国人的食物供给。达·沃尔夫离开阿尔汉格尔之后，这个计划一直被搁置，直到1810年，波士顿的温希普家族跟俄国人签订协议在远离加利福尼亚沿岸的地方雇佣阿留申猎人。

在阿拉斯加的俄国人和加利福尼亚的海獭基地间寻找补给站，温希普船长决定把地点定在加利福尼亚河。1805至1806年，莱维斯和克拉克探险队曾在那里过冬，这让温希普可以宣称哥伦比亚河属于美国，不在西班牙的管辖范围之内。

1810年5月，温希普驾驶“白头翁”号沿哥伦比亚河溯流而上40英里，船上载有牲畜和供给品。温希普尝试在今天的华盛顿卡加利对面建一个贸易点。但是充满敌意的印第安人越来越多，温希普的船员们不得不放弃这一计划。虽然失败了，这无疑是在太平洋沿岸建立一个永久性美国毛皮贸易点的第一次尝试。不久，约翰·雅各布·阿斯特紧随温希普的脚步，建立了阿斯托里亚城堡。

几年后，35岁的约翰·达·沃尔夫跟玛丽·麦尔维尔结婚。后来他对玛丽·麦尔维尔年轻的侄子赫尔曼·麦尔维尔影响深远。在罗德岛的布里斯托，赫尔曼·麦尔维尔曾跟达·沃尔夫一家一起度暑假。

约翰·韦斯特的航海故事激发了小男孩的想象力，鼓舞他开始自己的海上冒险，最终成就了《大白鲸》这本小说。为了表达敬意，朗斯多夫和达·沃尔夫船长都出现在小说的第45章。

在《大白鲸》中，麦尔维尔描述了约翰·达·沃尔夫在鄂霍茨克海上的“卢斯洛夫”号上遇到的一头鲸。“一头比船还大的鲸，竖起背鳍把船举起离水面三英尺高，桅杆断了，船员都摔倒了，我们在甲板下的人都爬在甲板上，我们都认为船撞在礁石上了。然而，我们却看到这只庞然大物慢悠悠地游走了，船却完好无损。”

在这本不常见的半自传体小说《大白鲸》中，麦尔维尔继续说道：“这里所提到的驾驶这艘船的达·沃尔夫船长是一个新英格兰人，他住在波士顿附近罗切斯特的一个小村庄，作为他的侄子，我倍感荣幸。毫无疑问，这艘船很庞大，是在西伯利亚海岸用俄国工艺建成的，是叔叔用他从家里开出来的船换来的。”

卡米尔·德·罗克费易

1816年到1819年，卡米尔·德·罗克费易海军上尉两次勘探了不列颠哥伦比亚河沿岸，这次环球旅行是在拿破仑被推翻以后想要扩大贸易前景的尝试。他未经编辑的日记给我们提供了19世纪早期不列颠哥伦比亚土著人生活最详尽的记录。书中有两幅地图，一幅是很详尽的世界地图，另一幅是从阿拉斯加到加利福尼亚太平洋沿岸地图。

根据第一版法语版的介绍，“由于各种因素和某种程度的不自信”，1820年，当德·罗克费易这本书完成的时候，他不愿出版这本书并把书交给其家人，随他们处置。1823年，在他去世前8年，他的一个弟弟出版了这本旅行日记。虽然在政府的赞助下，德·罗克费易成功地获得了第三个环球航行的法国人的殊荣，但返航后并没有获得升职。

1816年10月，德·罗克费易驾驶他的船“博得莱拉”号从波而多出发，1817年9月经过智利抵达努特卡。船上载有35名船员和3名船长。他们这次探险是“波士顿”号大屠杀和朱伊特被俘为奴后描绘努特卡地区状况的第一次探险，德·罗克费易鸣枪7响以示对马奎那的问候。

法国人在巴克利湾购买了一些毛皮，德·罗克费易描写了努特卡湾南部一个叫尼蒂纳的小村子。“我们看到几个男人和很多女人，他们的肤色跟白人相比，稍微有一点黄。那些年轻一点的男女，皮肤比较红，即使在欧洲，这里的小孩也称得上是漂亮的。大部分印第安人都是黑头发，其余的人是浅红色。他们都留着长头发，女人们梳头很认真，把头发从额头中间分开。这里的男女跟努特卡人穿着都一样，只是有一点不同，女人们会在衣服下面戴一条仅仅系在腰带上的桦树皮围裙(不是羊毛的)。我们看到很多身材匀称的女人，胳膊很好看。总体来看，她们的手都挺丑。可能是因为她们额头比较窄，从很小的年纪开始就有皱纹了，皮肤比较粗糙。尽管如此，总体来说，她们比努特卡女人要漂亮得多。在我见过的女人里面，按照欧洲的标准，只有三四个能称得上漂亮。一个是很热情接待过我们的西亚的妻子，另一个是伟大的酋长的妻子。酋长的妻子有一双黑色的眼睛，温顺的性格，漂亮的外貌，待人接物很得体，很有尊严，简直像白种人。这里的女人和女孩像努特卡的女人一样害羞，更加保守。”

1817年，这些法国人还参观了位于现在的海达·瓜伊马塞特的小山，当时人们把它称作一座要塞。德·罗克费易写道：“这个大村子整体看来风景如画，特别值得一提的是，重要人物房子前那些用来装饰的巨大的、丑陋的雕像，其大嘴用来做房门……沿着海湾往上，在北边最大的村子上面有一个堡垒，矮墙上覆盖着漂亮的草皮，有很好的栅栏围着。”

德·罗克费易在加利福尼亚过冬，1818年回到太平洋西北沿岸，与在锡特卡的俄国人合伙做毛皮贸易。在威尔士王子岛东部停靠时，他们的队伍遭到特利吉特人的袭击，跟俄国人签约的20名阿留申雇员被杀死，这位法国探险家也险些丧命。

卡米尔·德·罗克费易再次拜访了友谊岛的马奎那，总共在努特卡待了19天。尽管德·罗克费易听说过约翰·梅亚莱斯那种靠不住的报道，其报道宣称马奎那很可能是食人族。但是当他的船医发现人骨时，这名法国人还是被吓了一跳。这些骨头“让我们相信是食人族吃剩下的。”后来有人解释，说这些骨头实际上是被熊从土里刨出来的死人骨头。尽管如此，卡米尔·德·罗克费易在参观一处与捕鲸庆祝活动有关的圣地时还是忐忑不安。

对于早期的探险者来说，对食人族的恐惧广为流传。他写道：“我不知道是不是因为梅亚莱斯的叙述让我想起那些令人恶心的野人大餐，反正这种想法一直占据我的脑海，让一切看上去都那么悲观。”卡米尔·德·罗克费易出生于1781年，1831年去世。

塞缪尔·帕特森

1802年到1808年，有三支探险队到过太平洋西岸的温哥华岛和海达·瓜伊岛，即现在著名的夏洛特皇后群岛，鲜为人知的美国航海家塞缪尔·帕特森(1785年出生)就是其成员之一。1805年，赫尔曼·麦尔维尔的叔叔约翰·达·沃尔夫船长第二次到太平洋西北沿岸做毛皮贸易，塞缪尔·帕特森登上了美国双桅船“朱诺”号。

帕特森遇到了1805年7月刚从马奎那酋长那里被释放的“努特卡白人奴隶”约翰·朱伊特。十年后，约翰·朱伊特成功再版了他的日记《约翰·朱伊特的冒险和痛苦经历》，帕特森决定他也以这种体裁模仿朱伊特的风格出版自己的“痛苦经历”。本故事由伊齐基尔·特里为帕特森编撰，很明显是因为帕特森痛苦的经历让他思维混乱，无法亲自完成此项工作。

帕特森回忆录记录了他曾到过的一些地方：几内亚、哈瓦那、瓜达卢佩、加利福尼亚、美国西北海岸、澳大利亚、坎顿以及1808年他的船失事在斐济逗留了六个月的经历。同时，还记录了他1800—1802年乘坐“乔治·华盛顿”号到阿尔及尔的航行经历，还有1802年一次运送奴隶的旅程。1807年，帕特森登上“奥·凯恩”号，这艘船要把一些俄国毛皮猎人、50名阿留申人及其独木舟从锡特卡送往北加利福尼亚。俄国人要在那里建立罗斯城堡，从事农业和毛皮贸易。

威廉·斯特吉斯

最早尝试编撰太平洋西北岸土著语词典的是一个年轻的美国水手，威廉·斯特吉斯。1799年，年仅17岁的斯特吉斯第一次抵达西海岸。1810年到1850年，在太平洋西北岸绝大多数的美国毛皮贸易都是在斯特吉斯的领导下完成的。1846年，在波士顿的一次演讲中，他宣称对他来说唯一比海獭皮带更有吸引力的东西就是“漂亮的女人和可爱的孩子”。

1782年2月25日，威廉·斯特吉斯出生于马萨诸塞州的巴恩斯特布尔庄园，他父亲是那里的一个船主。1796年，威廉·斯特吉斯进入他叔叔拉塞尔·斯特吉斯的新英格兰会计事务所。一年半后，他认识了从事蒸蒸日上的太平洋西北岸和中国间毛皮贸易的詹姆斯和托马斯·珀金斯。1797年，父亲去世以后，他出海挣钱养家。登上当时正要出发的詹姆斯和托马斯·珀金斯的船“伊丽莎”号，作为一名助理经纪人，他工作非常出色，后来他被选为“尤利西斯”号的大副。后来，他在“卡罗琳”号查尔斯·德比船长手下工作，直到德比去世，他接替了德比的位置。1804年，“卡罗琳”号从哥伦比亚河出发驶往卡伊伽尼（阿拉斯加的威尔士王子岛的南面)，在那里收购了 2500 张海獭皮，净赚 73034 美元。

威廉·斯特吉斯

1810 年，威廉·斯特吉斯回到波士顿，跟约翰·布莱恩一起创办了布莱恩 & 斯特吉斯办事处，主要从事太平洋沿岸跟中国的贸易，这家公司一直持续了 50 年，直到布莱恩去世。他因跟土著人公平交易和精通拉丁语而闻名。斯特吉斯有一次在莱比锡城买了 5000 张貂皮，然后用一比五的价格换成海獭皮，后来在坎顿卖了个好价钱。

1810 年，斯特吉斯船长跟伊丽莎白·戴维斯结婚，生了一个儿子和五个女儿。他对公共事务非常感兴趣，特别是与太平洋西北岸有关的。他做了大约 30 年马萨诸塞州议会成员，还是波士顿航海协会主席、马萨诸塞历史协会的成员。他于 1863 年 10 月 21 日去世，享年 81 岁，在巴恩斯塔贝尔建有斯特吉斯图书馆。

斯蒂芬·雷诺兹

“叛乱平息了，秩序正常了!” ——斯蒂芬·雷诺兹日志

1811 年，美国出生的 28 岁的斯蒂芬·雷诺兹作为一名水手登上 95 英尺长载重 281 吨的新“汉扎尔德”号开始向太平洋西北海岸进发，他带着笔和墨水，很显然他想在工作簿上记录下自己的感受。虽然雷诺兹的文学功底不太好，1812 年 8 月，参观哈伊达时他确实记录了阅读 1754 年出版的塞缪尔·理查森小说《查理·格兰德爵士和拜伦小姐》时的感受。他以一个普通海员的视角叙述了两次到太平洋西北岸的经历，主要是在

夏洛特女王群岛附近、在夏威夷短暂逗留和到东方的航行。在船员名单上他登记的是斯蒂芬·朗内尔斯,因为直到美国独立战争后他父亲才把家族名字改为雷诺兹。

在新“汉扎尔德”号上的生活相当残酷,船上年龄最大的只有33岁。根据豪威的描述,新船长大卫·涅尔及其合伙人塞缪尔·格尔“是美国经商行业中很难见到的暴君”,在航行过程中,他曾28次鞭打船员。

离开夏威夷向北航行后,船长给了船员们一个教训,在19个前桅船员中,只有8个幸免于难。1811年6月11日,雷诺兹和其他四个船员在温哥华岛最北端未经允许擅自上岸,也被鞭打过还带上镣铐。1812年1月22日,船长要求雷诺兹一旦发现工作中有反抗情绪的话就立即提醒他。11天后,又一个船员因为把面包抛洒在甲板上被戴上镣铐,生命受到威胁。

1848年斯坦利在火奴鲁鲁画的斯蒂芬·雷诺兹油画像

雷诺兹解释道:“西布里·普拉特对自己的面包份额不足表示不满。休斯先生称了一下,说满额。听到这里,西布里就把面包扔到甲板上,很快他就被叫了过去,绑了起来,他大叫‘救命!救命!’所有人都上前想要把他放了,而船长威胁要杀了他们。西布里被带回船舱,锁上镣铐。船长说他听说他们要抢他的船,而他们就认为是我向船长告的密,因为那几天晚上我一直在船舱里。一切都乱套了!叛乱被平息!秩序正常了!”

由于海獭皮的供应大大减少,竞争日益激烈,奴隶贸易在远征队的贸易活动中占据很重要的地位。1811 年 6 月 20 日，雷诺兹记录到："卖了所有的烛鱼油和两个奴隶。一个奴隶换了 5 张海獭皮，另一个，3 张。"8 月 1 日，在弗拉特瑞角又买了 4 个奴隶，在船长的带领下，新"汉扎尔德"号的船员们也开始从哈伊达买女奴然后卖掉。

由于毛皮贸易竞争日益激烈，新"汉扎尔德"号在夏洛特女王群岛附近度过了整个冬天。"星期三，12 月 11 日，挖煤坑，锯木板，休斯在岸上待了整整一个下午，那两个女孩整夜都待在甲板上，布鲁斯昨晚给了我两英寻印度棉布，对此我深表感激。八点，考虑了许久终于起床，用钥匙打开门，上面残留着薄冰。"我们的船满载"毛瑟枪、面包、糖蜜、糖、印度棉花、衣物、五金、弹药、画、铁、米、床单、枪、烟草、毛织品和木制品"等货物，这些是用来交换海獭皮的。

1812 年，沿岸至少有 13 艘船，包括新"汉扎尔德"号、"莉迪亚"、"帕凯特"、"白头翁"、"阿塔花勒帕"、"比弗"、"查龙"、"伊莎贝拉"、"卡沙拉恩"、"汉密尔顿"、"欧凯茵"、"水星"、"佩德勒"和"希尔费"号。詹姆斯·贝奈特船长的"莉迪亚"号和新"汉扎尔德"号一起航行了几个月。当时大部分太平洋西北岸的船基本上都是波士顿的，比如 1810 年在纽伯利建造的新"汉扎尔德"号和一艘叫"帕凯特"号的船都属于塞勒姆公司。

1812 年 7 月 10 日，在马塞特附近，雷诺兹说他们与一直期待的来自于塞勒姆的"帕凯特"号在培根船长的带领下靠近了，这艘船是 1811 年从波士顿出发来替换他们的。"听到这个消息，大家兴奋极了，哑巴都想说话了。"

次年"汉扎尔德"号继续向夏威夷行进运送供给品和檀香木，1812 年 12 月穿越太平洋抵达坎顿，再一次来到夏威夷，绕过南美洲，避开了英国军舰的封锁，于 1813 年圣诞节抵达新贝德福德港口。1817 年服役 8 年的新"汉扎尔德"号在从塞勒姆到巴特维亚的航行中沉没。

还是在 1817 年，雷诺兹乘坐"伊达"号航行到南美洲的太平洋沿岸，后来他人生的大部分时间都定居在夏威夷，19 世纪 20 年代他跟苏珊·杰克逊结婚生了 5 个孩子。雷诺兹写了一本关于他 1822 年到 1855 年在夏威夷生活的日记。雷诺兹 1782 年 11 月 18 日出生在马萨诸塞州安多佛，1857 年 7 月 17 日在马萨诸塞州的西博克斯福德去世，享年 74 岁。

爱德华·贝尔彻

1835 年 12 月由弗雷德里克·威廉·比奇船长指挥的英国皇家军舰"萨尔弗"号和"斯塔林"号从普利茅斯出发开始为期 7 年的对太平洋沿岸的科学考察。1837 年 2 月,因为比奇在智利的瓦尔帕莱索生病,爱德华·贝尔彻在巴拿马成为"萨尔弗"号的新船长。贝尔彻曾经在比奇船长的"布洛瑟姆"号上做过勘测员,后来他在加利福尼亚沿海和阿拉斯加西北部,包括努特卡湾,做港口勘测。

从圣·布拉斯出发,英国皇家军舰"萨尔弗"号到过三明治群岛(夏威夷)、威廉王子湾、俄属美洲南部海岸(阿拉斯加)、阿尔汉格尔(锡特卡)、努特卡湾、圣·弗朗西斯科和中美洲。1839 年,"萨尔弗"号和"斯塔林"号对上述地区做过第二次考察,停靠科迪亚岛、温哥华堡、罗斯堡和圣·巴拉拉。在贝尔彻船长带领下,"萨尔弗"号还停靠过萨克拉门多河、马科萨斯群岛、社会群岛、汤加群岛、新赫布里底岛、所罗门群岛和新几内亚岛。

1843 年,爱德华·贝尔彻爵士出版了两卷《1836—1842 年英国皇家军舰"萨尔弗"号环球航行,包括 1840 年 12 月到 1841 年 11 月到中国的航海细节》,第四章涉及 1837 年他参观努特卡湾时跟马奎那酋长(有时被称成马奎那的女婿)的会面,1844 年,《爱丁堡评论》杂志评论了贝尔彻的两卷作品。"萨尔弗"号上的外科医生理查德·布林斯利·海因兹也出版了关于他在这次航行中做的动物学研究,并把这项研究献给贝尔彻,他还跟自然学家 G. 本瑟姆合作出版了一本植物学地图集。

查尔斯·威尔克斯

1838 年到 1842 年,查尔斯·威尔克斯担任美国勘探远征队队长,他在太平洋西北岸的政治史上成为一个颇具影响力的人物。他以严于律己闻名,有点强迫症。他带领队员对哥伦比亚河从河口到科斯科特大约 160 英里地区的水域进行了水路勘察。哥伦比亚河在 19 世纪上半期对于西部陆地的毛皮贸易发挥着举足轻重的作用,但是多年来没人确定这条路线的归属问题。1792 年,美国海军船长罗伯特·格雷是公认的哥伦比亚河的发现者,这条河就是以他的船"哥伦比亚"号命名。但是关于这条河的首次记录却是西班牙航海家布鲁诺·德·赫瑟塔在 1775 年做出的。

1792 年,在格雷穿越哥伦比亚湾 5 个月后,乔治·温哥华船长的副手,英国皇家军舰"查塔姆"号的威廉·布劳顿派两艘勘探船沿河北上 100 英里,并制作了可靠的第一份哥伦比亚地图,最远到后来的温哥华堡。

查尔斯·威尔克斯

毛皮商大卫·托马斯为西北公司制作首张哥伦比亚河地图后,英国军舰"浣熊"号于 1813 年形式上控制了入河口,1818 年美国战舰"安大略"号也还以颜色。到英国海军船长爱德华·贝尔彻于 1839 年率领"斯塔林"号和"萨尔弗"号沿河北上抵达温哥华堡为止,到底是英国还是美国应该宣称哥伦比亚水路的所有权这一问题一直悬而未决。1841 年 5 月,查尔斯·威尔克斯首次独自勘察了哥伦比亚北部地区,他从尼斯阔利(普吉特湾)陆路出发,沿考利茨河南下到哥伦比亚,沿途经过圣·海伦斯山,最后到达河口。

7月他驾着他的旗舰“温森斯”号回到河口，再次派他的船南下到加利福尼亚，掌管了另一艘更加适合勘探这条河穿越沙洲的载重224吨的双桅帆船“海豚”号。在乔治堡，他又买了一艘载重250吨的商船“俄勒冈”号，随他的勘察船沿河北上。

8月，威尔克斯勘测队抵达温哥华堡，他曾跟约翰·麦克洛克林博士和哈得孙湾公司的总督乔治·辛普森一起共进晚餐。威尔克斯向辛普森透露他计划向美国政府建议美国应该把向北至北纬54°40′的这片区域划入美国版图。这对辛普森来说是令人震惊的重要消息，他立刻写信给英国外交部建议加强对哥伦比亚河北部所有地区的控制。

威廉·沃克海军上校沿河北上远到卡斯喀特山脉，完成了另外一次美国海军勘察。奥利弗·哈泽德·佩里海军上校沿威拉米特河做了类似的工作，与此同时，查尔斯·威尔克斯参观了位于威拉米特河谷的40个美国人定居点，跟他们讨论了在美国旗下最终建立一个地方政府的想法。

虽然威尔克斯最终对美国政府建议，哥伦比亚港对于停船靠岸和安全通过都很危险，对美国的利益而言西雅图的普吉特湾应该更加重要，但他1841年大半年在哈得孙湾公司管辖的区域具有侵略性的军事驻扎极大程度上削弱了英国人的信心。

1841年，威尔克斯出版了一本包括不列颠哥伦比亚海岸线的俄勒冈地区的重要地图，在描写太平洋西北岸时，他说:“在胡安·德·富卡海峡，阿德莫勒尔蒂湾、普吉特湾和胡德运河……没有一处浅水区，世界上没有任何一个国家的水域能与之媲美。”

威尔克斯的勘察工作给华盛顿州很多地方确定了名字(比如埃利奥特岛、莫里岛、哈勒航道和汉莫斯里湾)，他还以哈得孙湾公司海军船长威廉·亨利·麦克尼尔的名字命名了麦克尼尔岛。虽然他曾因所谓的滥用私刑而两次面临法庭指控，但最后都被宣判无罪，1847年还被皇家地理协会授予发现者勋章。

命运多舛的威尔克斯的海军生涯简直是千变万化、争议不断。他从华盛顿特区的地图乐器仓库主管升职到海军少将。他被公认为在1839年12月首次发现南极洲(在南极洲有一个威尔克斯岛)，他的个性影响了赫尔曼·麦尔维尔在《大白鲸》中对船长哈比的描写，事实上，麦尔维尔在这部著名的小说中引用了威尔克斯的《美国勘探远征队纪事》中的很多细节。

威尔克斯1798年4月3日出身于纽约市，1877年2月8日在华盛顿特区去世。1920年他的遗骸被重新安葬在阿灵顿国家公墓。查尔斯·达尔文就是他的仰慕者之一。

尤金·杜弗劳·德·莫夫拉斯

1839年一个法国人被派往墨西哥城，以便确认加利福尼亚到阿拉斯加的贸易可行性，他出版了一本关于北美洲太平洋沿岸的书《1840—1842年俄勒冈和加利福尼亚雷诺河勘探》。尤金·杜弗劳·德·莫夫拉斯从白令海峡出发又返航，提供了一份关于西海岸的大地图，他画出了从圣·布拉斯到阿留申群岛的大部分港口，包括哥伦比亚河河口和努特卡湾。

1937年，莫夫拉斯的作品由玛格丽特·埃耶·威尔伯编辑出版，书名为《杜弗劳·德·莫夫拉斯太平洋沿岸游记》，这本书包含对俄勒冈地区、温哥华岛、弗雷泽河和一些哈得孙湾公司贸易站的详尽描述。

新喀里多尼亚

丹尼尔·哈蒙

被毛皮贸易伙伴戏称为“神父”的丹尼尔·哈蒙是一个道德非常高尚的聪明的美国人，他跟伊丽莎白·拉瓦尔或者叫做迪瓦勒（我珍爱的伴侣）的长久婚姻就是他极度忠诚本性的最好例证，她是一个法裔加拿大船长和斯奈尔女人（蛇族印第安人）的混血女儿。

1778年2月19日，丹尼尔·威廉姆斯·哈蒙出生在佛蒙特州本宁顿（现在纽约的一部分），他是一个餐馆老板的第四个儿子，几乎没有受过什么学校教育。1800年春，22岁的哈蒙在蒙特利尔加入西北公司，刚开始哈蒙对其毛皮商人同事非常冷漠。

他有读《圣经》的习惯，反对在“安息日”喝酒和打扑克。他评价道：

“悲哀的是在这个荒凉地带很多人把基督教义和文明礼仪放在一边，他们的行为只能说比野人好一点。”他在西北公司工作了16年，曾经在萨斯喀彻温、阿萨巴斯卡和新喀里多尼亚任职。他在萨斯喀彻温中部的斯旺里弗地区工作了5年，驻扎在亚历山大堡(建于1795年，不是不列颠哥伦比亚境内的亚历山大堡)、伯德山和拉客拉比什。

1802年，还是单身的哈蒙婉拒了跟亚历山大堡克里族酋长女儿的婚事，第二年，他成了同事与一个半奥吉布瓦女人的混血儿子的监护人。

1805年10月10日，在萨斯喀彻温的南枝堡，他最终接受了约14岁的伊丽莎白做他的乡村妻子。伊丽莎白为他生了14个孩子，但只有两个存活下来，她一直忠诚地陪伴在哈蒙的身边直到他去世。

哈蒙记录了他们结合之前的想法：“今天他们送给我一个14岁的加拿大女孩，在对自己应该走的路深思熟虑后，最终我决定，接受她对我来说是最好的选择，因为对于要在这里度过一段时间的绅士们来说有一个伴侣，已经成为一种风俗。如果单身的话生活难免要孤单郁闷，有个妻子至少可以更加社会化地消磨时间，即便不太愉快。

“我现在打算，如果我们生活和谐，只要我留在这个未开化的地方，我就让她留在身边。但是如果我要回国，我会尽力给她安排一个诚实的男人，这样她就能在自己的国家更加愉快地度过余生。我觉得对她来说，这比把她带到文明世界，对周围的人、他们的行为举止、习俗和语言都很陌生要来得容易一些。她母亲来自于印第安蛇族，他们的部落位于落基山脉。这个女孩据说性格温和，有点小脾气，作为一个令人愉悦的女人和深情伴侣(原文如此)，这是必备的品质。”

事实证明哈蒙觉得跟伊丽莎白不得不分离的想法是错的，在萨斯喀彻温住了两年后，哈蒙一家搬到新喀里多尼亚，1810年11月7日抵达圣詹姆斯堡，1810年12月29日抵达弗雷泽湖。

1810年到1819年，他们主要住在圣詹姆斯堡和弗雷泽堡，1811年到1813年，哈蒙被委派掌管圣詹姆斯堡，1815年在纳兹科短暂逗留后，1817年游历了奇帕维安。

因为不列颠哥伦比亚中北部的卡里尔人说三种不同的方言，同时他们习惯了捕鱼而不是打猎，海狸出没地区和鲑鱼渔场传统上都是私人所有，毛皮商人对这点很难理解，所有这一切都让新喀里多尼亚的毛皮贸易非常复杂。尽管那里的冬天非常寒冷，跟卡里尔印第安人的关系和获取食物也充满挑战，在做毛皮贸易的西伯利亚地区，孤独也同样可怕，尤其是如果有人迫切渴望进行严肃的宗教和文学对话的话。

1813年，驻扎在新卡喀里多尼亚斯图尔特湖边的哈蒙写道："可能没有任何以经商谋生的人像我们这么空闲，我们中很少人会花哪怕五分之一的时间打理公司的生意，另外的五分之四时间完全归我们自己支配。有这样的机会，如果我们不好好提升自己的理解力，那错就在我们自己了，因为这里的很多城堡有很多藏书，虽然这些书不是最好的，但是其中有的却值得一读。如果没有这些无声朋友的陪伴，估计大部分时间我会过得比较忧郁，即使有它们，有时候一想到我已经离开我的祖国、亲戚朋友，住在这个野蛮国度那么长时间，我就会情绪低落。"

在1812年西北公司被并入哈得孙湾公司两年前，丹尼尔·哈蒙决定经过蒙特利尔回弗蒙特。他做出这个决定一方面是因为总体来说西部毛皮贸易的前景比较黯淡，另一方面是因为强烈的低落情绪。

1811年，哈蒙不太情愿地让朱内尔·奎纳尔帮忙把4岁的儿子乔治·哈蒙带回蒙特利尔，送到弗蒙特的亲戚那里接受教育。丹尼尔·哈蒙和伊丽莎白得知他们的儿子于1813年3月18日在佛蒙特州弗金斯死于猩红热，简直伤心欲绝。哈蒙写道："她得知这个噩耗的时候，比我更加伤心。我先讲了一些万事万物的不确定性作为开场白，一边说出我要透露的秘密，听到这里她可能从我的表情中猜出了什么，非常恐惧。当我告诉她我们的爱子死了，她非常痛苦地瞪着我，马上就扑倒在床上，那晚就一直保持这种姿势，一动不动。"

格雷厄姆·罗斯在其关于丹尼尔·哈蒙的研究中写道:"没有贬低麦肯齐工作价值的意思,在文学价值上必须公平地说哈蒙的《航行和旅行》同样重要。"由一个不知名的安多弗印刷商自费印刷的哈蒙的《新喀里多尼亚回忆录》不太畅销,这本书直到1905年才再版。罗斯写道:"除了本宁顿博物馆存有他的肖像外,没有任何丹尼尔·威廉姆斯·哈蒙的记载。"

因为失去儿子乔治而心绪不安,再加上他父亲在弗蒙特也去世了,哈蒙决定是时候离开新喀里多尼亚了,但是绝不会抛弃他忠诚的妻子。

哈蒙写道:"我计划通过婚姻让她成为我的合法妻子。跟我在一起生活又为我生了孩子,我觉得我的道德感驱使我不能解除这种关系,如果她愿意继续的话。通过上帝的指引,我们之间的结合不仅因长期互相体贴而密不可分,并且也是出于一种更加神圣的考虑。

"我们因为孩子们的离去而一起哭泣,特别是我们最心爱的儿子乔治的死让我们伤心欲绝。并且我还有同样可爱的孩子活在世上,怎么可以自己生活在文明世界而孩子们却活在野蛮中呢?我怎么可以把他们带走,留下他们的母亲直到死去都因他们不在身边而伤心呢?在这种情况下想到她我怎能不感到特别痛苦呢?"

1819年8月19日,哈蒙一家带着剩下的两个女儿萨莉和波莉抵达威廉堡,他们终于在西北公司总部以基督教仪式正式结婚了。5天后,莉赛特又生了一个男孩约翰，两天后，他们一家五口开始向蒙特利尔进发。

1819年9月11日，哈蒙一家终于完成了从新喀里多尼亚返回弗金斯长达4000英里的行程，他们在11周内几乎穿越了整个大陆。5年之后，丹尼尔·哈蒙跟他弟弟阿伽卢斯和卡尔文在弗蒙特建立了阿尔蒙威尔，也就是今天的考文垂，他在那里经营一家商行和黑河边的磨坊。

他还做过教堂执事，让醉酒者砍掉一个木桩作为惩罚，后来《弗蒙特历史公报》评论说“这对清理树桩比阻止醉酒更有效”。不久后这项惩罚措施就变成拔出一棵树桩应该奖励一品脱酒。

1821年到1838年他们在弗蒙特又生了6个孩子，1843年丹尼尔·哈蒙跟他的家人做了最后一次到蒙特利尔的旅行，他们1843年冬的目的地是蒙特利尔的魁北克，那是因为他们的女婿卡尔文·莱德（跟波利·哈蒙结婚）1842年在那里买了一块地。

在抵达魁北克不久，达尼尔·哈蒙于1843年4月23日去世，享年65岁，虽然他具体的埋葬地点不清楚，但是在皇家墓园大卫·托马斯墓旁边有哈蒙一家的纪念碑。1862年2月14日，70岁的伊丽莎白·哈蒙在蒙特利尔去世，埋葬在皇家墓园的11号墓地。哈蒙最小的女儿阿比·玛利亚在渥太华跳水自杀淹死了，埋在她妈妈墓旁。

尽管哈蒙日记的第一个编辑丹尼尔·哈斯克尔对哈蒙的作品持批评态度，但是后来的历史学家都对他的作品大加赞赏，认为是加拿大毛皮贸易最有用的记录之一。哈蒙是一个无偏见的记录者，他几乎不带任何偏见观察人物及其风俗习惯。例如，1801年他描写了一次种族通婚，毫无疑问跟他四年后的婚礼有很多相似之处。

“我的一个翻译，帕耶特找了一个本地女孩做妻子，他送给她父母价值200美元的朗姆酒和干货。这样的仪式一般都如此，当该休息的时候，丈夫或者说新郎会告诉新娘他的床在哪里，当然，他们就睡在一起了，他们会一直保持这种关系只要双方满意，如果任何一方对这个选择不满意，就可以选择另一个伴侣，这就是这里的风俗。”

哈蒙的日记有两个附录，一个是关于落基山脉东部的印第安人的，另一个是关于落基山脉西部的印第安人的。第二个附录哈蒙提供了从斯图尔特湖和纳达尔方言演化来的卡里尔语言信息。

2006年，在圣·詹姆斯堡遗址工作的朋友的支持下，丹尼尔·哈蒙的第四代曾孙，维多利亚的格雷厄姆·罗斯跟兰姆的女儿以兰姆版分别出版了硬版和软版的哈蒙毛皮贸易日记，书中还增加了珍妮弗·布朗对书的介绍。

约翰·克拉克

哈得孙湾公司和西北公司竞争白热化之际，对于一个有胆识的实干家，像约翰·克拉克那样为双方卖力工作，且跟别的公司还有贸易往来，这太正常不过了。

因傲慢自大和自以为是而出名，克拉克丰富的职业生涯在他女儿阿黛尔·克拉克的书《老蒙特利尔》和乔治·辛普森的文件中都有记载。另外，华盛顿·欧文在他的书《阿斯托里亚》中对华盛顿斯波坎市创始人克拉克的描述是“一个又高又帅的男人，总是威风凛凛的”。

抵达温哥华堡的时候，艺术家保罗·凯恩注意到在哥伦比亚河地区奇努克人最常见的欢迎白人的欢迎词就是“Clak-hoh-ah-yah”，他相信这种表达方式应该是土著人听到阿斯托里亚人说“克拉克，你好”而演变过来的，据推测，奇努克单词“klahowya”应该也起源于此。

1781 年，克拉克出生在蒙特利尔，据说约翰·雅各布·阿斯特是他母亲那一方的远方亲戚，他母亲的闺名叫安·沃尔多夫。15 岁时，他开始从事毛皮贸易，1804 年成为西北公司的一名职员。接下来的两年，他在皮斯河沿岸的弗米利恩堡工作，也曾在麦肯齐河沿岸工作过。1809 年，克拉克成为皮斯河沿岸的圣·约翰堡的行政长官，这个城堡在 1794 年亚历山大·麦肯齐创立的时候叫落基山堡，历经几次搬迁，直到 1823 年关闭。1860 年，这个堡又重新开放，成为圣·约翰堡的基地，它是位于阿拉斯加高速公路 47 英里处的乔治王子北部最大的不列颠哥伦比亚社区。

约翰·克拉克

1810年，克拉克离开西北公司，加入约翰·雅各布·阿斯特的太平洋毛皮公司，1811年，他负责到阿斯托里亚的第二次勘察。从纽约出发，航行212天后，1812年5月，他带着罗斯·考克斯和乔治·厄明格抵达哥伦比亚河沿岸的阿斯托里亚。为了故意给竞争对手西北公司的詹姆斯·麦克米伦施加压力，不久公司决定克拉克应该向内陆进发，在斯波坎河沿岸建立斯波坎山庄。

1812年两公司开始斗争，克拉克被召回阿斯托里亚见证公司向其老东家西北公司的投降仪式。克拉克不愿再为西北公司工作，于是他于1813年6月带领一支62人的陆上考察团回到东部。1814年他为赛尔扣克勋爵工作，后来加入了哈得孙湾公司。

1815年到1819年，他在皮斯河和阿萨巴斯卡地区激烈地抵抗西北公司。最有名的一次是1815年克拉克带领100人到马铃薯岛(今天的亚伯达)为他的新老板建立韦德伯恩堡。对毛皮的竞争如此激烈以至于克拉克的建筑工人都快饿死了，最近的西北公司贸易站(也就是1英里远)的行政长官竟然拒绝施以援手，给他们提供食物。克拉克不得不带着50人离开阿萨巴斯卡湖前往弗米利恩堡。

敌对情绪持续升温。1816年10月7日，克拉克在奇帕维安堡因扰乱和平被西北公司逮捕拘留。奇帕维安堡是1788年由亚历山大·麦肯齐的侄子罗德里克·麦肯齐始建于阿萨巴斯卡湖南岸，1798年，搬到阿萨巴斯卡湖西北岸。大卫·汤普森和西蒙·弗雷泽分别于1804年和1805年到过这里，宣称是阿尔伯塔省最古老的一直有人居住的欧洲人建立的定居点。

1817 年 4 月 15 日,克拉克因同样罪名再次被捕,关押在不同的地方,直到同年 12 月 12 日才被释放。克拉克为人自负,有时还比较奢侈,1815 年哈得孙湾公司因他写日志而批评他,认为他是个碍事的家伙,但是有一点是肯定的,他不喜欢西北公司。

1821 年 3 月 26 日,当西北公司被并入哈德孙湾公司以后,克拉克建立的韦德伯恩堡被奇帕维安堡取代。尽管他反复无常,对西北公司有敌意,但两个公司合并以后约翰·克拉克还是被任命为首席代理人,当时西北公司有 97 个贸易站,哈德孙湾公司 76 个。

约翰·克拉克的第三任妻子,玛丽·安

休假一年后,克拉克被派往管理下雷德河地区,但是他的不良记录导致他降级到小奴湖地区,后来到了斯旺莱克地区,直到 1835 年退休,他的表现都差强人意。

在斯波坎山庄,克拉克与约瑟夫·坎霍皮特萨"结婚"。1816 年,他又跟约瑟夫·斯宾塞的混血女儿萨菲拉·斯宾塞正式结婚,但婚后不久萨菲拉·斯宾塞就死了。1830 年,克拉克又娶了瑞士纳沙泰尔州的玛丽·安,他们有四个儿子和四个女儿。克拉克住在蒙特利尔直到 1852 年 7 月 28 日去世。

亚历山大·罗斯

1811年3月,亚历山大·罗斯乘坐由乔纳森·索恩船长指挥的命运悲惨的“唐奎因”号抵达太平洋西北岸。他提供了关于最危险的哥伦比亚河河口(今天的哥伦比亚湾)最好的描述之一。为了纪念1841年在此失事的美国探险远征队小战船“皮科克”号,后来这片水域被称作皮科克湾。“哥伦比亚河口以在任何时候都有大浪和沙洲出名,尤其是在春秋时分,有大风的时候,这些沙洲经常移动,当然航道也会随之变化,在这个航道航行随时都非常危险。沙洲,或者说是沙洲群,由此引发的巨浪汹涌而来,大约有三英里宽,形成一片绵延数英里的白色浪花带,河口的南北两面汹涌的波涛给进入的船只带来很大的障碍,好像要摧毁靠近它的一切。”

罗斯到那里两年后,由威廉·布莱克船长率领的“浣熊”号成为第一个穿越哥伦比亚湾的战舰,但在出去的时候遭到严重破坏,不得不在圣·弗朗西斯科维修。

1804年,亚历山大·罗斯离开苏格兰,开始尝试教书,但后来却成为约翰·雅各布·阿斯特太平洋毛皮公司的职员。因为受在蒙特利尔由亚历山大·亨利主持在比弗俱乐部举办的宴会的影响,他在1808年成立了美国毛皮公司,1810年又成立了太平洋毛皮公司,因为他预感到在1805年11月梅里韦瑟·刘易斯和威廉·克拉克带领的科考队带来的巨大商机。阿斯特在公司的同事包括约翰·克拉克、唐肯·麦度格、亚历山大·麦凯、大卫·斯图尔特、罗伯特·斯图尔特和唐纳德·麦肯齐,这些人都曾在西北公司工作,还有圣路易斯商人威尔逊·普赖斯·亨特、加布里尔·弗朗奇瑞和蒙特利尔的简·巴蒂斯特·佩罗。

亚历山大·罗斯和他第三任妻子伊莎贝拉,1855年

在阿斯托里亚加入西北公司之前,亚历山大·罗斯是立场最坚定的阿斯托里亚员工,他描述了当他成为第一批全年居住在太平洋坡地的欧洲居民时,太平洋毛皮公司的阿斯托里亚人如何在哥伦比亚河口努力建立阿斯托里亚的情形。通过一本奇努克辞典和罗斯关于奥克纳肯斯起源的推想,罗斯的毛皮贸易回忆录《俄勒冈或哥伦比亚河第一批定居者历险记》记述了他作为第二个抵达坎卢普斯,第一个到达西米卡密山谷的欧洲人的经历。

1811年太平洋毛皮公司的大卫·汤普森观察到南北汤普森河汇合,1812年亚历山大·罗斯抵达那个汇合点——坎卢普斯。罗斯在奥克那根部落找了一个土著人作为妻子,他们至少生了三个孩子。1825年他在雷德河定居点退休,他们一起到了马尼托巴,后来罗斯成为阿西尼博亚的警长。1856年,罗斯去世,1886年他的妻子也在温尼伯去世。

约翰·托德

约翰·托德是新喀里多尼亚第一批最重要的毛皮商之一。他纪律观念很强,性格粗犷。新喀里多尼亚地区包括亚历山大堡、圣詹姆斯堡、弗雷泽堡、乔治堡、麦克劳德湖、巴宾湖和康诺利湖。

1858年,为了阻止大部分美国矿工涌入卡里布金矿,伦敦殖民办公室把新喀里多尼亚分公司并入不列颠哥伦比亚殖民地。与20年后莫里斯出版的晦涩难懂的《不列颠哥伦比亚北部内陆历史，前新喀里多尼亚，1660年—1880年》相比，托德的《新喀里多尼亚和西北海岸历史》比较离奇有趣，但不太精炼。在1843年写给詹姆斯·哈格雷夫的信中他写道："不幸的贸易商们，你们中很少人能体味文明生活的甜美。"

1794年约翰·托德出生在苏格兰的洛蒙德湖附近，他是家里9个孩子中的老大。他在格拉斯哥以西的利文河岸长大，16岁时辍学，开始在格拉斯哥的纺织厂工作。18岁时因为拒绝双倍工作却无加班补贴而失业。

1811年，失业的托德跟父母关系不太好，跟哈得孙湾公司签约成了一个小职员。带着罗比·伯恩斯的诗集、布臣的《家庭常备药品》和《圣经》，他乘坐"爱德华和安妮"号到哈得孙湾的约克厂工作，后来作为一名新手被派往赛文堡，在那里过冬。有很多闲暇时间，在此期间，他学了两年克里语，然后被派去管理艾兰莱克和约克工厂。

1821年夏，约翰·托德当时在约克厂的食堂见证了时年34岁的乔治·辛普森主持的晚宴。这次晚宴是西北公司和哈得孙湾公司于1821年3月26日正式合并以后，为了团结西北公司有顾虑的商人和哈得孙湾公司新的合作伙伴而举办的。托德写道："很明显他们也不太确定怎么会坐在一起，我从房间一个很远的角落仔细地观察他们，我觉得这个场景简直跟我梦中巴比伦国王看到不和谐的动物在一起差不多，一边是铜墙，一边是铁壁，虽然两家公司已经合并，但是他们并不能真正地融合在一起，西北公司的人聚在一起，很明显一开始并不想跟他们往日的生意竞争对手合作。"

约翰·托德

1823 年,辛普森总管把约翰·托德派往新喀里多尼亚。托德开始麦克劳德堡的工作之前,刚开始在乔治堡跟詹姆斯·默里·耶鲁共事一年。1825 年冬 1826 年春,托德有了一个积极进取的新同事,哈得孙湾公司的职员詹姆斯·道格拉斯。

在麦克劳德堡,与世隔绝,孤独至极,因为那里的人几乎不能跟任何人用英语交流。托德在此期间读了很多书,很喜欢一个歌女的陪伴,他声称这个歌女"很有音乐细胞,每次我吹笛子时,她都会唱歌以和"。这就是托德的第一个乡村妻子。

1829 年,约翰·托德写给爱德华·艾马廷格的信中提到她:"你问我在麦克劳德堡那个经常唱歌的女孩怎么样了,我很乐意告诉你,但我可不像我们以前的老同事博尔顿先生那样对淫秽的书籍那么情有独钟,除非用干净的亚麻布包起来。直白地讲,她还陪伴着我,帮我渡过忧郁的生活。要是没有她,或者别人的陪伴,在这样糟糕的地方,我完全无法支撑下去。"

约翰·托德夫人

在新喀里多尼亚工作 9 年以后,约翰·托德决定从哈得孙湾公司辞职回苏格兰。此时,他竟然得到盼望已久的消息,他已经被提升为公司主管了。1834 年,在接受公司任命之后,他休假一年。乘坐"鲁珀特王子"号从哈得孙湾出发,他遇到女家庭教师爱丽莎·沃,不久他们就在英格兰结婚了。

他们婚后的生活并不幸福。1835 年，托德一家经纽约去鲁珀特地区，在雷德河区等待托德在艾兰莱克的新职位任命。在这里，1837 年，爱丽莎精神崩溃。他安排妻子跟威尔士的亲戚一起生活。他后来回到新喀里多尼亚工作，相继在温哥华堡、亚历山大堡(1839 年—1842 年)、坎卢普斯堡(1842 年—1849 年)以及普吉特湾的尼斯阔利堡工作过。

据说在坎卢普斯——该地首先是太平洋毛皮公司的商人发现的，后来被西北公司发展壮大，然后被哈得孙湾公司控制——工作期间，约翰·托德被当地的土著人认为是不可能杀死的人。

1846 年，坎卢普斯堡的翻译洛洛告诉他，他将遭遇一场有预谋的袭击。托德展示了他的勇气，独自一人骑着他那匹白马到弗雷泽河岸会见 1000 多土著人组成的队伍。托德告诉他们天花已经在瓦拉瓦拉蔓延，他来是给他们接种疫苗的。“我开始给那些臭名昭著的无赖接种疫苗，来实施我的报复”他回忆道。最后袭击者胳膊疼痛难忍，乖乖撤退了。

1850 年，托德在维多利亚有了自己的财产。1851 年温哥华岛殖民地第一任总督理查德·布兰沙德任命约翰·托德为殖民地执行委员会成员，他只有两个同事，詹姆斯·库伯和詹姆斯·道格拉斯。事实上，托德在温哥华岛已成为四个最有权势的人之一。

效忠于哈得孙湾公司而不是大英帝国的新议会，让布兰沙德的日子并不好过。他深受头痛折磨(酗酒)，道格拉斯又总是瞧不起他。1851 年 9 月，道格拉斯取代布兰沙德成为总督，确保了哈得孙湾公司的殖民控制。1852 年 6 月 1 日，约翰·托德正式从哈得孙湾公司退休，但还是执行委员会的成员。为了压倒詹姆斯·库珀，道格拉斯又增加了两个哈得孙湾公司的拥护者，罗德里克·芬利森和约翰·沃克，来支持托德在哈得孙湾公司的工作。托德作为太平绅士，每天收费一美元解决争端，还帮助不列颠哥伦比亚通过了第一份酒税法案。

1858 年，托德从执行委员会退休，住在橡树湾，吹笛、拉小提琴、悠然自得，回顾自己不寻常的人生。退休期间，他还写了一本关于新喀里多尼亚历史的小册子，这是关于不列颠哥伦比亚内陆地区的最早文献之一。

在他的作品中，他不赞成哈得孙湾公司在未经正式审判就执行死刑的做法：“严格意义来讲，我知道这是非法的，因为在约克工厂我看过英国议会法案。”

托德跟他在约克工厂的第一个乡村妻子凯瑟琳·比尔斯托茵有一个儿子,叫詹姆斯,在麦克劳德堡跟第二个乡村妻子至少有一个孩子,还有一个孩子是爱丽莎生的,另外跟他在汤普森河上坎卢普斯遇到的索菲亚·洛洛生了7个孩子。得知爱丽莎已于1857年去世的消息后,1863年他跟索菲亚结婚。

约翰·托德对所谓混血儿的偏见在1843年写给爱德华·艾马廷格的信中展露无遗:"你有没有注意到,任何想让他们变成绅士的努力到目前为止都证明是徒劳的,单纯从精神科学来讲,我指的是颅相学,他们都有严重的问题,这是一个事实,直到最近我才通过大量亲身观察得以证实。"

1882年8月31日,约翰·托德去世,托德在橡树湾的房子现在是一处遗址,坎卢普斯的托德山和维多利亚东部的托德河口都以他的名字命名。

约翰·沃克

人如其名,约翰·沃克直到1861年12月去世那天一直都对哈得孙湾公司非常忠诚,沃克因其坚强意志出名。他曾经在一次公牛袭击中幸免于难,致使眼疾复发,感染了扁桃体炎。还有一次从树上摔下来,肚子被划破了,肠子都流出来了,差点丧命。沃克自己把肠子塞进肚子,最终康复。

沃克永不言弃,有16本日记可以证明这一点。作为一名维多利亚堡的哈得孙湾公司西部分公司贸易站的小职员,1858年11月24日,他参与起草了一份重要文件,该文件第一次列出哈得孙湾公司在不列颠哥伦比亚领地。他的老朋友,爱尔兰同事约翰·托德说:"看到他还在工作,让人同情,好像他要把工作带到另一个世界似的。"

随着1858年8月《伦敦帝国议会颁布的不列颠哥伦比亚政府法案》得到通过,大英帝国政府撤销了哈得孙湾公司跟印第安人交易的专有权,哈得孙湾公司官员开始把他们城堡附近的土地作为补偿收归已有,这都是沃克和主管杜格尔·麦克塔维什带的头。刚开始,总督詹姆斯·道格拉斯对此持安抚态度,但1859年6月帕默斯顿勋爵领导的新英国政府成立以后，他的态度突然变了。

约翰·沃克 1835—1851 年掌管辛普森堡

新任殖民地执行委员会秘书长 W. A. G. 杨对哈得孙湾公司远没有他的前任利顿爵士那么仁慈，所以詹姆斯·道格拉斯顺应了政局变化。虽然哈得孙湾公司要求获得 98,225 英亩的土地，但最后只得到 2,247 英亩。在 1863 年实施了第一次产权正式转让后，19 世纪后半期还得到一些小块的土地，但相对而言都比较少。

约翰·沃克的生死正是哈得孙湾公司兴衰的一面镜子。约翰·沃克 1791 年出生在爱尔兰的德里，他 1814 年加入哈得孙湾公司，1822 年到太平洋西北岸，1824 年作为詹姆斯·麦克米兰的一名职员勘查了下弗雷泽河，负责写勘查日记，作为一名职员（1826—1830 年）见证了科尔维尔堡的成立，指挥蛇河勘查队开往加利福尼亚。

沃克管理新喀里多尼亚最北端的贸易站汤普森堡（1835—1846 年），在约翰·麦克洛克林退休后，成为掌管哈得孙湾公司哥伦比亚河地区日常工作的三个人之一。后来沃克搬到希尔赛德的一个农场（现在维多利亚的一部分），在温哥华岛的立法会工作。

在跟土著女人有过多次恋情之后，1826 年沃克跟若赛特·拉格斯确定了关系，他对她像对哈得孙湾公司一样忠诚。若赛特·拉格斯是一个混血儿，父亲是法国航海家，母亲是印第安斯波坎族。若赛特·拉格斯给他生了 10 个孩子。多年以后，他们在维多利亚堡正式结婚，由罗伯特·斯坦斯牧师主持他们的婚礼，詹姆斯·道格拉斯是证婚人。

1852年,约翰·沃克在维多利亚堡北面买了583英亩土地,成为温哥华岛最大的地主。若赛特·沃克比她丈夫多活15年。任何见过她的人都觉得她是维多利亚贵妇人的典范,她有一张画像竟然跟维多利亚女王非常相像。

约翰·沃克夫人长得很像维多利亚女王。1896年混血儿若赛特·沃克去世前,历史学家休伯特·班克罗夫特遇到她,他满怀敬意地写道:“一个印第安妻子,无论身心,都如钢铁般坚韧。”

约翰和若赛特·沃克的女儿们都嫁给了富有的英国殖民者,而他们的两个儿子小约翰和大卫都没有结婚,分别在32岁和49岁去世。

彼得·斯基恩·奥格登

“幽默、诚实、行为怪异的、蔑视法律的彼得·奥格登,令所有印第安人恐惧,令所有同事欢欣鼓舞。”

——商人罗斯·考克斯

19世纪三四十年代，一个意志坚强、有暴力倾向的精明商人，彼得·奥格登成为新喀里多尼亚比较有影响的人物。他在纳斯河上建立了辛普森堡。后来奥格登提供了一些19世纪50年代以前在新喀里多尼亚的人们工作和生活的描述。“很遗憾，废奴法令没有波及这些边远地区。”1838年驻扎在辛普森堡时他写道。

1790年接受洗礼，取名为彼得·斯基恩·奥格登，他的父亲是一个忠实的帝国拥护者，大法官伊萨克·奥格登，母亲叫萨拉·汉森。他在蒙特利尔长大，有两个哥哥，都是律师。1809年在蒙特利尔美国毛皮公司工作一段时间后，奥格登作为一名实习生加入西北公司，1811年成为正式员工。在萨斯喀彻温省的7年让他得到一生都无法洗脱的名声：暴力和流氓。

在克鲁塞，他和生意伙伴塞缪尔·布莱克跟哈得孙湾公司的对手彼得·费德勒有很激烈的争吵。作为格林湖旁埃勒阿拉·克鲁塞南部一个贸易站的负责人，据说他谋杀了一个坚持要跟竞争对手哈得孙湾公司做生意土著人。哈得孙湾公司的代表麦维卡尔报告说“奥格登屠杀人的手段非常残忍”。

在自我辩护中，奥格登曾吐露：“在一个一切按习俗处理事务的地方，或者说不成文法是唯一法则的地区，我们有时不得不扮演法官、陪审员、警长、刽子手和无恶不作的坏人等。”1818年，在哈得孙湾公司的强烈要求下，奥格登最后在下加拿大被起诉。西北公司很快把他转移到他们在哥伦比亚河流域的分公司，使他免于处罚。奥格登把给他生了两个孩子的一个克里族女人留在了那里。但是所有奥格登活着的、混血后代在他的遗嘱中都有遗产继承。

抵达乔治堡（今天的俄勒冈州阿斯托里亚附近）后，奥格登被派往内地的斯波坎山庄过冬，也就是今天的华盛顿的斯波坎附近，后来又北上到汤普森堡，即今天的坎卢普斯。

在斯波坎堡，奥格登遇到他第二任妻子内兹佩尔塞人朱利亚·里维特（一个加拿大航海家的女儿），她精力充沛，为他生了7个孩子。用50匹马交换得到他的新娘后，他从前妻那里接回了他的两个半克里族血统儿子，交给朱利亚照顾。他们的婚姻长达31年，期间因奥格登六次到蛇河勘查而短暂分离。

1820 年奥格登已成为西北公司的股东,在 1821 年 3 月西北公司和哈得孙湾公司合并时,他的职业生涯遇到了挫折。由于他有暴力行为的记录,刚开始奥格登和塞缪尔·布莱克不被扩大了的哈得孙湾公司接受,但公司允许他继续管理汤普森堡。直到 1822 年他选择跟布莱克经过下加拿大回英国上诉成功,才恢复原职。

乔治·辛普森和哈得孙湾公司认为,或许他们好斗的性格更具有积极意义,同时辛普森也担心奥格登和布莱克会成功组建一个公司与之竞争,这样的话当然让他们留下比赶他们走要好得多。

约翰·麦克洛克林派奥格登总共带领了六支勘查队深入俄勒冈东部未在地图上标记的蛇河地区(这里因有很多致命毒蛇而得名)。尽管西班牙宣称他们拥有那里的主权,但英国和美国认为这个区域一直就在那里,谁都可以去。想当然地认为这个地区最终可能会落入美国人的手里,哈得孙湾公司派奥格登和约翰·沃克在不太好斗的内兹佩尔塞人、平头族、血族、佩甘族和黑脚族印第安人中建立了一个"毛皮荒原"。

总督辛普森发出直言不讳的指示,没有任何客套话,他说:"我们有可信的证据表明这个地区有丰富的海狸资源,但是因为政治原因,我们不得不尽快摧毁它。"

加上杰德迪亚·斯密斯带领的一群美国人,奥格登的第一支蛇河勘查队,有 58 个男人、30 个女人、35 个儿童、268 匹马、352 个诱捕器和 22 个皮棚屋。在城堡里过冬的额外花费让总裁辛普森愤恨不已,于是他命令他们在蛇河乡村度过 1824—1825 年的冬天,朱利亚和她刚出生的儿子、两个继子也在其中。

他们的营地被一队美国自由人(大部分是加籍法国人和易洛魁族人)突袭后,朱利亚突然意识到摇篮中的儿子正好在被偷的一匹马上,她迅速赶到敌方营地,跨上这匹马,抓住另一匹满载哈得孙湾公司毛皮的马缰,毫不畏惧袭击者高举的火枪,疾驰到安全地区。

当奥格登 6 岁的儿子查尔斯患支气管炎发烧时,朱利亚·奥格登给他开了一个偏方,用一只"鹅"治愈孩子的病。一个哈得孙湾公司的猎人给她射下一只,但是鹅落在快结冰的河对岸了,没有人敢去拿过来。朱利亚立即脱掉衣服,游到对岸,抓住死鹅,游回来把鹅煮熟,把鹅油抹在孩子的胸脯上,把鹅肉喂孩子吃,孩子竟然真的活下来了。

妇女儿童后来被禁止跟随蛇河勘查队，大部分被要求远离那片地区，但是朱利亚·奥格登还是参加了奥格登的第四次远征，在路上她怀孕了，孩子在一个异常寒冷的冬天出生，但只活了两周就夭折了。

有人认为彼得·斯基恩·奥格登喜欢暴力，正表明他有英雄气概。马洛尼在加利福尼亚季刊上写道："19世纪初在大西部丛林激流中漫游的强壮的商人中，没有人比彼得·斯基恩·奥格登捕获更多的猎物，笑得更大声，开更狂野的玩笑，打架更凶狠，把自己的名字烙印在他发现和勘探过的更多地方。也没有人比他旅行的地方更远，在瓦伊鲁普白人大屠杀中救出更多的人展现更大的勇气。"

六年内，奥格登大肆捕猎。在自怀俄明、犹他、内华达、俄勒冈、爱达荷和加利福尼亚都遇到生意竞争对手。1828—1829年，在去犹他州的第二次勘查中，他看到了大盐湖，1830年他去过加利福尼亚——北纬42度以南的墨西哥地区。在俄勒冈州和犹他州的城镇都可以看到他的名字，例如，在俄勒冈中心有彼得·斯基恩·奥格登州立公园，在内华达州的拉斯维加斯有奥格登街。

奥格登战胜恶劣环境的能力得到约翰·麦克洛克林的赞赏，但是寒冷的天气、发烧和好斗的印第安人却夺走了难以计数的同行者的生命。

奥格登写道："这当然是非常糟糕的生活，我绝对没有夸张，这个地区的人被剥夺了任何生存的愿望。"更糟糕的是，疟疾开始在哥伦比亚河岸商人中蔓延，在温哥华堡有50人左右感染了，奥格登自己也感染了这种病。他这次感染疟疾延误了他向新喀里多尼亚腹地进发。麦克洛克林选择了一个地方，在那里，让他在纳斯河上建立一个新的贸易站。

朱利亚·奥格登和四个孩子一起被转移到她母亲在内兹帕斯的家。

等了多年，朱利亚·奥格登才开始想要跟在温哥华生病的丈夫会合。1831年4月，她和孩子登上"卡德保罗"号，当时这艘船是在只拿一半工资的皇家海军军官艾米利安·辛普森上尉的指挥下从温哥华驶来的。皇家海军军官艾米利安·辛普森上尉是在1826年被哈得孙湾公司雇用管理公司海上生意的。

关于艾米利·辛普森或许我们应该补充一句，他是乔治·辛普森的远方亲戚和同学，辛普森因他品行高尚、能力强而雇用了他。

1827年6月22日，帮助建立了兰利堡，辛普森上尉得以有幸驾驶第一艘欧洲船沿弗雷泽河而上。1831年春，"卡德保罗"号跟另外两艘船"德律阿德斯"号和"温哥华"号一起经过一个月的航行后抵达纳斯河口。在艾米利安·辛普森快速选定修建纳斯堡的地址以后，他根据指示又继续向北进入俄罗斯水域调查关于一条大河的报道。他找到了大约离纳斯河140英里远的斯蒂金河口，在快完工的纳斯堡把他的发现报告给了奥格登，但是他误以为北边那条河就是巴宾湖。

在饱受肝炎折磨多日后，38岁的艾米利安·辛普森海军上尉突然在纳斯堡去世。为了纪念他，奥格登把新贸易站改名为辛普森堡。

主管麦克洛克林派唐纳森·曼森协助奥格登在辛普森堡的工作。一个塞缪尔·布莱克芬利·纳斯河的勘查队队员，他对下纳斯河做了详细的勘查，发现纳斯河不太适合做通往内地的航线。曼森的勘查引起了哈得孙湾公司的注意，才发现了斯蒂金的商业潜力。

1832年春乘"卡德保罗"号航行时，奥格登遇到新上任的俄属美洲总督斐迪南男爵，在锡特卡港，奥格登想要跟斐迪南商谈签约给俄国人提供给养。

费迪南精明地推断组织严密的哈得孙湾公司商人对俄国商业比独立的洋基飞剪族更具威胁，在太平洋西北海岸的飞剪族船已经从19世纪初每年15艘减少到19世纪30年代每年5艘，因此他不愿意给奥格登代表的哈得孙公司合理的条款。结果是1834年奥格登没能在辛普森堡以北建立第二个贸易站，而辛普森堡也被搬到远离好斗的俄国人的南部。

奥格登因其工作卖力被嘉奖，被任命为哈得孙湾公司在新喀里多尼亚的主管。1835年，他取代1821年就开始负责斯图尔特湖圣詹姆斯堡的前西北公司员工彼得·沃伦·迪斯，成为该城堡的负责人。

大约七年后，奥格登写了“新喀里多尼亚随笔”，基本上是给1844年6月他的继任者唐纳德·曼森的指导和建议备忘录。“在这个地区驻扎了7年后，我对克里族没什么好感，一群野蛮、无知、迷信的乞丐……”

1844年，奥格登在英格兰休假一年。1845年回来后，和麦克洛克林和詹姆斯·道格拉斯一起被任命为哥伦比亚区的管理者。

私底下，辛普森总督曾这样评价奥格登：“他是印第安地区最没原则的人之一，如果他不是怕那些行为会妨碍他的利益，他肯定很快就花天酒地，如果他真的沉溺其中，那就疯了，他又有前科。”

但是作为一名管理者，奥格登显示了自己的实力，他跟朱利亚差不多也算结婚了。1846年，麦克洛克林退休后，他跟詹姆斯·道格拉斯和约翰·沃克共同管理这个地区。在所谓的1847年白人大屠杀中，在现在的华盛顿瓦拉瓦拉附近，卡尤斯印第安人杀了14个人又抓了47个囚犯。在解救人质的决策中他起了决定性的作用。奥格登的声望加上价值500美元的货物迫使卡尤斯人释放了白人囚犯。

直到1854年9月27日在俄勒冈去世，奥格登在毛皮贸易中一直很有名，身后留下了价值5万美元的个人财产。奥格登刚埋在俄勒冈山景墓地，他的兄弟姐妹就开始争夺朱利亚·奥格登及其孩子的合法的继承权，虽然在奥格登的遗嘱中明确表示：“要是任何亲戚或个人对我的遗嘱提出异议，我宣布我要用法律赋予我的权利剥夺他们的继承权。”

跟麦克洛克林不一样，奥格登从来没有跟朱利亚举办隆重的基督教婚礼。麦克洛克林回避了这样的争端，提供了一个折中的方案。（奥格登的朋友塞缪尔·布莱克同样拒绝跟安杰莉克·卡梅伦举办基督教婚礼，这让他的白人亲戚有机会挑战半土著血统亲人的继承权。）

一般认为彼得·斯基恩·奥格登是《美洲印第安人的生活和性格特点》不具名的作者。这是一本由一个毛皮商写的16篇报道集，关于温哥华岛前殖民时期的历史有很多描述，相比较而言关于新喀里多尼亚的文学记录较少，因此彼得·斯基恩·奥格登的描述仍然值得历史学家仔细阅读。

塞缪尔·布莱克

“这个不法之徒没有任何令人可敬的男子汉气概，怀疑他做出最

邪恶的事情也是情有可原的。” ——乔治·辛普森

塞缪尔·布莱克是一个私生子,1770年5月在苏格兰接受洗礼,在阿伯丁郡长大。22岁离开苏格兰,1804年进入西北公司,很快因其恃强凌弱的行为使公司同事非常恐惧而出名,有时跟彼得·斯基恩·奥格登比较相似。他的老板认为他是一个无法无天的人,但对雇主非常忠诚,除了乔治·辛普森跟大部分哈德逊公司的商人都很熟悉。1820年进入布莱克的阿萨巴斯卡湖地区时,辛普森宣称:“我全副武装,尽可能不让自己的生命受到威胁。如果枪能让他离我远点,我绝对不会让西北公司的人进入我的射程之内。”

辛普森跟布莱克彼此的敌意很好地解释了为什么1821年当西北公司和哈得孙湾公司合并时,布莱克、彼得·斯基恩·奥格登和卡思伯特·格兰特没有在辛普森管理的北部分公司得到职位。51岁的布莱克被迫暂时退休,当时他从已故的同事那里收到一个戒指,“给西北公司最有价值的人。”但是精明的辛普森是不会因个人好恶影响生意的。一年后,他雇布莱克和奥格登为贸易主管,而卡思伯特·格兰特的职位要低一点。1823年7月他们在约克厂会面时,辛普森这样描述他曾经的仇敌:“长得有点像堂吉诃德,脸色苍白,骨瘦如柴,下巴很宽,强壮、有活力,是我见过的最强壮的人。如果他不是一个有名的不会为任何罪恶而感到内疚的冷血的家伙,并且如果有那个权利的话,很可能是一个独裁者,他的诚实和表现出来的慷慨会让人觉得他是一个热心肠的人。”

如果布莱克尽可能地努力做一个独裁者,那正好满足辛普森的需要。因此1824年被派往负责芬利河勘查队对圣詹姆斯背面的落基山脉西部地区进行勘查,这也符合辛普森想把新喀里多尼亚的毛皮贸易拓展到边远的西北地区的计划。由于一直以来都很想沿亚历山大·麦肯齐的勘查路线进行勘查,布莱克迫不及待地接受了辛普森那不切实际的勘查指导方针。

除了要找到芬利河的源头,辛普森还要求布莱克找到麦肯齐河西部与之平行的姊妹河以便扩大毛皮贸易。为了满足辛普森的愿望,布莱克不得不在地图没有标注的地区行进大约1500英里。具有讽刺意味的是,正因为布莱克没有依照自己不循规蹈矩的本能,而是艰难地遵循辛普森的指示,他才没能加入那些具有传奇色彩的先驱者(麦肯齐、西蒙·弗雷

泽、大卫·汤普森)的行列。

1824年春,布莱克及其职员唐纳德·曼森跟6个航海家、一个叫拉·普里塞的混血儿翻译及其妻子一起,从落基山脉陆上运输线沿皮斯河一路前行。在今天的德瑟特尔峡谷,两个划独木舟的人放弃了这次陡峭的逆流而上的远征。在投降之前,他们沿丘吉尔河一路逃跑,后来约克工厂的北分公司议会对他们做出判决:“马上戴上手铐,放在工厂的房顶上暴晒一整天,囚禁一周,只能吃面包喝水。冬天,两人将被单独送到丘吉尔和赛弗恩堡跟欧洲人一起过冬。”逃跑者奥森和布赫得到了宽大处理很可能跟布莱克不循常规的处事方式也有关系。

尽管需要不断在刺骨的齐腰深的水中拉着独木舟行进,布莱克远征队每天还是沿着不知名的河流平均北上12英里。为确保其历史地位,布莱克写了一本冒险日记,他写道:“人们一直在抱怨他们胳膊上、手上和腰上多处被雪水擦伤。”他对途中遇到的塞卡尼人嗤之以鼻,认为他们非常冷漠、长得像绵羊。没有什么猎物,毛皮贸易前景惨淡,易洛魁族工头约瑟夫·拉·瓜德的告诫,所有这些让布莱克感到很失望。布莱克写道:“阳光下舞动的高耸山脉现在又在拉·瓜德的头脑中开始活跃起来。”6月底,他们成功地抵达芬利河和皮斯河的源头——苏塔德湖。

7月8日,被迫按照辛普森的指令继续往西北前进,布莱克争取到了那些并不热情的塞卡尼斯人的帮助。他的队员们对携带重达120磅的包裹很不情愿,布莱克和唐纳德·曼森也不得不携带一半重量的包裹。向北行进一周后,布莱克遇到一支塔兰队伍,他称之为斯娄托尼斯人。在修整的9天期间,塞卡尼斯人、斯娄托尼斯人和哈得孙湾公司的航海家开了一个会,在会上,布莱克告诫他们千万不要说谎,因为白人痛恨说谎者。斯娄托尼斯人提醒布莱克有一个恐怖的贸易先锋队,他们控制着进入一条向西流的大河入口,布莱克理解为查德如河,这个贸易先锋队有充足的食物供应,控制着太平洋俄国贸易渠道,这些人太恐怖了,没有一个斯娄托尼斯人愿意陪布莱克继续北上。

7月27日,因为害怕纳罕尼斯人,混血儿翻译的妻子说服他离开布莱克的勘查队。布莱克固执地继续前进直到他被迫承认他们只是成功地抵达莱尔德河的一条支流,他武断地把它称之为特纳盖恩河。9月底,布莱克长达5个月的勘查终于结束了,要是他能沿着苏塔德河到太平洋边的入海口，很可能就会因第一个发现不列颠哥伦比亚北部地区的斯蒂金河而声名大噪，这条河后来成为哈得孙湾公司贸易的重要通道。然而，布莱克被迫向北吃力而行，去寻找那根本不存在的南极河。乔治·辛普森得知布莱克坚定地进入一个异常荒凉的地区，但是他没能意识到斯蒂金河潜在的商业价值。

在哥伦比亚河和汤普森河地区工作期间，在毛皮贸易业，布莱克一直因其坏脾气而闻名。1833年植物学家大卫·道格拉斯到访坎卢普斯时，因为说了一些侮辱哈得孙湾公司的话，布莱克竟然要跟他决斗。乔治·辛普森在他的人物传记中写道："他总是不断冒犯和防卫，总是带着匕首、刀子、荷枪实弹，这掩盖了他的个性，任何时候，即使吃饭和睡觉，都在展示自己的权力。"

布莱克对暴力的嗜好，对土著人的蔑视，后来证明是不明智的。布莱克拒绝给萨斯瓦普族酋长"特兰奎尔"提供枪支，后来那个酋长死了，他妻子通过一种迷信的方式得出结论：布莱克应该对他的死负责。1841年冬，一个叫基斯扣斯肯的人（据说是"特兰奎尔"的外甥）一枪射中他后脑勺，谋杀了布莱克。

布莱克虽然死了，但却和生前一样有重大影响。亚历山大堡首席贸易商约翰·托德抵达汤普森堡的时候，发现布莱克冻僵的尸体还躺在被杀的地方，他从哈得孙湾公司翻译简·白坡体斯特·洛洛那里了解到布莱克被杀的故事，同时唐纳德·麦克林开始为哈得孙湾公司展开仇视调查。

麦克林带给不列颠哥伦比亚的遗留问题竟然是最臭名昭著的目无法纪的拉帮结派。所谓的狂人麦克林帮，事实上只不过是一群下等人，包括他儿子艾伦、阿奇、查理和亚历山大·黑尔。1879年，在射杀了不列颠哥伦比亚省一个叫约翰·阿瑟的警察后，这些暴徒在逃亡途中又杀了一个叫吉姆·凯利的人。不到一周他们就被捕了，他们于12月13日在道格拉斯湖向警察投降，这次围捕也宣告结束。1881年1月31日，这个帮派在新威斯敏斯特被集体绞死。16岁的阿奇·麦克林成为在不列颠哥伦比亚被执行死刑的最年轻的杀人犯。

唐纳德·麦克林采取的极端方式宣告无果，约翰·托德被迫回到汤普森堡继续调查。托德拒绝提供军火和其他货物，并悬赏收集信息，使附近的印第安人生活更加困难。当哈得孙湾公司得到基斯扣斯肯的消息时,托德的职员卡梅龙跟一个搜查队一起被派往附近的一个小村子,抓住了基斯扣斯肯的一个孩子。这种策略没能成功把基斯扣斯肯引出来,他们释放了孩子,但跟土著人的关系却更糟了。

此时,约翰·托德雇了一个当地的印第安人格兰德·古莱,带着卡梅龙和他的人找到了逃亡中的基斯扣斯肯。哈得孙湾公司的一贯做法是立即处死杀害白人的任何土著人,一般是施以绞刑。基斯扣斯肯知道他会面临什么样的命运,便从被捕的独木舟上跳下去,淹死了。事情就这样完结了。格兰德·古莱后来成了一名酋长,而一无是处的唐纳德·麦克林在 1855 年开始管理坎卢普斯堡。1860 年他拒绝转移,在克林顿南部建了一个农场,于 1864 年在奇尔科廷战争期间被一个逃亡的奇尔科廷人杀害。

至于塞缪尔·布莱克,他的白人亲戚对他在遗嘱中把财产分配给其混血妻儿争论不休。我们可以看到,下列商人的白人亲戚也同样挑战混血继承人的合法性,引起法律争端,这些商人包括彼得·斯基恩·奥格登、休·法里斯、约翰·斯图尔特、亚历山大·弗雷泽和威廉·康诺利。19 世纪后半叶,针对这种比较复杂的情况,刚来的牧师积极建议这种乡村婚姻也只是一种随便的两性关系罢了,但是对毛皮贸易来说却很重要。1805 年,亚历山大·亨利(年轻的那位)对西北公司在印第安地区的 12 个分公司做了一项调查:大约 1000 个男人有 368 个乡村妻子,有 569 个孩子。

约翰·麦克林

根据 W.S. 斯图尔特的说法,约翰·麦克林关于他横穿加拿大在新喀里多尼亚为哈得孙湾公司的工作日记是“另一份非常宝贵的航行描述,可以让我们把早期加拿大西北部的历史整合起来”。1833 年抵达新喀里多尼亚的麦克林惊讶地发现,通过皮斯河需要先穿越 13 英里的“沼泽和湿地,攀爬陡峭的山崖”穿越这条陆上运输费了他八天时间。他写道:“我觉得穿越这条运输线是公司员工在这个地区付出的最艰苦的劳动,正如航海家们所说,‘驾驶独木舟通过这条运输线的人可以自豪地称之为一个男人’。”在新喀里多尼亚的三年半期间，麦克林遇到了詹姆斯·道格拉斯、彼得·斯基恩·奥格登和彼得·沃伦·迪斯，后来对他们都进行了描述。

出生在苏格兰阿盖尔郡的麦克林一直为哈得孙湾公司工作到1845年，大部分时间生活在东加拿大地区，他成为第一个抵达拉布拉多半岛发现西北河大瀑布的白人。他写的《在哈得孙湾公司工作的25年》因对哈德逊公司对待土著人的不公正持批评态度而显得与众不同。退休和婚后的大部分时间他都在安大略省圭尔夫度过。1883年，为了跟他的女儿奥·布雷恩夫人团聚，他离开了他的妻子，途经圣弗朗西斯科回到维多利亚。1890年9月8日，麦克林去世，享年90岁，埋在维多利亚长老会罗斯湾墓地。

罗伯特·坎贝尔

在哈得孙湾公司的年鉴中，在荒野地区的勇敢精神远远比不上精确的账簿和公司利润，在育空和新喀里多尼亚地区的勘查者不太受重视，著名的罗伯特·坎贝尔就属于这种情况。

坎贝尔是苏格兰帕斯郡一个农场主的儿子。1830年，坎贝尔的表弟詹姆斯·麦克米兰，时任哈得孙湾公司的主管首席代理商，回英格兰探亲时，使坎贝尔非常渴望新世界的生活。坎贝尔写道：“我首次听说广阔的西北地区，那里自由、充满活力的生活等着我，我无法控制自己，想要去那个浪漫冒险的地方。”事实上，坎贝尔梦想着成为一个著名的探险家，能够在史书中跟亚历山大·麦肯齐媲美。

在麦克米兰的帮助下，坎贝尔成功地申请到一个职位，雷德河定居点新实验农场的副经理。1830年6月，坎贝尔离开家庭农场，跟休假期满的麦克米兰、商人主管唐纳德·罗斯、一些实习生和30多个劳工一起从苏格兰的斯托姆内斯出发向哈得孙湾的约克工厂进发。到那里不久，坎贝尔到肯塔基买了1475只绵羊，打算在哈得孙湾公司的新实验农场饲养，但是大部分羊在途中死于疾病和各种传染病，坎贝尔抵达雷德河时，只剩250只了。

罗伯特·坎贝尔

在格瑞堡过冬期间，坎贝尔遇到另一个哈得孙湾公司的新员工唐纳德·芬利森和也在那里过冬的乔治·辛普森。因为新建农场计划泡汤了，辛普森建议这个魁梧的苏格兰小伙调到麦肯齐河地区工作。坎贝尔记录道："他跟我说的最后一句话是，坎贝尔，千万别结婚，我们还想让你发挥更加积极的作用呢。"不管对也好，错也好，辛普森已经把麦肯齐河地区当做一个可以向外扩张的主要地区。坎贝尔希望1835年在利亚德河的工作能有助于他实现成为一个探险家的愿望。

他一直与辛普森保持着书信往来，1837年，他自愿提出在迪斯湖（现在的不列颠哥伦比亚）帮助建立一个新贸易站。后来他在哈勒科特堡度过冬天，1838年7月在迪斯湖东岸离河口5英里的地方建了一个小城堡。然后他遵从辛普森的指示，在山区西部进行勘查，"想要把生意做到山的另一端直到佩利河"。

在胡勒和两个年轻的印第安人拉皮和科特萨的陪同下，坎贝尔在迪斯湖行进20英里后，舍弃了云杉独木舟，穿过斯蒂金河上土著人建的"恐怖桥"。坎贝尔是这样描述这座桥的："这是一座用藤条把松树树干绑在一起做成的拱形桥，高高地耸立在汹涌的激流之上，树干的底端绑着石头，以防桥倒塌。这座原始的桥不牢固、摇摇摆摆，下面还是可怕的激流，看起来几乎不能通过。"

坎贝尔不顾当地印第安人的忠告，勇敢地独自去见在斯蒂金河口为俄国商人做中间人的可怕的舍克斯族酋长，非但没有被杀，坎贝尔竟然被带进酋长的帐篷,酋长还用自己的杯子敬了他一杯威士忌。舍克斯族酋长跟族人在高谈阔论,而坎贝尔却忐忑不安。后来,他写道:“我全副武装,皮带上插有手枪和匕首,还有一支双管枪,他们对此很好奇,因为他们只有单管明火枪。”

当然坎贝尔对这些事件的报告很可能是自吹自擂,但是他在压力下泰然自若绝对是真的。他写道:“舍克斯族人想让我发一枪,让他们看看枪的威力。因为担心这是一个诡计,会使我的枪毫无杀伤力,我把子弹、火药和火药帽拿在手里,以便开枪后就立即装弹。每打一枪,整个帐篷的人就会发出雷鸣般的掌声和恐怖的吼叫声。”

这次会面让坎贝尔得到更多关于佩利河和斯蒂金河的相关信息。他还了解到当地土著人也认识约翰·麦克洛克林和詹姆斯·道格拉斯,这些土著人中包括很有魅力的被坎贝尔描述为“纳哈尼斯族女酋长”的女领导。在他传奇的叙述中,描述了这个给人印象深刻的35岁女守护者如何让他的人平安渡过“恐怖桥”的。

发现那里的商业前景黯淡、猎物也不太多,坎贝尔没有继续勘查思肯迪河通往太平洋沿岸地区,而是回到迪斯湖的新贸易站。据说,为了从在辛普森堡的默多克·麦克弗森贸易主管那里得到更多的商品供给,这个人后来证明是坎贝尔职业生涯的灾星,坎贝尔乘桦皮舟沿利亚德河顺流而下,但是麦克弗森只给了他足够返回迪斯河的供给。

周围都是仇视的俄属印第安人,在迪斯湖贸易站坎贝尔写道:“我们的前景一片黯淡,整个冬天填饱肚子都成问题,我们三五成群,用网或鱼钩捕鱼,用诱捕器、网和枪捕捉任何能捕捉到的猎物,不管是鸟还是野兽。任何可以吃的东西都吃了:石耳、动物皮、羊皮纸。在我们物质如此匮乏的情况下,我们最大的麻烦还是时常出没的俄属印第安人。他们让我们时刻处于惊恐状态,不得安宁,尤其是我们根本不可能聚在一起,简直就是他们砧板上的肉。大部分人都很饿得皮包骨头、憔悴不堪,连路都走不动了。”

二月,纳哈尼斯族女酋长让她的奴隶给坎贝尔及其同伴做了一顿丰盛的美食,忍饥挨饿的毛皮商终于可以暂时松口气了。一个月后,纳哈尼斯族女酋长不在时,更多的族人回到迪斯湖。坎贝尔沮丧地发现他们对他的态度变得像由舍克斯族酋长带领的俄属印第安人一样充满敌意。坎贝尔的一个职员当年冬天死了，还有两个在试图回利亚德堡途中失踪了。1839 年 5 月 8 日，在离开他们破落的迪斯湖贸易站之前，坎贝尔一伙用他们雪地鞋的带子和窗户上的羊皮纸做了最后一顿晚餐。

在如此恶劣的环境下还能存活下来，辛普森把坎贝尔提升为管理员。1839—1840 年在霍尔基特堡度过冬天后，辛普森又派坎贝尔全面地勘查利亚德河，这条重要河道因法语中的航海术语“Riviere au Liards”(波普勒河)而得名。事实证明，在利亚德河航行太危险了，坎贝尔给它起了个绰号“诅咒之河”。

不久后，哈得孙湾公司决定已经没有再向西到太平洋拓展的必要了。因为公司刚跟俄属美洲公司签约，共同促进沿太平洋海岸贸易的发展。因此辛普森写道:“我已经把精力基本上转移到麦肯齐河事务上来了，因为那里比这个国家的其他地区更有发展空间。”

依照辛普森的构想，坎贝尔为证实自己的价值，他又一次坚定地出发了。5 月底，在他的翻译弗朗西斯·胡勒和“我忠诚的印第安朋友拉皮和科特萨”的陪同下，坎贝尔顺从地离开哈勒凯特堡，向迪斯湖进发，沿危险的利亚德河抵达“一片漂亮的水域，为了表达对辛普森太太的敬意，我把它称之为弗朗西斯湖”。他把附近的一个路标以其恩人辛普森的名字命名为辛普森塔，然后带着一小队人徒步继续西行。他以主管邓肯·芬利森的名字命名了芬利森湖。在离开辛普森塔 6 天以后，他看到了以约翰·亨利·佩利的名字命名的佩利湖，约翰·亨利·佩利是哈得孙湾公司国内总管，1822 年至 1852 年管理公司在伦敦的生意。

坎贝尔任何时候都想拍马屁，他在一个树干上刻上哈得孙湾公司的首字母和日期，挂上公司的旗帜，但是最后竟然与他自己的报告相冲突。得知佩利河真的存在，辛普森兴奋地写道:“你对弗朗西斯湖附近的地方如此赞不绝口，不管是生活条件还是贸易前景，我们决定在那个地区拓展我们的生意。”尽管坎贝尔和他的勘查队员在探险中从没遇到过一个土族人，辛普森还是要求他在弗朗西斯湖建一个新贸易站。1842 年 8 月，坎贝尔在开始被称为格伦里昂山庄的辛普森塔建造了鲜为人知的弗朗西斯堡，这是在今天的育空地区哈得孙湾公司建立的第一个贸易站。

还是在胡勒和“那两个我离不开的拉皮和卡特萨”的陪同下，坎贝尔再次深入勘查佩利河，在育空地区待了几年，生活艰难，一无所获。在北不列颠哥伦比亚和育空地区艰苦奋斗十年后，1847年春，坎贝尔给乔治·辛普森写信说："我已经厌倦了这里的一切，层出不穷的困难磨灭了所有激情。"坎贝尔极度失望，提出辞职。乔治·辛普森没有批准，告诉坎贝尔，他在育空和新喀里多尼亚辛勤的勘探工作是怎么褒奖都不为过的。1847年夏，坎贝尔穿越630英里到辛普森堡获取供给，再次因麦肯齐地区长官默多克·麦克弗森的吝啬陷入困境。他给乔治·辛普森的信中写道："我该做的都做了，就差给麦克弗森下跪了。"事后他没收到任何能为佩利河沿岸、弗朗西斯湖和他希望在育空河建立的新贸易站提供充足的供给品的信件。

坎贝尔饱受咳嗽的折磨，很可能是得了哮喘，开始遵从每天户外浴的养生法。他写道："随着季节推进，厨师敲门告诉我已经为我凿好一个冰洞，然后我就披着毯子，跳进冰洞，出来回到屋子后，头发都结冰了。"

1848年6月1日，坎贝尔开始在佩利河和路易斯河分叉口建立塞尔扣克堡。为一个土著人的腿伤敷药后，病人竟然痊愈了，这让坎贝尔很吃惊，也使他在印第安人中得到医生的绰号。到特利吉特族奇勒卡茨的一次拜访让坎贝尔又振作起来，因为他觉得北美最大的一条河沿岸有更多的生意，但是麦克弗森再次拒绝支持他的提议又让他无所作为。1847年6月亚历山大·亨特·默里已经在育空河和波丘派恩河交汇的地区建立了育空堡，但乔治·辛普森没有意识到他应该直接给这些育空地区新建城堡从约克工厂提供供给品，而不是从西海岸的默多克·麦克弗森地区的总部供给。

坎贝尔最终也没能成为育空地区举足轻重的勘探家，因为辛普森坚信单纯为了获得地理知识去勘探的动机是不够的。坎贝尔困在弗朗西斯湖几年期间，辛普森曾直接劝过他："你好像一直很想继续沿海前行，但是我觉得目前没有必要也不符合政治策略，因为那样的话就会让我们跟俄国邻居激烈竞争，而我们要跟他们搞好关系。"直到1851年，坎贝尔才收到辛普森的指令"你可以按照我的建议尽可能地勘查佩利河"。这次勘查证明他的推测是正确的，佩利河和育空河最后合二为一。

坎贝尔兴奋地回到塞尔扣克堡，但是1851年新上任的麦肯齐地区的贸易主管詹姆斯·安德森对他的热情并不感兴趣。安德森写道："我对坎贝尔的热情和冒险精神评价很高，而不是对他的判断。"安德森对坎贝尔的账簿(信息很少)和较低的赢利比较沮丧,做出决定,认为坎贝尔建立的弗朗西斯堡根本没有存在的必要。1852年坎贝尔主管弗朗西斯堡时奇尔卡特印第安人洗劫了这个堡,这对他的名声更是雪上加霜。1852年8月20日,27个"恶魔"抵达弗朗西斯堡,第二天堡里的很少几个人被制服,赶到了野外。坎贝尔评论道:"除了我以外,我们的人几乎连一条毯子都没有,他们只穿着裤子,很薄的衬衫,我们只有两支枪和一点弹药。这些涂满油彩的人,咆哮着尖叫着,几乎把他们见到的东西都砸碎了,不断地开枪射击,唉,我们简直就跟乞丐一样。"

坎贝尔及其随从第二天到了一个印第安营地,酋长伍德很友善。8月23日他们回到塞尔扣克堡的时候,令人费解的是奇尔卡特人竟凭空消失了。坎贝尔写道:"一点弹药和衣服都没有留下,录音机、衣橱、写字台、小桶和乐器都被摔得粉碎,房子和仓库里全是洗劫后的残骸,这种场景连圣人见了都要发疯。"

当这起严重事件要报告给哈得孙湾公司的长官科尔维尔和辛普森时,詹姆斯·安德森私底下建议"我突然觉得我们应该谨慎一点"。他批评可怜的坎贝尔对弗朗西斯湖和塞尔扣克堡的悲惨遭遇太盲目乐观了。"我觉得他乐观的个性让他对塞勒科克的前景太乐观。他的看法那么空洞,让他无法看到事情的本来面目。"

为了充分地为自己辩护,11月坎贝尔决定步行、坐狗拉雪橇、划船从麦肯齐河到蒙特利尔附近的拉辛,穿越加拿大长达3000英里的路程,到辛普森冬天的总部跟他好好谈谈。1853年3月底,他确实达到了自己的目的,但是辛普森不支持他报复奇尔卡特印第安人的请求。辛普森反而狡猾地使坎贝尔相信没人会说他懦弱的,他应该在苏格兰度个假,既然他的亲戚都在欧洲。

坎贝尔在苏格兰待了一年,在此期间他跟埃利诺拉·斯特林小姐订婚了。1854年6月他回到挪威堡,辛普森再次重申了自己的决定,不会再建塞尔扣克堡了。虽然坎贝尔又在哈得孙湾公司待了18年,但没能得到他一直渴望得到的声誉。他协助建立的四个堡——迪斯堡、弗朗西斯堡、佩利堡和塞尔扣克堡都被废弃了,只有一个他没参建的堡——育空堡依然存在。

1854年坎贝尔管理利亚德堡,1856年成为阿萨巴斯卡区的首席贸易商，驻扎在奇佩维安堡。1859年他跟埃利诺拉·斯特林在挪威堡结婚，1867年成为那里的主管，但是因为他对公司关于毛皮运输路线的指示置之不理而被免职。1872年，他在马尼托巴的斯特拉斯克莱尔附近的骑士山的丛林地区买了一个大牧场，他在那里工作、编辑日记，但到1894年他去世都没能出版。

乔治·道森1887年以罗伯特·坎贝尔的名字命名了佩利河流域的一个小部落，育空地区议会为了纪念他也以他的名字命名了一条高速公路，但罗伯特·坎贝尔的勘查很少有人提及。虽然他命名了大部分育空地区的主要河流，在此过程中带领开拓了北不列颠哥伦比亚，而遥远的公司主管却抹杀了他伟大的成就。在坎贝尔时代，其他重要的育空地区的勘查者还有塞缪尔·布莱克、约翰·麦克劳德和默多克·麦克弗森。

一个世纪后，坎贝尔1858年写的《罗伯特·坎贝尔的两本日记：1808—1853》得以出版，该书记述了他的冒险经历。第一本包括1808—1851年的冒险经历，是根据一份原始记录出版的；第二本包括1853—1858年的冒险，是根据坎贝尔在初稿被一场大火焚毁后重写的版本出版的。加拿大公共档案馆可以找到坎贝尔在佩利河岸和塞尔扣克堡的日记。根据历史学家肯·科茨的说法，"公司函件显示坎贝尔高估了自己的重要性，他最多只能算是对生意稍有涉足，同行对他的评价也不高。"但是哈得孙湾公司杂志"比弗"的常任编辑、加拿大国家博物馆的副馆长克利福德·威尔逊，在他的传记《育空的坎贝尔》中指出坎贝尔大量的勘查经历是值得尊敬和赞赏的。

亚历山大·亨特·默里

在19世纪40年代中期苏格兰人亚历山大·亨特·默里成为密苏里州圣路易斯地区的美国毛皮公司职员之前，他是北美大陆游历最多的毛皮商之一，向南到过德克萨斯州的雷德河，东南到过路易斯安那州新奥尔良附近的旁恰特雷恩湖。

在北极圈内的俄国领地为哈得孙湾公司建立并用不正当方式管理育空堡之前，默里在麦肯齐河流域被任命为首席代理商默多克·麦克弗森的高级职员。在他的17岁的新娘安妮·坎贝尔，阿萨巴斯卡地区奇佩维安堡首席贸易商考利·坎贝尔的女儿的陪同下到了那里。在辛普森堡，在没有牧师的见证下他们结婚了，1846 年 8 月 24 日才在雷德河区圣约翰大教堂登记注册。

夫妇俩在麦克弗森堡一起度过第一个冬天。默里为了建立育空堡，一度把新娘留在贝尔河上的拉皮埃尔山庄，自己沿贝尔河顺流而下到波丘派恩河流域，继续前行到与育空河交汇处，建立了育空堡。后来安妮在育空堡跟丈夫会合，他们在那里待了三年，生了三个女儿，期间默里尝试要编撰一本印第安方言辞典，努力了解这个地区的地理环境，他写道："我已经能形成关于育空河和其他河的河道的一些想法，关于这点迄今为止鲜为人知。"默里估计从佩利河到极地地区大约有 1000 个会打猎的土著男人，他还把育空印第安人（或者说是库钦人）分成八个部落，直到 1851 年因健康原因调整职务后才离开育空堡。

1856 年默里升职为彭比纳县首席贸易商前，他在很多别的贸易站工作过。1857 年结束在苏格兰一年的休假后，他开始负责格瑞下堡，直至 1867 年退休，1874 年在雷德河区贝尔维尤去世。关于他的童年我们所知甚少，只知道 1818 年或 1819 年出生在苏格兰阿盖尔的基尔蒙。

波丘派恩河上的育空堡的地址保密了 20 年，虽然是最偏僻的哈得孙湾公司的海外贸易站，但也是利润最丰厚的贸易站之一。哈得孙湾公司在育空区建立的其他贸易站还有皮尔河、拉皮艾勒堡（1846 年）、弗朗西斯湖、佩利河岸和塞尔扣克堡（1848 年）。为了避免竞争，哈得孙湾公司封闭关于育空河谷的信息，推迟了地图和贸易站所在地相关信息的发布。虽然 1831 年约翰·麦克利奥德对利亚德河的勘查已经标注在地图上了，但是哈得孙湾公司禁止发布关于约翰·贝尔和罗伯特·坎贝尔对波丘派恩河地区、佩利河、育空河的勘查信息，直到 1853 年。

这些大部分地区俄国人都不介入。明知违反跟俄国人的约定，但哈得孙湾公司直到 1869 年才从波丘派恩河育空堡撤离。这已是美国购买阿拉斯加两年后，美国派船长雷蒙德来确定育空堡的确切位置。1890 年另一份边界调查显示他们仍在侵占美国国土，公司才把贸易站沿河北上搬到兰帕特堡。

亚历山大·亨特·默里

后来L.J.伯比编辑了亚历山大·亨特·默里生动的日记和插图，书名为《育空日记，1847—48年》。

约翰·邓恩

1832年，海军实习生约翰·邓恩跟另一个实习生乔治·罗伯特乘坐“伽倪墨德斯”号抵达太平洋海岸。虽然他不是一个活跃的日记作者，但他对哈得孙湾公司从哥伦比亚河到辛普森堡的各种商业活动非常感兴趣，正如理查德·萨摩赛特·麦凯在《山区外贸易》所载。

邓恩把温哥华堡描述成“公司在洛矶山脉西部贸易的商业中心、在俄勒冈地区周围，从加利福尼亚到堪察加。”他还描述了乔治堡附近土著妇女为制桶工厂加工鲑鱼的场景。“鲑鱼的加工方法：捕到一船鲑鱼之后，当地人就会用他们的独木舟运到交易点。商人们雇用了很多印第安妇女，她们手里拿着刀子，坐在凳子上，准备分割鲑鱼。每个印第安人的鱼都要点数，根据鲑鱼的重量给他们票，有的大有的小。在整艘船上的鲑鱼上岸后，印第安人就围在商船周围领取他们的报酬，他们会得到弹药、布料、烟草和纽扣等等。”

“商人雇用的女人们开始砍断鲑鱼脊柱骨，砍掉鲑鱼的头，然后就拿到腌制的地方，放在一个大桶里面，当然会放很多盐。这些鲑鱼在桶里腌几天直到鱼肉变硬，然后把桶里的盐水用一个大铜壶煮，在煮的时候把飘在上面的鱼油撇出来，这样盐水的颜色就比较清澈。然后就把鲑鱼从大桶里拿出来，放入一个中号桶，再加点盐，然后把桶竖起来，让桶孔敞开，倒满盐水，在桶孔的周围抹一层泥，大约4英寸厚，鲑鱼油就会从这个桶孔升高，把油撇掉，因为鲑鱼在吸收盐水，为了在表面保持足够的盐水，就要再加盐水以便能继续把鲑鱼油撇出来。当鱼油在桶孔周围不再升高时，就说明鲑鱼已经完全腌制好了。把泥去掉，桶孔封起来，这样腌制的鲑鱼可以保质3年。”

约翰·邓恩还描写了哥伦比亚河流域的伐木业，在那里雇用卡纳卡劳工每天砍伐3000平方英尺的道格拉斯杉，“一般被运到三明治群岛和别的国家”。1836年去过夏洛特群岛后，1839年邓恩记录到，1800—1815引进到哈伊达的土豆种植业每年都有大量土豆出口到大陆上的辛普森堡，“我了解到大约每季有5到8百蒲式耳(1蒲式耳相当于8加仑)土豆从这些印第安人手里卖到辛普森堡。”另外，邓恩注意到普吉特湾农业公司饲养绵羊做羊毛生意的事情。1844年哈得孙湾公司已经建立了“体系庞大、结构复杂的内陆和沿海贸易网”。

曾两次驻扎在麦克洛克林堡，他记录着大部分钦西安人为北部部落做奴隶，和贝拉贝拉人经常作为沿海奴隶贸易的经纪人的事情。虽然哈得孙湾公司没有直接参与，他注意到“这些奴隶在北方比在南方能带来更大的利润，并且纳斯族还把他们卖到不同的内陆部落换取毛皮，再把这些毛皮卖给白人商人换取毯子或其他日用品和奢侈品”。最后邓恩在日记中承认这里需要更多的传教士来宣传英国对俄勒冈地区的所有权。

阿奇博尔德·麦克唐纳

很少有毛皮商能像阿奇博尔德·麦克唐纳那样，树立哈得孙湾公司在不列颠哥伦比亚赢得高效率的典范。他在《汤普森河流域的报告，1827年》中关于不列颠哥伦比亚内地的地图是史无前例的，也是比较成熟的。法利在他的《不列颠哥伦比亚历史地图学》中指出：“麦克唐纳毫无疑问利用了其他商人提供的信息，但与众不同，很明显他对画地图比较感兴趣并且不仅仅是画草图的水平。”

1830年，带着同样的热情，通过询问他遇到的土著人，麦克唐纳汇集了对弗雷泽河谷的第一次普查资料,他也是第一个从不列颠哥伦比亚出口鱼的人。

1831 年,当时管理兰利堡的麦克唐纳向哈得孙湾公司总裁乔治·辛普森报告,他想要储存鲑鱼用船运到国外市场。辛普森要求他做一个懂腌鱼的好库伯人,他顺从了,辛普森对此印象深刻。

在麦克唐纳来之前,不列颠哥伦比亚水域就有鱼加工业,是他第一个说服商业船队运送一船腌鲑鱼到夏威夷。1838 年,詹姆斯·道格拉斯乐观地预言兰利堡不久就可以供应太平洋沿岸需要的所有腌鱼。

阿奇博尔德·麦克唐纳,那个时代最成功的拓荒者之一,1790 年出生在苏格兰,他是一个圣公会教徒高地人的第 13 个也是最小的孩子。21 岁时,他成为塞尔扣克伯爵的一名雇员,两年后也就是 1813 年,作为雷德河塞尔扣克殖民者的首领第一次到加拿大。7 年之后,也就是在 1820 年春塞尔扣克勋爵去世后,他成为哈得孙湾公司的一名职员。

在 1821 年哈得孙湾公司和西北公司合并前,麦克唐纳幸运地遇到当时到阿萨巴斯卡地区视察的乔治·辛普森,并成为辛普森的朋友。1821 年辛普森派麦克唐纳以特使和会计身份陪首席代理商约翰·杜格尔·卡梅龙到哥伦比亚河口附近的乔治堡任职。

抵达西海岸之后,麦克唐纳的主要任务就是按照哈得孙湾公司的要求,清点西北公司在哥伦比亚地区拥有的贸易站的库存,比如斯波坎恩堡、内兹佩尔塞斯(瓦拉瓦拉)堡和奥卡那根堡(汤普森河)。

1823 年,麦克唐纳遇到著名的奇努克酋长卡姆卡姆雷的小女儿桑德公主(也叫雷文公主、考利科阿公主)。桑德公主后来成了他的妻子。1824 年初,在他们的独生子罗纳德出生后不久,桑德公主不幸去世。

孩童时代,罗纳德被暂时送到卡姆卡姆雷的部落由他奇努克的姑姑们抚养。同年麦克唐纳爱上了简·科林,其父是法裔加拿大人米歇尔·科林,贾斯珀堡的驿站长,其母是混血儿。1826 年 2 月简·科林成为他第二任乡村妻子,当时他主管汤普森河地区(坎卢普斯和奥卡那根)。

回到坎卢普斯,麦克唐纳非常高兴,又跟他的老相识植物学家大卫·道格拉斯有了联络,当时他养着一大家人,包括罗纳德、简的第一个儿子安格斯和 1828 年出生的小阿奇博尔德。

在伦敦休假期间,由于与大卫·道格拉斯的关系,麦克唐纳向管理伦敦西郊国立植物园的著名园艺学家威廉·胡克爵士毛遂自荐。麦克唐纳后来给英国博物馆、伦敦西郊国立植物园和一个哈得孙湾公司股东、自然学家约翰·霍尔吉特送了一些植物和动物标本。

虽然是个忠实的亲英份子,麦克唐纳对欧洲人入侵的态度模棱两可。1840年他给詹姆斯·道格拉斯的信中表达了他对普吉特湾农业协会在尼斯阔利土地占用问题的关注,他建议在普吉特湾西部建立一个自然保护区使那里濒临灭绝的海狸种群得以复苏,但是他的建议没被批准。

阿奇博尔德·麦克唐纳一伙不是征服者也不是移民,他们只是占据商业要塞的放逐者。这些要塞,不管是军事的还是商业的,因不顾及附近居民的感受而臭名昭著。——福斯特《不列颠哥伦比亚研究》

1846年俄勒冈合约签订之前,毛皮贸易区由美国和英国联合控制,但是后来新的定居者开始占据太平洋沿岸坡地。麦克唐纳写道:"有一群陌生人让我困惑不已,他们过来定居……但是他们来这里竟然不是为了捕猎海狸,这个世界真的变了。"

麦克唐纳也管理哥伦比亚河考维利堡的生意,他在那里升职为首席代理商。琼·默里·科尔的《麦克唐纳书信集》包含1822年—1828年麦克唐纳在乔治堡和坎卢普斯堡时的书信,这些书信描写了他跟生了13个孩子的简·科林的家庭生活。1834年,麦克唐纳在雷德河跟简正式结婚。

福斯特在《不列颠哥伦比亚研究》中写道:"麦克唐纳没有像同事那样,在事业得到保障的情况下,抛弃她,再娶一个非常合适的妻子。麦克唐纳觉得她所受的教育显然对于他们要达到的目标和应对孩子上学前的事务足够了,看起来简·科林已经毫不费力地完成了从驿站长的女儿到首席贸易商妻子的转变。”

科尔收集的麦克唐纳书信大部分是关于1834—1844年他管理科尔维尔堡生活在斯波坎人和凯特尔福尔斯印第安人中时写的。1844年,麦克唐纳一家因猩红热失去了三个儿子。1847年在麦克唐纳举家搬到渥太华河下加拿大(魁北克)卡瑞龙附近的格伦考前,麦克唐纳退休了,住在蒙特利尔。麦克唐纳作为一个具有绅士风度的农民,一直生活在那里,直到1853年1月15日去世,简·麦克唐纳于1879年去世。

2002年8月大约50人聚集在兰利堡参加关于西北海岸毛皮贸易为期两天的“帝国前哨”座谈会。早些时候在华盛顿州的温哥华堡和不列颠哥伦比亚的悉尼也举办过类似会议。

在芬利堡会议期间,编辑、传记家琼·莫瑞·科尔给几本《这该死的野蛮:阿奇博尔德·麦克唐纳哥伦比亚书信,1822—44年》签名,这是她收集的她的祖先阿奇博尔德·麦克唐纳1828年到1833年从詹姆斯·麦克米兰手里接管兰利堡期间写的书信。

罗纳德·麦克唐纳

作为一个混血儿,罗纳德·麦克唐纳极其悲伤的故事是有记载的。但早期在西坡地区混血儿的遭遇是少有记录的。

1824年,出生在俄勒冈的乔治堡。罗纳德·麦克唐纳的父亲是苏格兰出生的毛皮商阿奇博尔德·麦克唐纳,母亲是考利科阿,提拉木克酋长卡姆卡姆雷的女儿,生下他不久就去世了。有资料显示罗纳德·麦克唐纳直到其青少年时代才知道他的祖先是土著,但这好像不是事实,因为他父亲写给其生意伙伴爱德华·艾马廷格的信中就表达了对他以后幸福的担心。1836年,阿奇博尔德·麦克唐纳的信中写道:“如果让他自由发展,在鲁珀特的财产不会使一个混血儿成为一个好牧师、著名律师或一个有能力的内科医生。”三年后,把儿子送到圣托马斯的一个安大略小镇让艾马廷格照顾,麦克唐纳承认:“我自己心里还是很担心。”麦克唐纳的计划是让儿子在安大略接受一个绅士应该有的一些教育,“如果我们把他再次带回印第安部落时他能远离那些不得体行为，我就觉得是最大的收获了。在那儿，他很可能像黑熊一样在地上爬，还舔自己的爪子。如果是那样，我们简直是世上最不幸的父母。”

罗纳德·麦克唐纳在安大略得到不太可能得到的一个银行职员的职位，但他总感觉被人疏远，“我像坐柱者西蒙一样坐在埃尔金银行的高凳子上，没有什么钱和发展。”当一个白人女孩对他在圣托马斯的进步嗤之以鼻时，麦克唐纳开始为自己的混血身份焦虑。他开始回想，1834 年，孩提时代在温哥华堡见过失事轮船上的三个日本船员。据说他相信日本人“跟印第安人差不多，很可能很无知，一个受过教育的人在他们当中可能就会成为名人”，他秘密策划了一个很不寻常的计划。不喜欢在安大略或印第安部落可能遭遇的疏远，19 世纪 40 年代初，他选择做了一名船员。

罗纳德·麦克唐纳跟日本学者关押在一起。威廉·克拉姆的木刻画

为了让自己的生命更有意义，据说罗纳德·麦克唐纳理论上认为北美土著和日本人之间有种族联系。在海上漂泊几年后，麦克唐纳在一艘

要经过日本附近的美国捕鲸船上找到一份青年水手的工作。那个年代，外国人不得进入日本，1848 年 6 月，麦克唐纳跟船长商量好，让他藏在一艘小船上的一堆书中间，24 岁的他把自己放逐到北海道附近的利尻岛上，他跟日本人说他的船失事了。看到他的书，日本人很明显认为他是一个学者什么的，就把他放了。

麦克唐纳在日本待了 10 个月，被带往长崎教 14 个学者学英语。在 1849 年，被驱逐出国。正因为罗纳德・麦克唐纳的指导，1854 年他再次到日本时，日本人才能理解"Admiral Parry"是什么。

在关于他游历日本的文件记载中，没有提到他的混血背景。在他生命中一个不寻常的时期，他终于可以得到认同和尊重。乘坐一艘美国船离开日本时，在长崎一位荷兰经纪人的帮助下，再次成为一名水手，最后生活在北华盛顿州和不列颠哥伦比亚。他在不列颠哥伦比亚差不多生活了 30 年，1864 年他还曾是温哥华岛勘查队的队员，他做的各种小生意并没能让他富有。虽然结婚了，但一直是一个不合群的人，罗纳德・麦克唐纳死后埋在华盛顿州柯卢附近的印第安墓地。

威廉・克拉姆为罗纳德・麦克唐纳画的木刻肖像

据说罗纳德・麦克唐纳写了一本自传，其实那是他死后别人帮他重新编辑过的。根据朱丽叶・波兰德的《哥伦比亚研究，91－92 号》，"大部分稿子不是麦克唐纳写的，而是另一个毛皮商的儿子马尔科姆・麦克劳德（一个渥太华律师），在罗纳德的协助下，把罗纳德的叙述写进自己的稿子。”在19世纪90年代初，年迈的麦克劳德没有去过日本，而麦克唐纳也丢失了其日本笔记，他们只能向别的作品求助寻找灵感，特别是理查德·希尔德雷斯的《日本往昔》(1855年)，有时候这种借鉴简直就是抄袭。

为了鼓励土著人的乐观观点，麦克唐纳的合作者马尔科德·麦克劳德在他朋友的回忆中加入了关于基督教仁慈和兄弟友爱的篇章，还有他自己关于日本人跟土著之间有种族联系的假设(这点后来他声称是麦克唐纳说的)。据说罗纳德·麦克唐纳的一部分手稿让威廉·来维斯和村上林直次郎更加坚信，麦克唐纳是想要在日本人和土著之间建立种族联系才去的日本，这一点在戴伊1906年出版的一部传记《俄勒冈的麦克唐纳》一书的前言中有所叙述。为了跟他父亲阿奇博尔德·麦克唐纳的姓保持一致，戴伊选择把他的姓拼写成“Mcdonald”，来维斯和村上林直次郎为了他们的需要把姓拼写为“Macdonald”，而罗纳德本人更喜欢“Macdonald”。

一个时代的终结

纳西莎·惠特曼

> “可怜的印第安人对于大量涌入这个地区的美国人感到无比震惊，他们好像不知道怎么回事。”
>
> ——纳西莎·惠特曼

《纳西莎·惠特曼书信集》是由太平洋西北岸的某个女人写的最早期的作品编辑而成的一本书，但是她活着的时候并不出名，死了之后才声名鹊起。纳西莎·惠特曼固执地想在瓦伊拉特普的瓦拉瓦拉堡(距今天的华盛顿州瓦拉瓦拉6英里)作牧师的愿望最终导致她在1847年11月29日被卡尤赛和尤马蒂拉人谋杀。尽管惠特曼是因为她自己的狂妄遇难的，不能算是个女英雄，但1836年作为第一批陪同丈夫穿越落基山脉的两个白人女人之一，她的大胆决定使她的人生备受称赞。

纳西莎·惠特曼原名纳西莎·普伦蒂斯，1808年3月14日出生在纽约斯托本县普拉茨堡，排行第三。纳西莎·惠特曼是一个酿酒者、磨坊主、木匠的大女儿，其祖先亨利·普伦蒂斯于1640年前从英国移民到此。

在1819年的一次布道会中,她的宗教意识觉醒了,之后在11岁加入公理教会。她阅读有关哈利·拉波特曼在印度传教事迹时受到启发,16岁时决定“把自己毫无保留地奉献给传教生涯以此来等待上帝的指引”。在纳西莎·普伦蒂斯拒绝了富兰克林学院一个名叫亨利·哈蒙·斯波尔丁同学的求婚后,她在纽约普拉茨堡和巴思的幼儿园和小学任教。她们家搬迁到纽约的阿米蒂后,1834年,她聆听了一个叫塞缪尔·派克的牧师布道,得知大陆西边非常需要传教士。派克以她的名义给美国公理会海外传教部写信申请,但是因为她单身和她的性别,没有被批准。

两个月后,纳西莎·普伦蒂斯就和一个叫马库斯·惠特曼的内科医生订了婚,那个内科医生也是因为有可能做传教士被派克吸收的。大概这种安排更趋于实用主义而不是天意吧。1802年9月4日,马库斯·惠特曼出生在纽约的拉什维尔,距普伦蒂斯的出生地只有25英里。马库斯·惠特曼在成为基督教长老会的长老之前已经在加拿大行医四年。订婚后,1835年3月纳西莎·普伦蒂斯成功地成为美国公理会海外传教部的成员,而马库斯·惠特曼也在寻找一个潜在的传教途径。1836年2月18日,他们结婚了,第二天就离开了纽约,再也没有回来。

纳西莎·惠特曼,穿越大陆的两个白人女性之一

1836年春,这对新婚夫妇在美国毛皮公司猎人们的护送下,坐着一辆有棚四轮马车离开了密苏里州的利伯蒂。另一辆马车中坐着纳西莎的前追求者——亨利·哈蒙·斯波尔丁及其新婚妻子艾丽莎·哈特·斯波尔丁。七月,纳西莎·惠特曼怀孕了,同年夏天,在有可能成为传教士的威廉·哈·格雷的陪同下由哈得孙湾公司的猎人护送穿越落基山脉。艾丽莎·哈特·斯波尔丁和纳西莎·惠特曼也成为历史上第一批横跨大陆的白人女性。9月他们抵达瓦拉瓦拉堡，而后继续前行到了温哥华堡，在那里他们受到约翰·麦克洛克林的热情接待。

保罗·凯恩画的托马库斯，被指控为谋杀惠特曼一家的谋杀犯之一

在约翰·麦克洛克林的帮助下，马库斯·惠特曼在瓦伊拉特普建了一个布教所（印第安语“黑麦草生长的地方”），以便给卡尤赛印第安人提供医疗和宗教服务。纳西莎拒绝了麦克洛克林让她在温哥华堡度过一个相对舒适的冬天的邀请，十二月份与她丈夫会合。与此同时，艾丽莎·哈特·斯波尔丁也跟她丈夫在拉普沃伊（今天的爱达荷州）会合，那里大部分都是内兹佩尔塞人，离瓦伊拉特普约125英里。

1838年移民传教士建立了别的传教所，起初，惠特曼一家非常乐观，但是渐渐地他们意识到卡尤塞人的皈依率很低。

纳西莎·惠特曼生日那天，她生下了爱丽丝·克拉丽萨·惠特曼，据说是美国父母在落基山脉以西生的第一个孩子，但新生命带来的欢乐却很短暂。

1839年6月23日，她两岁的爱子在瓦拉瓦拉河淹死了。纳西莎·惠特曼的福音精神也随之湮灭，她变得非常沮丧，把自己关在房间里，不断给家里写信，几乎都要失明、崩溃了。为了解救自己，她收养了四个已故移民的孩子，1844年，又收养了七个塞格家的移民孤儿。接下来的三年里，她一边视如己出地养育这些孩子，一边还做一些拓荒杂务苦差。

纳西莎·惠特曼，大约五英尺六英寸高，一头漂亮的浅色金发，打扮朴素，在户外会带个太阳帽。一个牧师同事曾这样描述她：举止优雅，步伐轻盈，轻沙似的肤色，尤其是和她轻松交谈时，亮丽灵动的双眼，特别迷人。有资料显示她那正式的举止可能会被卡尤赛人理解为傲慢。

报纸对纳西莎·惠特曼的死大肆渲染并上升到殉教的高度，完全没考虑惠特曼大屠杀发生的真正原因。

俄勒冈小道每年都吸引着更多的白人定居者，卡尤塞人的生活变得不那么和谐了。马斯库·惠特曼和亨利·斯波尔丁之间的争吵也不利于纳西莎·惠特曼的精神健康。这些摩擦，可能是因为亨利·斯波尔丁的性别妒忌和愤恨变得更加剧烈，导致美国公理会海外传教部的官员威胁要关闭那两个布道所。马库斯·惠特曼被迫回美国公理会海外传教部的总部去重新审批，这样一来，他妻子自己待在那里更加孤独。在回去的途中，他带领着由一千人组成的移民的马车队伍穿过俄勒冈小道，虽然他在新定居者中声望越来越高，但在卡尤赛人中的声望越来越弱。

1847 年横扫俄勒冈州的麻疹和所谓的惠特曼大屠杀或瓦拉瓦拉大屠杀使近一半卡尤赛儿童死亡，卡尤赛人认为白人儿童更能抵抗这种疾病。随着麻疹的蔓延加剧，更多的白人定居者流入这个区域，卡尤赛人和其他部落的人变得越来越好战和疯狂，惠特曼一家无视各种预警信号和印第安人公然的威胁。马库斯·惠特曼作为一个内科医生无力防御麻疹的传染已经是一个大问题，但是他们的处境随着一个叫乔·路易斯的新定居者恶毒的谣言变得更加糟糕，他明确地暗示卡尤赛人惠特曼医生不是真的尽力拯救他们,而是给他们下毒。很可能与之竞争的天主教的牧师们(皮埃尔·琼·斯梅特,约翰·施·布鲁耶和约瑟夫·卡塔尔多)也恶意地支持那些谣言。1847 年 12 月 29 日蓄意袭击的其他诱因还包括瓦拉瓦拉酋长之子的死和惠特曼夫妇更加积极地为移民定居者提供服务。

据说,印第安酋长底楼卡伊科特、托玛哈斯、卡姆苏坡肯、伊阿查拉科斯和克劳考马斯一起领导了这次大屠杀。在这次大屠杀中,惠特曼医生被肢解,纳西莎·惠特曼被杀害。其他的受害者包括安德鲁·罗杰、雅各布·霍夫曼、洛克文·桑德斯、马什先生、约翰·塞杰、纳森·金博尔、伊萨克·吉利兰、詹姆斯·杨、弗兰克·萨格尔、克罗克特·布莱伊和阿莫斯·赛尔斯。袭击者烧毁了布道所的建筑并且劫持了近 50 名妇女儿童索要赎金。彼得·斯基恩·奥格登用了 62 张毛毯,63 件棉衬衫,12 支哈得孙湾步枪,600 发子弹,7 磅烟草和 12 只打火石来交换人质。1848 年白人对无辜的土著人发起的致命报复引发了所谓的卡尤塞战争。大概瓦拉瓦拉大屠杀对开拓者来说只是一个方便的借口,以便能解放出更多领地汇聚更多的定居者。最后底楼卡伊科特、托玛哈斯和其他三个人为了免于种族灭绝,同意被带往俄勒冈市接受审判。新任命的边界司令约瑟夫·米克宣判他们都有罪。1850 年 6 月 3 日,据说在底楼卡伊科特、托玛哈斯、卡姆苏坡肯、伊阿查拉科斯和克劳考马斯被当众绞死前,底楼卡伊科特说"你们的传教士难道没有教我们基督是为救他的子民殉难的吗?我们也是为我们的子民而死。"

被重创的卡尤赛人不得不跟内兹佩尔塞人和雅吉瓦人合并,所以惠特曼一家传教的最终结果就是卡尤赛部落的灭绝。坐落在华盛顿西部的惠特曼布道国家历史遗址纪念着纳西莎·惠特曼和马库斯·惠特曼的生活。

印有"我用翅膀飞翔"图案的俄勒冈版图印章

纳西莎·惠特曼从来没有冒险进入过不列颠哥伦比亚,但她被残忍的谋杀(被视为殉难),在美国引起了全国关注。它加快了美国对俄勒冈州的控制速度,同时1846年新签订的俄勒冈条约也明确了今天华盛顿州和不列颠哥伦比亚的边界。

在惠特曼屠杀后不到一年,1848年8月14日美国议会通过的“俄勒冈边界”确认北纬49度以下的西部地区为美国领土。这部分领土包括爱达河州、俄勒冈州、华盛顿州和蒙大拿州以及怀俄明州大陆分水岭以西的部分。1853年,下哥伦比亚河北部的部分领土和哥伦比亚河以东北纬46度以北被指定组成华盛顿区。

从来没有经过身份验证的纳西莎·惠特曼肖像,但1847年7月艺术家保罗·凯恩却在瓦伊拉特普参观了她的布道所。他给一个女人画了几幅素描,而她被假定就是纳西莎·惠特曼。这些画现在收藏于多伦多的皇家安大略博物馆,后来艺术家德鲁里·海特根据这些素描为马库斯·惠特曼和纳西莎·惠特曼(正如本书封面所示)画了完美的画像。

毛皮压床,1915年在圣约翰堡还在使用,主要用来把毛皮压缩成80磅一捆,便于用马匹进行长途运输。

III 附录

欧洲人在不列颠哥伦比亚境内修建的第一个城堡差点导致西班牙和英国之间的战争。第二个城堡导致一个努卡特村子在美国人的袭击中毁灭。第三个城堡就是圣约翰堡,不列颠哥伦比亚最古老的非土著聚居地。

下面就是 1850 年之前在今天的艾伯塔以西建立的 50 个城堡和仓库。

1789—圣米格尔堡

1791—迪法恩斯堡

1794—圣约翰堡

1798—落基山堡

1805—皮斯河堡

1805—麦克劳德堡

1805—纳尔逊堡

1805—克拉特索普堡

1806—圣詹姆斯堡

1806—弗雷泽堡

1807—乔治堡

1807—库特奈庄园

1807—雷蒙德堡

1811—阿斯托里亚(堡)

1811—奥克那根堡

1811—钱波格堡

1812—汤普森堡

1812—斯波坎堡

1812—罗斯堡

1813—威廉亨利堡

1818—瓦拉瓦拉堡
1820—派恩蒂堡
1821—亚历山大堡
1822—巴宾堡
1825—温哥华堡
1825—科尔维尔堡
1827—兰利堡
1827—康诺利堡
1829—奇尔科廷堡
1829—霍尔基特堡
1831—辛普森堡
1832—安普瓜堡
1833—麦克洛克林堡
1833—尼斯阔利堡
1835—埃辛顿堡
1837—考利茨堡
1838—迪斯莱克站
1839—火奴鲁鲁
1840—塔库堡
1840—斯蒂金堡
1841—耶尔瓦布埃纳
1843—维多利亚堡
1846—佩利班克斯堡
1847—育空堡
1847—耶鲁堡
1847—沃特斯堡
1848—吉利厄姆堡
1848—霍普堡
1848—塞尔扣克堡
1849—鲁珀特堡

不列颠哥伦比亚省的第一个欧洲军事基地，由西班牙人建于友爱湾。

1789— 年詹姆斯·库克船长1778年造访努特卡湾之后，狡诈的西班牙司令埃斯特万·何塞·马丁内兹在温哥华岛西海岸的努特卡湾(Puerto de la Santa Cruz de Nuca)的友爱湾(aka Cala de Los Amigos)建立了圣米格尔堡。

新西班牙总督命令马丁内兹“建造一间临时住房”并“假装正在忙于一项正式的建造工程”，要求他“谨慎而坚定，避免使用可能招致严重冒犯和决裂的生硬措辞”来维护西班牙主权，马丁内兹接受了这个指令，但他没有遵照执行，使得他臭名昭著。

马丁内兹在1789年5月开始敌对行动。他朝“华盛顿”号船头开了一枪，那是一艘美国船只，船长是罗伯特·格雷。之后他在“公主”号上开了26枪控制了努特卡湾，与唐·冈萨洛洛佩兹·德·哈罗一起开了16枪控制了“圣卡洛斯”号，掠取了“伊芙琴尼亚”号上的毛皮和供给品，那是一艘冒牌的葡萄牙船只，其船长维亚纳只是个冒牌货，真正的船长是一个名叫威廉·道格拉斯的英国人。经过几周的僵局之后，马丁内兹允许“伊芙琴尼亚”号及其船员出海离开。

有了前几次胜利壮胆，马丁内兹截获了由英国人约翰·美雷斯建造并拥有的“西北美洲”号，安排美国人罗伯特·格雷把船员运到中国去。七月，马丁内兹又拦截了一艘英国船只“亚古尔”号，留下了船上的中国劳工，强迫船长詹姆斯·科尔内特及其船员驶往今天的墨西哥西海岸上的圣布拉斯，将他们囚禁在那里的一个军港里。

与此同时，英国议会不得不面对约翰·美雷斯的愤怒，他要求赔偿他的损失并惩罚肇事者。然而，伦敦和马德里都不热衷于再次交战，于是就开始了漫长的外交谈判。令马丁内兹万万没有想到的是，通过补给船“阿兰扎朱”号他竟然收到了新的指令：拆除在努特卡湾的圣米格尔堡。马丁内兹服从了命令，于 1789 年 10 月去了圣布拉斯。

但新西班牙总督瑞维拉·吉哥德很快就重提西班牙在努特卡湾部署军事力量，部分原因是为了防止俄罗斯商人向北发展。在海军上尉萨尔瓦多·菲达尔戈和海军少尉科·曼纽尔的协助之下，海军上尉弗朗西斯科·伊莱扎于 1790 年率领船队重建圣米格尔堡。唐·佩德罗·阿尔伯尼坐镇指挥重建防御工事，他招募加泰罗尼亚移民来进行服务，修建了教堂、兵营、供给处、医院和花园。

西班牙与英国的这场一触即发的冲突被称为努特卡危机或努特卡争议。为了缓和危机，1792 年西班牙派出了颇具绅士风度的上尉博德加·Y. 夸德前往努特卡湾与乔治·温哥华上尉进行休战谈判。两名上尉的谈判虽然没有立即达成协议，但两个国家之间的敌意减少了。1794 年 1 月签订了努特卡公约，英国和西班牙正式同意不在努特卡湾保留任何永久性基地，根据努特卡公约的要求，1795 年西班牙最终再次放弃了圣米格尔堡。

到 20 世纪末，即便是当地的土著居民也大多离开了，雷和特里·威廉姆斯代表努特卡族自封为这片领土的守护者，努特卡族是目前唯一生活在友爱湾的民族。

1791— 在温哥华岛西部边缘的克拉阔特湾的美雷斯岛，美国毛皮商人和探险家罗伯特·格雷修建了迪法恩斯堡作为越冬的总部，以便改装“哥伦比亚”号和建造另外一艘船——“冒险”号。由于其他水域的土著居民关系十分紧张，还被指控谋杀了一名黑人男仆，即将受到攻击的可怕谣言四处流传，于是格雷于 1792 年春天指挥他的第五个伙伴，约翰·博伊特，攻击并烧毁了附近奥皮赛特的努卡特村庄。

对于美国人来说，这是一场先发制人的进攻，年轻的指挥官博伊特极不情愿地参与战争，他在 3 月 27 日写道：“很抱歉，我有必要[原文如此]说这番话。那天我受命带着三艘装备精良的战船去摧毁奥皮赛特[原文如此]村庄，这是一个我不能违抗的命令。我很难过，格雷船长的反应过了头。那个村子直径约半英里，有200多座庄园，大部分修建得很好，供印第安人居住。房屋的门类似于人头或野兽的头，入口处有一个通道，通道两边简洁的雕刻图案反映了当时人们的生活，其中有一些雕刻还相当精美。这个美丽的村子，可以说得上是时代的杰作，却瞬间被完全摧毁了。”

格雷和博伊特乘坐“哥伦比亚”号和“冒险”号轮船离开后不久，努卡特人就捣毁了迪法恩斯堡。格雷作为第一个环球航行的美国人，同时也是作为第一个航行穿过变幻莫测的哥伦比亚沙洲的船长而举世闻名，哥伦比亚河就是以他的船命名的。此后大约两个世纪，美国宇航局的太空计划将其飞船命名为“哥伦比亚”号以纪念格雷的“哥伦比亚”号船。迪法恩斯堡是美国人最早在今天的不列颠哥伦比亚境内修建的两个城堡之一，另一个城堡位于坎卢普斯。

1794— 圣·约翰堡是在今天的不列颠哥伦比亚大陆上第一个白人定居点，它是亚历山大·麦肯齐为西北公司修建的。亚历山大·麦肯齐于1793年首次到达皮斯河地区。

（奇怪的是，距今差不多11世纪的最早的不列颠哥伦比亚省土著民居住遗址，是在距现代圣约翰堡的西北部仅有七英里的查理湖洞遗址处发现的）。1793年5月，麦肯齐对皮斯河地区的一个遗址进行了热情洋溢的描述，称那个地方是“一个建造城堡或者工厂的极佳位置，有大量的木材，还有充分的理由相信这里盛产海狸……这里动物非常多，有些地方到处都是动物粪便，看起来像是一个牲畜棚。”漫步在皮斯河流域的数量庞大的水牛群给麦肯齐留下了深刻的印象，他将这个地方描述为一个“宏伟的大自然剧院”。

由麦肯齐创立的毛皮贸易站一共换了六次地方，1823年停止运营。1860年重新开始经营的贸易站跨越皮斯河，由弗朗西斯·沃克·比顿在1872年修建而成，1925年又搬到了该镇西北的菲什克里克。贸易站停止经营时，在不列颠哥伦比亚东北部阿拉斯高速公路旁，圣约翰堡市已经建立，向北驱车大约45分钟就可以到达道森克里克。

1798— 落基山堡是原圣约翰堡一个分支，拥有一台毛皮压平机，一个仓库，一间“大屋子”和一个55英尺的旗杆，耸立在皮斯河南岸，恰好位于派恩河(也称作锡钮河)河口,落基山堡日志就有过关于落基山堡的记载,其作者可能是西蒙·弗雷泽或亚历山大·麦克劳德。该日志描述了1799年到1800年间的一些活动,一些历史学家据此认为该贸易站是在1798年前建造的。约翰·斯图尔特在1823年写道:“旧比弗河[莫伯利]堡修建于1794年,十年之后我们在那里扎营过冬。”

大约在1804年,这座城堡似乎被遗弃了,那时城堡里至少有14位居民,包括4名妇女和5名儿童。大卫·汤普森记录了他1804年3月6日到此地的情况。他的报道帮助西蒙·弗雷泽大学的考古学家克努特·弗勒德马克于1975年发现该处遗址,1976年进行挖掘证实了至少有三个石头烟囱土堆的存在。1820年哈得孙湾公司在落基山堡附近仓促地修建了德埃皮勒特堡与之抗衡。

1805— 皮斯河波蒂奇庄园,也叫落基山波蒂奇庄园,是由西蒙·弗雷泽带领其手下在皮斯河修建的,位于皮斯河峡谷的正下方,向下75公里处就是落基山堡,修建皮斯河波蒂奇庄园可能是用来取代落基山堡的。西北公司远征新喀里多尼亚时皮斯河波蒂奇庄园仍然在发挥作用,直到1814年。1824年5月短暂重新运营,塞缪尔·布莱克和唐纳德·曼森将其作为北进探险的起点。19世纪60年代,这个贸易站再次重新运营,是位于圣约翰堡以西60英里处的哈德森霍普的前身之一。

1805—麦克劳德堡被称为“苦难堡”,是西北公司的一个贸易站,由麦克劳德堡发展而来的麦克劳德湖镇是被《不列颠哥伦比亚百科全书》公认的不列颠哥伦比亚境内占据时间最长的欧洲定居点。麦克劳德堡(特劳特湖站,麦克劳德湖站)位于赛凯尼(Sekani or Sekanais)境内的特劳特湖,是西蒙·弗雷泽在皮斯河与弗雷泽河之间不能行船的水域建造的。这个由詹姆斯·麦克杜格尔操纵的贸易站最先叫做特劳特湖站,后来为了纪念西北公司的阿奇博尔德·麦克劳德而改名。

1828年,乔治·辛普森在他的私人日记中写道:“麦克劳德湖是印第安地区最悲惨的地方;它自身拥有的资源很少或根本没有,几乎完全依赖于从对面的斯图尔特湖获取的干鲑鱼。一旦捕鱼业歉收,或有其他什么事情发生使得这种供给中断,那么贸易站的情况就会变得十分悲惨。”这个贸易站于1952年关闭。如今的麦克劳德湖是一个哈特高速公路上的赛凯尼社区,位于乔治王子城北部。

1805— 纳尔逊堡位于不列颠哥伦比亚东北部,纳尔逊福克斯以南80英里,纳尔逊河与利亚德河的交汇处。它是以特拉法尔加战役的英雄霍雷肖·纳尔逊勋爵的名字来命名的,由西北公司始建。

当地历史学家吉瑞·杨认为:“现存的航海图表明在纳尔逊河堡以南的地方还有过一个纳尔逊堡,这个堡在1813年毁于一场大火。大火源于1813年印第安人对当地居民的大屠杀,导致包括男人、女人和小孩在内的大约八个人丧生。之后,到1865年那个贸易站一直都被人遗弃。”

通常认为纳尔逊堡是不列颠哥伦比亚第三最古老的非原住民定居点,由哈得孙湾公司1865年在其员工W·康沃利斯·金的监督下重建于纳尔逊河与马斯夸河交汇处,1890年纳尔逊堡被洪水摧毁。随后该贸易站再次重建于河对面东部的上游地势较高的地方,那个位置现在被称为“古老的纳尔逊堡”。现在的纳尔逊堡位于阿拉斯加高速公路上,道森克里克以北。

1805— 由33名成员组成的刘易斯和克拉克探险队背着腐烂的鹿皮,历经千难万险,终于在十一月的一个风雨交加的日子到达太平洋,克拉克当即写道:“哦,今天是多么可怕。”在托马斯·杰斐逊的赞助之下,穿越了大陆的全体船员赶紧在哥伦比亚河南岸建造起了克拉特索普堡。他们首先从哥伦比亚河的北岸,即今天的华盛顿州来观看太平洋的美景,但是当地的克拉特索普印第安人却告诉他们南岸盛产麋鹿。于是梅里维瑟·刘易斯就穿越现在的俄勒冈州内的河流,选择了“最适合于我们的目的的地方”,

有着一只玻璃眼睛的首席木工帕特里克·盖斯负责监管这项工程,建造一个粗糙的50×50英尺的栅栏,里面有一私人房间,供肖肖尼·萨卡加维亚、她的法裔加拿大丈夫图森特·沙博诺以及他们刚出生的孩子让·巴普蒂斯特·沙博诺(绰号邦普)居住。三个探险队员之一的盖斯记录下了他的形象。盖斯,1771年出生于宾夕法尼亚,在1807年发表文章第一次描述了此次美国人首次横越大陆的远征,这让刘易斯颇为震惊。

这是美国人在太平洋海岸建造的第二个营地(第一个是迪法恩斯堡),里面有一个所谓的大约48×20英尺的阅兵场,在平安夜宣告完工。那个冬天令人沮丧,克拉克的日志里说奇努克女人“很淫荡,并且公开卖淫”,之后探险队于1806年3月下旬前往圣路易斯,这个堡就交给了考博韦——克拉特索普的首领。1847 年,保罗·凯恩用图画简要地描绘过奇努克首领卡姆卡姆雷的坟墓,他曾经在 1805 年与刘易斯和克拉克探险队相遇并拥有至少 300 名奴隶。

1955 年,当地居民根据日志记录和图片修建了克拉特索普堡的仿制品,坐落在俄勒冈州阿斯托利亚市以南大约五公英里。现在它成为了刘易斯和克拉克国家公园里的一个旅游景点和户外博物馆。

圣詹姆斯堡,詹姆斯·道格拉斯所到过的不列颠哥伦比亚境内最北端的地方

1806— 圣詹姆士堡(斯图尔特湖堡,新喀里多尼亚堡,纳卡哲尔堡)是新喀里多尼亚最最重要的毛皮交易中心,它是由西蒙·弗雷泽的独木舟制造商约翰·斯图尔特为西北公司建造的,位于范德胡夫以北,纳卡哲尔湖(斯图尔特湖)湖畔,他称该处为“落基山脉最恶劣的地方”。

圣詹姆斯堡是继麦克劳德堡之后建造在不列颠哥伦比亚境内第二最古老的非原住民定居点。贸易商人丹尼尔·哈蒙早在 1806 年就在这里自己种植谷物和蔬菜。1828 年年轻气盛的哈得孙湾公司贸易商人詹姆斯·道格拉斯来到这里开展贸易。1883 年,新来的约翰·麦克林把斯图尔特湖的食物描述为“连狗都不吃”。

今天,圣詹姆斯堡国家历史遗址是位于斯图尔特湖南岸的一个哈得孙湾公司贸易站,模仿它 1896 年的模样整修的。这座国家历史遗址位于乔治王子城西北部 160 公里处。(沿 16 号高速公路向西,向北转上范德胡夫外的 27 号高速公路,然后前行大约 45 分钟。)

1806— 弗雷泽堡(弗雷泽湖贸易站,弗雷泽湖,纳特尔)是由西蒙·

弗雷泽为西北公司建造的,位于乔治王子城以西,弗雷泽湖的东端,距其出口大约一英里,该地区现在属于博蒙特省立公园。由于粮食供应短缺,西蒙·弗雷泽1806年在此越冬。于是约翰·斯图尔特就将该营地称为弗雷泽湖站。

1814年重建弗雷泽湖站时,约翰·斯图尔特向罗斯·考克斯建议:"卡里尔人大多开明并且好客,但非常暴力,容易冲动而引起流血冲突。不过,这些矛盾来得快去得也快。"

直到1824年弗雷泽湖站才被称为城堡。现在它成了柯林斯陆路电报公司中心,勘测员兼地理学家乔治·默瑟道森1876—1877年间在加拿大进行地质调查研究工作时,就住宿在此。

太平洋铁路大干线是第二条横贯大陆的"钢铁带",1914年完工前的最后一颗尖钉,被轰轰烈烈地钉进了弗雷泽堡的土地上。那一年,城堡关闭了,在该地区最后一个哈德逊堡湾公司贸易站在职员威廉·班廷的带领下搬迁到纳特尔的印第安人保护区了。这个贸易站的所在地仍然是达卡尔(卡里尔)人的地盘。

1807— 乔治堡最初以国王乔治三世的名字命名,是乔治王子城的前身,西蒙·弗雷泽修建它作为临时贸易站,以便在弗雷泽河与尼查科河交汇处建造木筏。该贸易站第二年即被废弃,1820年以一种迂回的方式重建。它是西蒙·弗雷泽的亲信约翰·斯图尔特中尉命令乔治·麦克杜格尔修建的,其理由是"在过去的几年间,一直给当地人承诺,要在弗雷泽河的分岔口修建一座城堡"。

麦克·杜格尔没有遵从斯图尔特的命令,令人费解地将贸易站建在指定地点以西一个叫做卡拉奥奇克的地方。1821年麦克·杜格尔奉命离开他的贸易站去掌管亚历山大堡,但是接替他的托马斯·霍奇森却是一个不可信任的酒鬼。于是斯图尔特派遣年轻的詹姆斯·默里·耶鲁担任霍奇森的助理。耶鲁到任后不久卡拉奥奇克就改名为乔治堡。

1822年春天,约翰·斯图尔特在前往哥伦比亚地区时途经卡拉奥奇克(乔治)堡,他要求耶鲁将贸易站搬迁至1807年的原址。由于经验不足,作为一个贸易商人,耶鲁没有取得多大成就,起初阶段无法实施搬迁。直到1822年末,耶鲁才成功地在"河岔口"修建起一个新的23英尺长17英尺宽的仓库,但是直到1823年4月耶鲁自己都还没有从尼查科河与奇拉科河交汇处附近的卡拉奥奇克(乔治堡)搬至尼查科河与弗雷泽河交汇处。

1823 年 8 月,“新”乔治堡暂时被遗弃了。起因是两个哈得孙湾公司员工约瑟夫·巴格罗伊特和毕龙·哒普兰特被一个土著民杀死在床上,并把他们的尸体让狗啃食。城堡被洗劫一空,一直到 1829 年才建立起来。乔治堡在 1915 年关闭其业务,期间乔治王子城建立,以肯特公爵的名字命名(而非乔治国王)。

图中山上所示为库特奈庄园(复制品,建于 1922 年)

1807— 大卫·汤普森、其妻夏洛特、他们的三个孩子以及一批航海家们经过落基山脉的豪斯山口时,在温德米尔湖的北端,靠近今天的因弗米尔库的地方修建了库特奈庄园,作为不列颠哥伦比亚东南部内陆的第一个毛皮贸易站。

他这样写道:“从国家的现状以及我所做的事情来看,我发现自己不得不暂时搁置继续开发的念头,应该把我的目标转向组织经营贸易等等——并且我们的需求很迫切,不容许我们反复思考,我开始寻找一个我们可以修建贸易站的地方。”

饥饿、疲劳以及缺少本地的向导,迫使汤普森背靠峭壁建造了原木栅栏。汤普森没有做窗户,门是悬着的。由于找不到合适的黏土来封顶,这个房子严重漏雨。鲑鱼和猎物稀缺,汤普森的同伴们煮食刚刚宰杀的野马肉。汤普森写道:“但是吃了马肉后大约两个小时,我们就胃痛,尽管我们非常希望把那些肉留在肚子里,还是忍不住吐了出来。”

库特奈庄园遗址是在 2005 年的一次考古挖掘中发现的。库特奈这个名字源于当地的库恰或库特奈部落。

1807—　雷蒙德堡(雷蒙堡、曼努埃尔堡)位于比格霍恩河与耶洛河交汇处,是美国人在落基山脉建立的第一个贸易站,修建于1807年11月。它的创建者是曼纽尔·李萨、李萨的地区贸易代表墨纳德以及莫里森毛皮公司。李萨、墨纳德和莫里森不断扩张,在1809年组建成了圣路易斯密苏里毛皮公司。

1811—　3月上旬,脾气暴躁的索恩船长急于驾驶"唐奎因"号越过哥伦比亚河口的沙洲,他的愚蠢行为导致八个人丧命。之后美国毛皮公司所属的太平洋毛皮贸易公司员工约翰·雅各·阿斯特于哥伦比亚河河口附近修建了阿斯托利亚堡。登陆队由包括11个桑威奇岛民在内的33人组成的,饱受疾病和饥饿困扰,邓肯·麦克杜格尔带着这一群人,"一手拿着斧头,一手拿着枪"于四月份开始了修建工程。

基础工作就绪后不久大卫·汤普森就到来了,尽管他受雇于竞争对手西北公司,他仍然受到了太平洋毛皮贸易公司商人的热情接待,这些商人大多出生于加拿大和苏格兰。加拿大人掌管阿斯托利亚堡不久,邓肯·麦克杜格尔于1813年迎娶了奇努克人首领卡姆卡姆雷的女儿,从而巩固了与最强有力的土著领导人的贸易关系。西北公司派出更多人穿越大陆来到这里,他们在约翰·乔治·麦克塔维什的帮助下力图劝说麦克杜格尔和平放弃阿斯托里亚堡。

阿斯托里亚堡

由于一艘名为"艾萨克托德"号的英国军舰即将到达,最终西北公司说服麦克杜格尔，明智的做法是将城堡以堡内现有毛皮价值三分之一的价格出售，而不是让城堡毁于战火中(1812年战争正在进行)。这场交易完成后的第五个星期，另一艘带着23支枪的“浣熊”号英国军舰抵达，好战的船长威廉·布莱克坚持举行仪式来庆祝占领阿斯托里亚堡，他们在1813年12月13日升起了英国国旗，并且将这个简陋的堡改名为乔治堡，麦克杜格尔仍然为新的城堡主人工作。

姗姗来迟的“艾萨克托德”号终于在1814年四月到达。1825年在上游修建温哥华堡，原阿斯托利亚堡逐渐沦为一个为温哥华堡服务的渔业基地。1843年该地由美国的“跨越大陆者”重新占领。

1811— 奥克那根堡是在今天的华盛顿州地区最早的永久性白人定居点，同时也是连接阿斯托利亚的第一个内陆贸易站。大卫·汤普森的公司派遣大卫·斯图尔特、亚历山大·罗斯以及其他七人从阿斯托利亚北上，在1811年夏天于北纬49度以南创建了奥克那根堡。汤普森这样描述斯图尔特：“天生的无所畏惧的勇士之一。”

经过600英里的跋涉之后，9月1日斯图尔特的小分队开始建造小型的定居点。该城堡于1821年由哈得孙湾公司兼并，在这前后关于它的名字的拼写大约有40多种，比如：Okanaigan 堡、Okinacken 堡等等。1830年在一英里处修建了一座新的城堡，1864年被废弃。1894年一场大水冲毁了奥克那根堡，但一些遗址仍然清晰可辨。北纬49度以北一般将该堡名字拼写为“Okanagan”。

约翰·米克思·斯坦利画中的奥克那根堡

西北公司的约瑟夫·麦克吉利夫雷于1814年驻扎在奥克那根堡,他写道:"这是一个沉闷得可怕的地方。自从你离开了我们,在这里,我一直十分孤独。和我在一起的人,不是加拿大人就是桑威奇岛人。图书馆太糟糕了,要到明年等有人从阿萨巴斯卡越过大山才有我要看的书。如果你,或你在斯波坎市[原文如此]的朋友不送我几卷书,我绝对无聊死了。"

1811— 钱波格堡(或钱波克堡)位于现在俄勒冈州唐纳德附近,是阿斯托利亚的另外一个分支机构,由太平洋毛皮公司始建。它原名叫华莱士堡或威拉米特贸易站,1813年被西北公司收购并由哈得孙湾公司扩建。"钱波格"这一名字令人想起俄勒冈境内的早期白人定居者,他们大部分是法裔加拿大人或"伊利诺伊河人",如1757年左右出生在蒙特利尔的弗朗索瓦·里维特。可想而知,这些讲法语的漂泊者是先于亚历山大·麦肯齐跨越大陆来到太平洋的,但是却没有确切的证据来证明这一点。

汤普森在他的《游记》中写道:"法裔加拿大人的漂泊处境是众所周知的。[并且]征服加拿大时他们已经向西扩张了,伊利诺伊河是他们的最爱……起初,他们有大约350个人,但他们危险的生活方式……很快使他们的人数减少;西班牙割让领土时他们只有150人,美国坚持要他们选择定居在那里或是去别的地方。他们选择了后者,拿起他们的步枪,带着几个女人越过密苏里河……一直向西朝着大山走去,在那里我第一次遇见他们。"

大约在1861年钱波格堡关闭,钱波格州立公园里的一个博物馆内存有关于该城堡的一些展品。城堡的确切位置现在已无法考证。

1812— 汤普森堡(坎卢普斯堡)是由一个美国公司建在不列颠哥伦比亚大陆上第一个也是唯一的一个城堡。1811年太平洋毛皮公司的大卫·斯图尔特到达南、北汤普森河的交汇处,1812年返回来修建了西瓦普堡[舒斯瓦普]。城堡的管理者亚历山大·罗斯大力赞扬了斯图尔特对于原住民的领导能力:"他对一切情况都了如指掌,他的头脑和他另类的做事方式赢得了他们对他的喜爱。"

西北公司也不甘示弱地于1812年秋天在约瑟夫·拉罗克的带领下来到了这里,并创建了坎卢普斯堡或Cume-loops(源于印第安语T'kumlups,意思是"河流交汇")。1813年西北公司接管了太平洋毛皮公司,由斯图尔特和拉罗克创建的城堡合并为汤普森堡,即汤普森河贸易站、福克斯、西瓦普斯、坎卢普斯庄园。1821年由哈得孙湾公司掌控，并维持其在不同地区的经营。

1865年位于河流交汇处的坎卢普斯堡

约翰·麦克劳德1822年至1826年间掌管坎卢普斯堡，他认为管理坎卢普斯堡是“一项麻烦的、非常艰巨的、危险的差事”。即便知道海狸低廉的回报以及来自土著居民的威胁无处不在，乔治·辛普森还是保留了坎卢普斯堡来链接弗雷泽—哥伦比亚运输体系。乔治·辛普森决定，他必须更换麦克劳德，因为他“充其量只能说是几乎没有用的，但(他非常顽固，他的神经病妻子疯狂地支配着他的一切)现在是完全没用了。”

贸易商塞缪尔·布莱克被一名原住民射杀后，阿奇博尔德·麦克唐纳于1826年接管了坎卢普斯堡。麦克唐纳掌管着多达六百匹马用于驮运货物，他指出：“干鲑鱼是我们的主食，幸运的是这种供给比较充足。”1826年他和他的两名员工享用了“一只大肥狗，每人还吃了三只干鲑鱼”，以此来庆祝圣诞节。1828年乔治·辛普森第二次西部之旅时描述坎卢普斯堡为“一个不赚钱的机构”

1842年，冷酷的约翰·托德从亚历山大堡到达此处，并且在北汤普森河的西岸重建城堡。在唐纳德·麦克林和威廉·曼森的领导下，坎卢普斯堡的农业逐渐发展起来。1858年，附近的特兰奎尔克拉克发现了金矿，两百多名中国矿工蜂拥而至。19世纪60年代初期，随着“跨越大陆者”的到来，坎卢普斯堡开始从毛皮贸易堡演变成一个边境村庄。1862年十月，奥古斯都·舒伯特的孩子出生，他是这周围地区出生的第一个白人孩子。1893 年哈得孙湾公司关闭了这座城堡，这一年坎卢普斯市已经建立起来了。

1812— 斯波坎堡是由太平洋毛皮公司建造，1813 年与奥克那根堡一起由西北公司掌管。之前的 1810 年，西北公司创建了斯波坎庄园，位于现在的斯波坎市以北。斯波坎堡一直运营到 1823 年；斯波坎庄园一直运营到 1826 年，那一年乔治·辛普森将业务转移到科尔维尔堡。1880 年，修建了另一座斯波坎堡用于军队之需，1899 年发展成一所印第安学校。

罗斯堡上的俄罗斯图腾

1812— 罗斯堡，一座后来被称为“罗斯定居点”的木寨，1812 年 8 月 13 日在加利福尼亚海岸线上的博德加正式开始运营。它的名字源于单词“Russiya”简写，意思是“沙俄”。它主要用于种植粮食，同时还用作仓库，以便在阿留申群岛上雇人猎取海獭。虽然鲜有记录表明有俄罗斯毛皮猎人在不列颠哥伦比亚做生意，但俄国人最终冒险前进，南至加利福尼亚、西至夏威夷群岛。

简史：1742—1743 年艾默利安·巴索夫在白令岛越冬，他是第一个在西伯利亚以东收集毛皮的俄罗斯人。1745 年 9 月 25 日米哈伊尔·涅沃奇科夫到达阿留申群岛最东端的阿图岛。1784 年乔治·舍利科夫在今天阿拉斯加境内的科迪亚克岛建立了第一个永久性的俄罗斯定居点。

俄美公司创建于 1799 年，是一个类似于哈得孙湾公司的专营公司，其总部设在新阿汗格尔（锡特卡，阿拉斯加），1806 年拥有了自己的领地旗帜。1791年亚历山大·巴拉诺夫到达阿拉斯加,成了公司的实际君主,相当于乔治·辛普森在哈得孙湾公司的地位。亚历山大·巴拉诺夫开始使用美国船只派遣经验丰富的阿留申海豹猎人到加利福尼亚的海岸沿线,划着皮船猎取海獭。

考虑到无法确保从俄罗斯和西伯利亚获取供应品,俄罗斯人有时与美国船长签订合同进行合资经营。1806年,在阿拉斯加的俄罗斯人急需食物,"俄美公司的帝国检查员和全权代表"尼古拉·雷扎诺夫就与在加利福尼亚的西班牙人直接联系。他以高昂的价格买了一艘美国船"朱诺"号,驶进圣弗朗西斯科港,请求救援物资。

经过六周的外交斡旋,雷扎诺夫向西班牙指挥官的十几岁女儿求婚起了作用:雷扎诺夫从西班牙获得了供应品,他后来还得以使巴拉诺夫相信俄罗斯人应该在加利福尼亚北部建立自己的农业和狩猎仓库。

1808年1月8日,伊万·亚历山大·库斯科夫驶入科迪亚克的博德加湾,半年后带回两千多张海獭毛皮。西海岸上最北端的西班牙殖民地在圣弗朗西斯科湾,因此,库斯科夫于1812年3月指挥一组由25名俄罗斯人和80名阿拉斯加原住民组成的小分队建立罗斯堡,在圣弗朗西斯科以北大约100英里处。刚到奇里科夫,库斯科夫用"三条毯子、三条马裤、三个斧头、三把锄头以及一些珠子"作为交换,获得了卡萨亚波莫印第安人的许可,允许他们修建罗斯堡。

1824年在兵营修建了教堂。科迪亚克岛民乘坐他们的"bidarkas"(狩猎皮船)从南下加利福尼亚到俄勒冈沿海一线猎取海獭。随着海獭减少,农业的重要性逐步超越了狩猎,罗斯堡城门外修起了60多幢房子。1839年俄美公司与哈得孙湾公司签署了一项协议,允许哈得孙湾公司进入阿拉斯加的潘汉德尔狩猎,之后罗斯堡就鲜有人问津了。作为对俄美公司的回报,哈得孙湾公司同意从华盛顿和俄勒冈(尤其是尼斯阔利堡)的农场向锡特卡供应物品。

由于不能将罗斯定居点卖给西班牙人,俄国人于1841年在萨克拉门托河谷与约翰·萨特就萨特堡达成了一项销售协议。俄罗斯人全部撤离,萨特的助手约翰·比德威尔在罗斯堡取回许多非常有价值的东西供萨特堡使用:弹药、设备和牲畜。后来,在1873年,乔治·W.科尔在罗斯堡原址建立起了1500英亩的科尔牧场。

1903年加利福尼亚的历史地标委员会购买了罗斯堡遗址。1992年该历史遗址面积扩展到3000多英亩。此后,加利福尼亚公园和娱乐部出于教育和旅游的目的对该城堡进行了重建。

1813— 威廉亨利堡由西北公司修建于今天的俄勒冈州纽伯格镇,大概是在第二年将其改名为亨利庄园。

1818— 瓦拉瓦拉堡一共有六座城堡,聂斯坡斯堡最早修建,创始人是西北公司的唐纳德·麦肯齐,位置在哥伦比亚河与瓦拉瓦拉河交汇处。第一、二个城堡都被大火烧毁。第三个城堡瓦拉瓦拉堡以“哥伦比亚的直布罗陀”著称,有着20英尺高的外墙和四门大炮。这座方圆100英尺的城堡被誉为落基山脉以西坚不可摧的城堡,它日益成为“俄勒冈之旅”移民中途短暂停留的小站。1845年,瓦拉瓦拉堡贸易商人阿奇博尔德·麦金利指出:“在这个地方,美国人越来越多,后来多如牛毛。”

由于担心印第安人暴乱,19世纪50年代美国军队下令撤离瓦拉瓦拉堡。在瓦拉瓦拉河上游38英里处修建了第四座城堡,后来在靠近瓦拉瓦拉的新定居点的地方又修建了一座城堡,之后不久被烧毁,1858年在瓦拉瓦拉以西修建了第六座城堡。

1820— 1820年夏天,詹姆斯·穆雷·耶鲁创建了派恩蒂堡,位置在皮斯河南岸,派恩河口的正下方,代表哈得孙湾公司与西北公司的圣约翰堡竞争。该堡也被称为圣乔治堡,其短暂存在的目的,用乔治·辛普森的话说就是:“促进我们与自由的易洛魁和新喀里多尼亚本地人之间的往来。”1821年派恩蒂堡关闭,与圣约翰堡合二为一,归属哈得孙湾公司,形成“贸易巨头”。

1821— 亚历山大堡是西北公司在不列颠哥伦比亚省内修建的最后一个贸易站,最初的位置在弗雷泽河上的苏打克里克以北大约20英里的地方。1821年西北公司与哈得孙湾公司合并时,乔治·麦克杜格尔在弗雷泽河东岸与布莱克沃特(西罗德)河交汇处的下方重建亚历山大堡,通常人们认为亚历山大堡始建于1821年。1836年亚历山大堡再次搬到西岸一个更利于捕鱼的地方。

彼得·斯苛因·奥格登于不列颠哥伦比亚省的亚历山大堡创建了第一个磨坊,之后约翰·麦吉利夫雷就取代彼得成为了首席贸易商。约翰写道:“1793年亚历山大·麦肯齐在航海途中发现了这块大陆,他来到城堡修建的地方，印第安人劝阻他不要顺流而下直到河口……这里的主要河流有弗雷泽河、奎内尔河、波普勒河、奇尔科庭河和西罗河。在这些河流中只有弗雷泽河可以通航。奎内尔河和西罗河源于一些小型的湖泊，一直东流，汇入弗雷泽河。”

由于其得天独厚的环境，亚历山大堡养了200只马匹，成为重要的中转站。从新喀里多尼亚用独木舟运到亚历山大堡的毛皮，再使用马匹长途运输到“哥伦比亚贸易区”。1847年弗雷泽—哥伦比亚运输体系解散，之后亚历山大堡持续运营，一直到1867年。

1822— 巴宾堡(基尔莫斯堡)由哈得孙湾公司修建，位置在巴宾湖北端附近。巴宾湖是不列颠哥伦比亚境内最长、最大的天然湖泊，盛产鲑鱼。巴宾堡的名字源于法语单词“大唇”，指19世纪达尔克人(卡里尔)戴在下嘴唇的装饰物。巴宾堡最初以其创始人威廉·布朗在苏格兰艾尔希尔受洗的教区的名字命名为基尔马特斯堡。

威廉·布朗从乔治堡被派往北方建立城堡。当时整个哈得孙湾公司在新喀里多尼亚的全部人员仅有36名“仆人”和8名“绅士”。巴宾堡剩余的鲑鱼被运往圣詹姆斯堡和乔治堡。鲑鱼的存在使哈得孙湾公司意识到要建立与海洋的联系，这促使布朗和乔治·辛普森去琢磨，这条向北流的巴滨河是否能够与想象中的库克河连接(尽管1794年乔治温哥华已经证实了这种连接不存在)。直到由首席贸易商布朗率领的探险队(组建于1824年)解散，仍然没有找到与斯基纳河的联系。1829年巴滨堡短暂关闭，但不久又重新运营直到1872年。旧城堡遗址就在其原始位置。

1824— 温哥华堡在约翰·麦克洛克林的指挥下建于哥伦比亚河河口约100英里处，其位置选在哥伦比亚河北岸的一个大草原斜坡上，距与威拉米特河交汇处6英里，离河岸一英里的地方，用以替代乔治堡。这里全年河水深度至少14英尺。温哥华堡于1825年3月19日命名，并于1829年迁至离河岸更近的地方。这座750英尺长的栅栏里还拥有一座总督官邸、一个学术大厅、哥伦比亚大学图书馆和博物馆。城堡外有一个小镇和一个1500英亩的农场。

“俄勒冈之旅”正式开始于1843年，美国移民大量涌入，征服了这个地区温和的法裔加拿大农民军团。麦克洛克林经常帮助这些新来者，一位历史学家称此为“可怕的兄弟情谊”。1846年该地正式纳入美国版图前,温哥华堡就一直是“西部斜坡”上毛皮贸易的焦点。1860 年哈得孙湾公司最终遗弃了温哥华堡。

1845 年的温哥华堡

1825— 乔治·辛普森决定解散科尔维尔堡以东 60 英里的斯波坎庄园之后,哈得孙湾公司修建了科尔维尔堡,位置在凯特尔福尔斯波蒂奇上方,哥伦比亚河与凯特尔河的交汇处。4 月,乔治·辛普森亲自测量了科尔维尔堡的大小,认为那是“一个可以建造农场的极好的地方”。他预见可以种植充足的谷物和土豆来“供养所有的哥伦比亚本地人,饲养大量的牛和猪向英国海军提供牛肉和猪肉”。科尔维尔堡给新喀里多尼亚和哥伦比亚区供应食物,给埃德蒙顿堡供应小麦种子,并作为新毛皮军团运输系统的一个组成部分促进了新喀里多尼亚与哥伦比亚之间的联系。科尔维尔堡是为了纪念一位哈得孙湾公司伦敦委员会成员安德鲁·科尔维尔而命名的,他是塞尔扣克勋爵的亲戚,他妻子的名字就是韦德本—科尔维尔。1855 年华盛顿州第一次淘金潮发生在科尔维尔堡。科尔维尔堡持续运营到 1871 年。该处位置现在被罗斯福湖淹没。1859 年在哈得孙湾公司的科尔维尔堡的上游建立了一座名为科尔维尔堡的联邦城堡。

1827— 18 世纪末努特卡湾成为不列颠哥伦比亚省毛皮贸易的“麦加”,19 世纪初,贸易中心则转移到了兰利堡这座北纬 49 度以北、首座由哈得孙湾公司建立的城堡。

兰利堡以哈得孙湾公司要员托马斯·兰利的名字命名。1824 年乔治·辛普森首次西海岸之行后天真地做出应该将弗雷泽河视为通往内陆的一个贸易路线的决定，之后就修建了兰利堡。辛普森事先既没见过弗雷泽河，也没有读过西蒙·弗雷泽关于在弗雷泽峡谷航行时所面临的重重困难的描述，他派遣哈得孙湾公司贸易商詹姆斯·麦克米伦探查弗雷泽河口周围地区。麦克米伦在 1824 年 11 月 24 日带着 38 人离开俄勒冈的乔治堡，探查合适的修建地点。从北纬 49 度的邦德里湾出发，麦克米伦的勘察队沿尼克美克河泛舟而上，后经过陆路到达萨蒙河，再划船到弗雷泽河。他们花了好几天时间来探测河的两岸。

做完汇报后，麦克米伦于 1827 年奉命回到弗雷泽河下方，开始在现在标记为德比河道区域公园的地方修建兰利堡。该城堡鼓励昆特兰部族搬迁到位于今天的梅普尔山脊的卡拉卡克里克河口附近的一个名叫 Ts’elexwa:yel 的新村庄。修建城堡的部分原因是为了阻止美国人向北扩张，但是该城堡很快吸引了来自不同地方的原住民商人，有的来自于弗雷泽河流域，也有来自于努克萨克、斯卡吉特、卡拉兰姆、松吉斯、西彻尔特、萨尼奇、考伊琴、彻梅纳斯、纳奈莫和斯阔米什等地的村庄。农业公司在“兰利大草原”实施了。

为了避免洪水泛滥，1839 年城堡搬迁至萨蒙河口上游 2.5 英里处，于是昆特兰人直接穿过城堡将他们的村庄搬迁到麦克米伦岛上的斯夸里特，人们称他们为兰利部落。建成后不到一年，整个城堡，其中包括四座碉堡和一个栅栏，全部毁于 1840 年的一场大火。詹姆斯·默里·耶鲁监管修建一座新的 108 英尺长 82 英尺宽的大院，里面有卡纳卡劳工住所，官邸或称“大房子”、厨房、制桶车间、锻工车间、木工车间、仓库以及其他住宅。

尽管 1848 年和 1852 年发生了火灾，兰利堡还是成为成千上万淘金者的聚集点，他们于 1858 年蜂拥至弗雷泽河沙洲，在兰利堡外搭建起一个棚户区。由于担心美国的淘金者会使得美国吞并兰利堡地区，温哥华岛总督詹姆斯·道格拉斯发起一项英国议会法案宣告这块大陆为英国殖民地。因此，1858 年 11 月 19 日道格拉斯在兰利堡的“大房子”里举行仪式，宣誓就任不列颠哥伦比亚省第一任总督。

由于是不列颠哥伦比亚所谓的发源地，兰利堡被指定为新区首府，后来皇家工程师理查德·克莱门特·穆迪上校说服政府当局，将不列颠哥伦比亚省名义上的总部迁至新威斯敏斯特。兰利堡仍然保持运行到1895年。1958年，为了配合不列颠哥伦比亚省的百年庆典，开始对该处遗址进行遗产保护与重建工作。兰利堡旅游景点现在由加拿大国家公园局管理。兰利区成立于1873年，与奇利瓦克一起享有不列颠哥伦比亚省最古老城市的盛誉。

1827—　康诺利堡(康诺利湖、贝尔湖)位于巴宾湖以北的贝尔湖上，北纬56度以北，是由詹姆斯·道格拉斯为哈得孙湾公司建造的，并以道格拉斯的岳父、新喀里多尼亚首席代理商威廉·康诺利的名字来命名。

托马斯·蒂尔斯被派驻遥远的人烟稀少的奥米尼卡任职，和他在一起的是他的原住民妻子以及他们的三个孩子，还有一个即将出生。蒂尔斯在1830年写道："我现在待在一个非常可怕的令人沮丧的地方，艰难之处在于一年只有两次能看到活人，几乎没有外界的消息，眼前只有终年的积雪。除此之外，在我们的南方有一个部落也令我们相当担心。"到1829年，新喀里多尼亚职员A. C. 安德森估计康诺利堡周围的原住民人口只有137人，但一直到19世纪90年代才关闭了该贸易站。

1829—　奇尔科廷堡(奇尔科廷湖)是由哈得孙湾公司建造于奇尔科廷河和奇尔库河交汇处，靠近奇尔科廷湖南端。其建设时间原定于1827年，但由于哈得孙湾公司员工在亚历山大堡附近的一场部落之战中帮助了奇尔科廷的敌人而不得不推迟。1829年，新喀里多尼亚职员A. C. 安德森估计奇尔科廷堡周围原住民人口已经减少到到600人，包括儿童在内。

奇尔科廷堡是亚历山大堡的附属机构，资深贸易商人约翰·托德在1830年写道："对它期望不高。"他提到了周边地区比如奇尔卡顿。1838年一些奇尔科廷人威胁要进攻这个相对未受保护的城堡。1844年城堡关闭。

1829—　霍尔基特堡在麦肯齐区的庇护下由哈得孙湾公司建造于不列颠哥伦比亚省北部特劳特河与利亚德河(今天被称为纳尔逊堡河)东部支流交汇处。1829年6月27日约翰·哈钦森带领由四个人组成的建筑队离开辛普森堡，经过纳尔逊堡(1805年西北公司建造)的废墟。纳尔逊堡是1829年"印第安大屠杀"后被遗弃的。尽管乔治·辛普森评价哈钦森"既软弱又脆弱，不适应繁重和忙碌的工作"，他们还是建成了霍尔基特堡。城堡以哈得孙湾公司负责人约翰·霍尔基特的名字来命名，他曾担任塞尔扣克勋爵遗嘱的执行人并辅助乔治·辛普森于1822年重组哈得孙湾公司。1832 年霍尔基特堡向西搬迁，最终形成了不列颠哥伦比亚纳尔逊市。霍尔基特堡于 1875 年关闭。

1831— 1824 年乔治·辛普森将北部海岸描述为"一个毛皮大集市"，之后哈得孙湾公司建造了辛普森堡（纳斯堡），位置在纳斯河上波特兰湾与斯基纳河之间。在 1830 年 8 月一个温暖的日子里，船长埃米利乌斯·辛普森乘帆船"卡布罗"号，在上游 14 英里处选择了一个"突出"的地点，他当时并没有意识到这个位置在冬天很容易遭受刺骨寒风的侵袭。1831 年彼得·斯科因·奥格登修建了纳斯堡，随后将其改名为辛普森堡以纪念城堡创建后不久就去世的埃米利乌斯·辛普森。

作为著名的"比弗"号船长，威廉·亨利·麦克尼尔两次继任了约翰在辛普森堡的工作：从 1851 年到 1859 年，从 1861 年到 1863 年。

大约在 19 世纪 30 年代的辛普森堡

尽管毛皮贸易是有利可图的，尼斯加人也很配合，1834 年 8 月“森林女神”号的到来，迫使城堡人员转移到斯蒂金河。俄罗斯人阻止“森林女神”号进入它的目的地。经过与“奇卡高夫”号十天的紧张对峙，彼得·斯苛因·奥格登显示出非凡的斗志，决定去掌管大约 160 英里外的纳斯海峡以南和狄克森海峡以东的地方，一直到麦克洛克林港口庇护的水域。在那里，邓肯船长、威廉·托尔米博士和奥格登为另一个辛普森堡(麦克洛克林港)修建了一座栅栏。“森林女神”号于 1834 年 7 月 15 日出发，从原来的城堡取回了木材。中尉埃米利乌斯·辛普森的遗体被挖出带到新堡。

在第一个五年经营期间，辛普森堡交易了 15,000 张海狸皮，毛皮贸易利润超过了不列颠哥伦比亚海岸线上的其他所有的太平洋贸易站。19 世纪 30 年代，约翰·邓恩这样描述那些乘坐 30 到 50 英尺长的独木舟而来的原住民：“他们一连几个星期聚集在这里，简直把堡变成了市场。在这个时候，就必须要求公司员工进行严格有序的管理以保护城堡……他们把毛皮作为礼物送给公司员工；一、两天后，贸易商回赠给他们英国制造的衣服作为答谢。”1836 年哈得孙湾公司的双桅帆船的到来使辛普森堡感染了天花，但贸易并没有因此中断。到 1840 年，有九个部落在城堡附近建有越冬村庄，有四个部落在辛普森堡周围，其余五个在附近的维利奇岛上。奇姆钦西安海岸冬季人口曾经一度超过两千，被乔治·辛普森描述为“哈得孙湾公司的护卫”，特里吉特人，尼斯加人和海达人仍在城堡进行贸易。1842 年，爱德华·艾伦在辛普森堡开办了一所学校，这是在现在的不列颠哥伦比亚省边界上的第一所学校。

1833— 麦克洛克林堡是奉邓肯·芬利森之命，修建在岩石林立的坎贝尔岛上，位于菲茨休海峡的拉马帕西奇，辛普森堡以南大约 200 英里，靠近今天的贝拉贝拉的位置。麦克洛克林堡最初被称为米尔班克湾，这个名字源于它连接的海峡。麦克洛克林堡建在有 500 名被乔治·辛普森称为“巴拉波拉斯”的原住民村子附近。麦克洛克林堡最初的代理商约翰·邓恩奉命去压低毛皮价格，并且“如果可能的话，取消有害的、不体面的烈酒条款作为交换；因为美国船只曾到过这里，并以高价出售烈酒”。

到 1814 年，辛普森估计在麦克洛克林堡进行交易的原住民有 5000 多名。1824 年查尔斯·罗斯接任唐纳德·曼森后，他预计，“比尔比拉”

人口已经增长到1500人,增加了650名“贝尔霍拉”人。随着维多利亚堡的修建,麦克洛克林堡在1843年关闭。

1833— 两艘经过哥伦比亚河的哈得孙湾公司的船只(1829年“威廉&安”号、1830年“伊莎贝拉”号)穿越沙洲被摧毁之后,阿奇博尔德·麦克唐纳在位于今天的华盛顿州的普吉特湾修建了尼斯阔利堡,作为温哥华堡的替代港口。首席贸易商人弗朗西斯·赫伦从麦克唐纳手中接管了尼斯阔利三角洲塞阔里特奇·克里克附近的尼斯阔利堡。

尼斯阔利堡是在普吉特湾第一个永久性的欧洲定居点,它的重要性在1841年得到强化。这一年乔治·辛普森爵士在等待安全穿过哥伦比亚河沙洲时在考利茨滞留了三个星期。这令人沮丧的拖延促使辛普森决定放弃温哥华堡——并且决定其在海上的功能由维多利亚堡、尼斯阔利堡和兰利堡替代。

威廉·弗雷泽·托尔米博士1843年掌管尼斯阔利堡,1846年他负责监督新城堡扩建。尽管美国在1859年就接管了尼斯阔利堡,哈得孙湾公司直到1869年才得到美国政府对其属下普吉特海湾农业公司的耕地补偿。

1835— 埃辛顿堡的名字源于埃辛顿河口,由哈得孙湾公司建造,位于斯基纳河河口附近的斯基纳河与埃克斯托尔河交界处。埃辛顿河口是1793年乔治·温哥华船长为纪念皇家海军上尉威廉·埃辛顿而命名的。奇姆钦西安人称这个地方为“Spokeshute”,意思是“秋天野营的地方”。后来一个名叫罗伯特·坎宁安的爱尔兰商人为埃辛顿港这个19世纪下半叶就拥有了六个罐头厂的多元文化繁荣城市又改名换姓。

1837— 考利茨堡(考利茨农场)主要是一个农业中心,由哈得孙湾公司修建,毗邻尼斯阔利堡。1839年,在温哥华堡外修建了第一个布道场所,弗朗西斯·布兰切特神父引进了奇妙的天主教化工具——“天主教阶梯”或“sa-cha-lee-stick”,由布兰切特的助手莫德斯特·德默斯管理圣弗朗西斯沙维尔布道团。

1838— 迪斯莱克堡以哈得孙湾公司代理商彼得·华伦·迪斯的名字命名,由罗伯特·坎贝尔修建于迪斯莱克东侧的索米尔角,作为探测斯蒂金河的大本营。迪斯莱克堡不久就被遗弃了,但1827年的卡西亚淘金潮却使得附近的迪斯莱克南端兴起了城镇。城镇坐落在斯图尔特/卡西亚公路上，距离纳尔逊堡370英里，在特伦斯以北480英里处。迪斯莱克东北的玉石矿藏赋予它“世界玉石之都”的称号。

1839— 哈得孙湾公司在火奴鲁鲁的贸易站是哈得孙湾公司总裁约翰·佩利爵士的表弟乔治·佩利指挥修建的。1842年，乔治·辛普森乘坐“考利茨”号在桑威奇群岛游历了一个月，并且在毛依岛拉海纳宫殿拜见了夏威夷国王。

火奴鲁鲁贸易站如此重要是因为它是夏威夷劳工招募中心。夏威夷劳工被称为“卡纳卡斯”，意思是人或人类。很快哈得孙湾公司在太平洋海岸几乎一半的劳动力是“卡纳卡斯”，他们在温哥华的斯坦利公园和华盛顿的卡拉玛形成了“卡纳卡”社区。

1816年的火奴鲁鲁国王卡梅哈梅哈一世，路易斯·科尼绘制

弗雷泽海底峡谷的卡纳卡沙洲隧道证明了夏威夷劳工的存在，他们先前住在兰利堡附近的卡纳卡·克里克。纳奈莫附近的纽卡斯尔岛有一个卡纳卡海湾。维多利亚的皇后酒店就坐落在叫做“卡纳卡街”的贫民区遗址上。一些夏威夷人住在温哥华登曼街尾端的“卡纳卡牧场”，现在那里是一个海湾酒店。在北温哥华的索米尔工人住在慕迪维的“卡纳卡街”，这是哥伦比亚省内第二大的夏威夷定居点，仅次于有一条“卡纳卡路”的盐泉岛。

盐泉岛民汤姆·科佩尔出版《卡纳卡：夏威夷的拓荒者在不列颠哥伦比亚省和太平洋西北地区鲜为人知的故事》。不列颠哥伦比亚最活跃的历史学家之一让·巴曼出版的《玛丽亚的岛屿》，描述了一个半夏威夷血统女子玛丽亚,她于1857年左右出生在维多利亚,具体地点可能在埃斯奎莫尔特。苏珊·多比的《鹰击长空》是一部关于兰利堡的卡纳卡人的历史小说。后来巴曼和布鲁斯·沃森又出版了《离开天堂:在太平洋西北地区的夏威夷土著居民,1787—1789年》,这是把卡纳卡人作为个体来识别和归类的全面研究。

1840— 塔库堡(塔科或者达勒姆堡)由詹姆斯·道格拉斯创建于塔库湾以南15英里处。之前道格拉斯曾与麦克尼尔船长乘"比弗"号航行至上游大约35英里的地方,那里盛产鹿肉,"基尔卡特"人也愿意进行交易。道格拉斯在北部的一个村子里拜访了基尔卡特首领,了解到最近一艘美国贸易船船员杀死45名原住民的经过。到1841年,来自塔库堡的大约1200张鹿皮已经在伦敦售出。随着维多利亚堡修建,塔库堡于1843年关闭。

1840— 斯蒂金堡是詹姆斯·道格拉斯给俄罗斯贸易站兰格尔堡取的新名,由俄罗斯人1834年在兰格尔岛北部旅行时建造,位置在朱诺以南大约155英里处。俄国人称之为狄奥尼修斯堡,或圣狄奥尼修斯堡垒。据道格拉斯所说,斯蒂金堡毗邻的泥滩"使周围的空气充斥着令人作呕的气味"。哈得孙湾公司与俄罗斯于1839年达成十年租赁协议并按此转让所有权。该协议是1834年哈得孙湾公司的彼得·斯苛因·奥格登遵从1825年协议试图在斯蒂金河畔修建一座城堡遭到强制劝退后英国对此正式提出抗议而签订的。1836年和1840年爆发的两次天花疫情使特里吉特人数量减少。1849年斯蒂金堡被遗弃。

1841— 哈得孙湾公司决定不再花费30,000美元来购买罗斯堡废墟,就在今天的圣弗朗西斯科这个地方修建了耶尔巴·布埃纳,以作为在加利福尼亚的第一个哈得孙湾公司贸易站。1814年1月1日,詹姆斯·道格拉斯带着36人乘"哥伦比亚"号到达加利福尼亚蒙特雷,并获得美国人和西班牙人的许可来开展他们的商业冒险。

道格拉斯的上司约翰·麦克洛克林派遣他的女婿威廉·格伦·雷以4600美元的价格收购耶尔巴·布埃纳湾的海滨物业。1841年12月30日麦克洛克林带着他的女儿埃洛伊塞(也就是雷的妻子)与道格拉斯一起乘"考利茨"号参观了哈得孙湾公司在加利福尼亚的新总部。

随着这个小区的发展,到1844年,里面至少有12间房屋和50个居民，但雷没有能够取悦于当地人。雷是一个嗜酒如命的苏格兰人并且容易抑郁，他插手地方政治使得他的反美情绪众所周知。

1845年1月19日，在他妻子知道他一直对她不忠之后，他在妻子面前开枪自杀身亡。

耶尔巴·布埃纳路边的饰板

在蒙特雷的英国副领事詹姆斯·亚历山大·福布斯负责哈得孙湾公司的经营活动。到1846年3月，杜格尔·麦克塔维什到来，清算在耶尔巴·布埃纳的哈得孙湾公司蒙哥马利街公司资产为5000美元。这时，约翰·麦克洛克林已经辞职，哈得孙湾公司扩张到加利福尼亚的动力随之消亡。哈得孙湾公司的房屋变成了一个宾馆，并毁于1850年6月14日的一场火灾。四年后，当市政工人在附近的商业街挖下水道时发现了一个棺材。透过这个棺材的椭圆形玻璃窗，当地一个名叫查尔斯·R.邦德的人认出那是威廉·格伦·雷的尸体，尸体被重新安葬在耶尔巴·布埃纳公墓，即现在圣弗朗西斯科市政府所在地。

1843— 当詹姆斯·道格拉斯选择将维多利亚堡（卡莫森堡）修建在卡摩萨克港可耕地附近时，他在给乔治·辛普森的信中描述这个地方是

“一个安全和便利的港口，利于防御，有水力可用于磨坊和锯木厂，丰富的木材可用于家庭消费和探险，附近非常适合大规模耕作和放牧”。城堡最初由三名职员带领50个人修建而成，后来成为了落基山脉以西的哈得孙湾公司总部，基本上取代了哥伦比亚河上的温哥华堡。1849年伦敦建立温哥华岛殖民地之后，首次立法议会在该城堡里召开。城堡的棱堡在1861年被毁，它的毛皮仓库变成了皇家剧院(在1892年被毁)。它的位置靠近海滨，就在今天的维多利亚的福特街上。

1845的维多利亚堡，亨利·瓦尔绘制

1846— 佩利·班克斯堡由前霍尔基特堡职员罗伯特·坎贝尔修建于育空地区的佩利河畔，1850年火灾后被废弃，后来这里成了泰勒与杜利贸易站，再然后成了卡斯卡人定居点。罗斯河原住民议会和育空地区遗产资源部于2003年开始探查佩利·班克斯地区的历史遗迹。

1847— 育空堡由哈得孙湾公司非法建造在俄国领土上，靠近育空河与波丘派恩河的交汇处，在北极圈内，它的位置一直保密了20年。最初从1847年到1851年由其创始人亚历山大·亨特·默里和他的17岁的新娘安妮·坎贝尔(首席贸易商人柯林·坎贝尔的女儿)一起管理。默里的城堡有三座原木房子，周围是100平方英尺的栅栏，城堡的每个角落各有一座棱堡。

虽然这是哈得孙湾公司最偏远的贸易站之一，但它同时也是持续盈利时间最长的贸易站之一。其他由哈得孙湾公司创建的育空贸易站还有皮尔河、拉皮埃尔庄园、弗朗西斯湖、佩利·班克斯和塞尔扣克堡。

1847— 约翰·奥维德·阿拉德在1817年出生于蒙特利尔,父母是法国人。兰利堡首席哈得孙湾公司贸易商人詹姆斯·默里·耶鲁授意并派遣他带着20个人到弗雷泽河上被称为“瀑布”的地方,去修建耶鲁堡。奥维德·阿拉德遵从指令在弗雷泽峡谷底端附近修建了一个商店和一个“落脚点”,他修建的哈得孙湾公司堡后来扩大成为耶鲁社区。这个曾经是圣弗朗西斯科以北和芝加哥以西最大的城镇,1858年淘金热之后就发展为能容纳三万人。然而,阿拉德在建造这个城镇所起的作用,却很少被提及。

约翰·奥维德·阿拉德还修建了西蒙庄园,位置在斯普珠姆镇。在那里,哥伦比亚运输队可以乘轮渡穿越弗雷泽河。当亨利·纽沙姆·皮尔斯发现通向峡谷更安全和便捷的路径时,阿拉德奉命放弃耶鲁堡去科基哈拉河与弗雷泽河交汇处附近修建霍普堡。他还被派遣到纳奈莫一段时间去监管公司的新煤矿。最终,约翰·奥维德·阿拉德死于兰利堡,那也是他帮助建造的城堡。

1870年,在耶鲁堡和周边众多的帐篷群举行了一次政治会议,史称“耶鲁会议”。由此,不列颠哥伦比亚正式成为加拿大新联邦的一个省。此图作于耶鲁会议十五年之后。

1847— 沃特斯堡是在所谓惠特曼大屠杀之后由俄勒冈州志愿者在

怀拉特普传教会的废墟上重建而成，它位于华盛顿瓦拉瓦拉附近，现在该处是惠特曼传教会国家历史遗址。

1848— 吉利厄姆堡是由俄勒冈志愿者修建，位于今天的华盛顿北博纳维尔附近。它规模小，存在时间也短，被称为小木屋营地。

1848— 由于人们觉得进出耶鲁堡的路途太危险，约翰·奥维德·阿拉德就修建了霍普堡。阿拉德带着他的探险队在弗雷泽峡谷之行中失去了70匹马和80件货物。阿拉德写道："有五人辞职，一人自杀，没有带回任何贸易货物。"

霍普堡的地址是由哈得孙湾公司的勘测员亨利·纽沙姆·皮尔斯选择的。1849年，他娶了詹姆斯·耶鲁的一个女儿为妻，1864去世。霍普堡最初作为维多利亚堡和坎卢普斯堡之间的交通纽带，后来逐渐成为淘金者的主要补给站。该贸易站在1892年关闭。

1848— 塞尔扣克堡(育空)由罗伯特·坎贝尔修建于佩利河与育空河交汇处。1852年，坎贝尔将贸易站搬迁到更高的地方后不久，塞尔扣克堡(育空)被基尔卡特·吉特勇士捣毁了，他们怨恨哈得孙湾公司干涉他们与阿萨巴斯卡族国之间的贸易。坎贝尔被迫逃生，得到塞尔扣克首领哈南的保护。坎贝尔将他的姓氏赠送给哈南以表谢意，哈南的后代至今仍沿用着坎贝尔的姓氏。

尽管坎贝尔成功地到达明尼苏达(大部分时间是步行)，但他还是没有说服哈得孙湾公司发动对奇尔卡人的反攻。

一个叫阿瑟·哈珀的贸易商人1892开了一家商店，直到1938年哈得孙湾公司才回到塞尔扣克堡。1951年哈得孙湾公司又一次遗弃了塞尔扣克堡。

1849— 鲁珀特堡由哈得孙湾公司修建，目的是开发温哥华岛北端的煤炭资源。1835年当地的夸夸卡瓦克人就已经注意到了这些矿藏。温哥华岛北端的原住民辨认出这种在麦克洛克林堡的锻铁炉里燃烧的"克拉克石头"，使得他们早在1836年当约翰·邓恩和邓肯·芬利森乘"比弗"号首航到访比弗湾时，就向汽轮"比弗"号提供了煤炭。约翰·邓恩写道："当地人盼望我们应该雇佣他们挖煤；对此我们表示同意，并同意他们每挖一大箱子煤就给他们一笔钱。当地人如此众多，劳动力极其便宜，要是我们去挖煤的话，我们肯定会乐疯了。"鲁珀特堡继续给哈得孙湾公司提供毛皮和煤炭。1883年鲁珀特堡的房子被卖给哈得孙湾公司代理商罗伯特·亨特，用以经营一个商店。1889年鲁伯特堡大部分毁于一场大火。

这张麦克劳德贸易站的照片是由布鲁斯·拉姆在堡关闭三十年后拍摄的。这幢被称为WM贸易站的建筑物，可以被看做是哈得孙湾公司的巨大的毛皮贸易网络最后的遗迹，这张网络在不列颠哥伦比亚省运行了差不多一个半世纪。这个贸易站由贾斯汀·麦金太尔负责，里面有采购沙金的天平秤。它的名字源于附近的弗雷泽河上的WM牧场，处于萨米特莱克运输路线末端。

哈得孙湾公司兰利堡，美国边界委员会委员詹姆斯·麦迪逊·奥尔登1858年拍摄

压缩的权利仓库

“这些用尖桩围住的圈地每隔两三百英里就出现一个，就像隐蔽在无边无际的大草原上的散兵坑——他们是什么呢？

“对那些愚昧的、没有思想的印第安人来说，他们就是最佳的军火库，以及赋予拥有者在战争与狩猎中超人力量的武器，他们拥有的尖利的钢铁工具使自然的一切变得血腥；在里面编织的羊毛可以抵抗寒冷、疾病和死亡；带来的闪闪发光的财富足以让愚钝的老年变得年轻有才；并且重要的是，“香烟”和“美酒”这些东西的确能使人反应迟钝，使人们的身体暂时脱离痛苦。

“对于那些建造者和各地的白人而言，这些孤立的简陋的围栏有着截然不同的意义：他们是压缩的权利仓库，支配着土地和土地上所有的一切；他们是这些统治者带来的病菌，雨后春笋般迅速蔓延整个荒原。这些病菌在其带来的灾难性的恶果中逐渐消亡。”

休伯特·豪·班克里夫特，《不列颠哥伦比亚历史》，1887 年

参考书目

Abbott, G. H. *Coquille Vocabulary, Manuscript No. 125.* Washington, D. C.: National Anthropogical Archives, Smithsonian Institution, 1858.

Adam, Graeme Mercer. *The Canadian North West, Its history and Its Troubles from the Early Days of the Fur-Trade to the Era of the Railway and the Settler, with Incidents of Travel in the Region and the Narrative of Three Insurrections.* Toronto: Rose Publishing Company; Whitby, J. W. Robertson & Bros., 1885.

Adams, John. *Old Square-Toes and His Lady: The Life of James and Amelia Douglas.* Victoria: Horsdal & Schubart, 2001.

Akrigg, G. P. V. & Helen B. Akrigg. *British Columbia Chronicle, 1778—1846: Adventures by Sea and Land.* Vancouver: Discovery Press, 1975. a

Alcorn, Rowena L. & Gordon Dee Alcorn. *Paul Kane: Frontier Artist and Indian Painter.* Wenatchee: Daily World Press, 1971.

Allen, Opal Sweazea. *Narcissa Whitman: An Historical Biography.* Portland, Oregon: Binfords & Mort. 1959.

Ashby, Daryl. *John Muir: West Coast Pioneer.* Vancouver: Ronsdale, 2005.

Ballantyne, R. M. *The Pioneers: A Tale of the Western Wilderness Illustrative of the Adventures and Discoveries of Sir Alexander Mackenzie.* London: James Nisbet, 1883.

Bancroft, Hubert Howe, Amos Bowman Nemos & Alfred Bates. *The Histoty of the pacific States, Vol. XXVII British Columbia 1792—1887.* The History Company, 1887.

Barker, Burt Brown, ed. Letters of John McLoughlin, Written at Fort Vancouver 1829—1832. Portand: Oregon Historical Society, Binfords and Mort, 1948.

Barker, BurtBown. *The McLoughlin Empire and Its Rulers: Doctor John McLoughlin, Doctor David McLoughlin, Marie Louise (Sister St. Henry); an Account of Their Personal Lives, and of Their Parents, Relatives and Children; in Canada's Quebec Province, in Paris, France, and in the West of the Hudson's Bay Company.* Northwest Historical Series 5. Glendale, California: Arthur H.

Clark, 1959.

Barratt, Glynn. *Russia in Pacific Waters, 1715—1825: A Survey of the Origins of Russia's Naval Presence in the North and South Pacific*. Vancouver: UBC Press, 1981.

——. *Russian Shadows on the British Pacific Northwest Coast of North America, 1810—1890: A Study of Rejection of Defence Responsibilities*. Vancouver: UBC Press, 1983.

Beattie, Judith Hudson & Helen M. Buss, eds. *Undelivered Letters to Hudson's Bay Company Men on the Northwest Coast of America, 1830—57*. Vancouver: UBC Press, 2003.

Belcher, Edward. *Narrative of a Voyage Round the World, Performed in Her Majesty's Ship Sulphur, During the Years 1836—1842, Including Details of the Naval Operations in China, from Dec.* 1840 *to Nov.* 1841. London: Henry Colburn, 1843.

——. H. M. S. *Sulphur on the Northwest and California Coasts, 1837 and 1839: The Accounts of Captain Edward Belcher and Midshipman Francis Guillemard Simpkinson*. Ed. Richard A. Pierce & John H. Winslow. San Francisco: Book Club of California, 1969. Simpkinson's manuscript journal is in the University Library of Cambridge University.

Belcher, Edward & Richard Brinsley Hinds (uncredited). *The Botany*... [*and*] *The Zoology of the Voyage of H. M. S. Sulphur.* 2 *vols.* London: Smith, Elder, 1843.

Belyk, Robert. *John Tod: Rebel in the Ranks*. Victoria: Horsdal & Schubart, 1995.

Bigsby, John Jeremiah. *The Shoe and Canoe; or Pictures of Travel in the Canadas. Illustrative of Their Scenery and of Colonial Life; with Facts and Opinions of Emigration, State Policy, and Other Points of Public Interest*. 2 Vols. London: Chapman and Hall, 1850.

Binns, Archie. *Peter Skene Ogden: Fur Trader*. Portland: Binfords and Mort, 1967.

Bischoff, William Norbert. *The Jesuits in Old Oregon, 1840—1940*. Caldwell, Idaho: Caxton Printers, 1945.

Bishop, R. P. *Mackenzie's Rock: With a Map Showing the Course Followed by the Explorer From Bella Coola, B. C. to the Rock, and Illustrated with Views Along the Route*. Ottawa: National Parks Historic Site Series, 1925.

Black, Samuel. *Black's Rocky Mountain Journal, 1824*. Ed. E. E. Rich. London: Hudson's Bay Record Society, 1955.

Black, Samuel, E. E. Rich & A. M. Johnson. *A Journal of a Voyage from Rocky Mountain Portage in Peace River to the Sources of Finlays Branch and North West Ward in Summer 1824* . Ed. E. E. Rich. Loudon: Hudson's Bay Record Society, 1955.

Blanchet, Francis Norbert. *A Comprehensive, Explanatory, Correct Pronouncing Dictionary, and Jargon Vocabulary, to which is Added Numerous Conversations, Enabling any Person to Speak Chinook Jargon*. Portland: S. J. M'Cormick, 1852. At least seven editions were released with various titles up to 1879. A copy of the fifth edition in the British Columbia Archives is entitled *Dictionary of the Chinook Jargon: to which is added numerous conversations, thereby enabling any person to speak Chinook correctly*. Portland: S. J. McCormick, 1879. Later editions were compiled by John Kaye Gill (1851—1929). An 18th edition was published in 1960.

——. *Historical Sketches of the Catholic Church in Oregon During the Past* 40 *years; 1838—1878* . Portland: Catholic Sentinel society, 1878.

Blanchet, Francis Norbert & Modeste Demers. *Notices & Voyages of the Famed Quebec Mission to the Pacific Northwest. Being the Correspondence, Notices, etc. of Fathers Blanchet and Demers, Together with Those of Fathers Bolduc and Langlois. Containing Much Remarkable Information on the Areas and Inhabitants of the Columbia, Walamette, Cowlitz and Fraser Rivers, Nesqually Bay, Puget Sound, Whidby and Vancouver Islands while on Their Arduous Mission to the Engages of the Hudson Bay Company and the Pagan Natives 1838 to 1847 . With Accounts of Several Voyages around Cape Horn to Valparaiso and to the Sandwich Islands, etc. Englihshed out of the French by Carl Landerholm.* Portland: Oregon Historical Society, 1955.

Blanchet, Francis Xavier. *Dix Ans Sur La Cote Du Pacifique*. Quebec: Imprimerie de Leger Brousseau, 1873.

Bowsfield, Hartwell, ed. *Fort Victoria Letters 1843—1851* . Winnipeg Hudson's Bay Record Society, 1979.

Brackenridge, H. M. *Journal of a Voyage up the River Missouri*. Baltimore: Coale and Maxwell, 1815.

Brine, Ralph Hunter. *Canada's Forgotten Highway: A Wilderness Canoe Route from Sea to Sea*. Galiano Island: Whaler Bay Press, 1995.

Brown, Jennifer S. H. *Strangers in Blood: Fur Trade Company Families in Indian Country*. Vancouver: UBC Press, 1980.

Bryce, George. *Mackenzie, Selkirk, Simpson*. Toronto: Morang, 1905.

——. *The Remarkable History of the Hudson's Bay Company Including That of the French Traders of North-Western Canada and of the North-West, XY, and Astor Fur Companies*. Toronto: William Briggs, 1900.

海伦和菲利普·阿克瑞恩

Bond, Rowland. *The Original Northwester: David Thompson and the native tribes of North America*. Nine Mile Falls, Washington: Spokane House Enterprises, 1973.

Burpee, Lawrence Johnstone. *On the Old Athabaska Trail*. Toronto: Ryerson Press, 1926.

——. *The Search for a Western Sea: The Story of the Exploration of North-Western America*. Toronto: Musson Book Company, 1908; Toronto, New York, London: Macmillan, 1935.

Campbell, Marjorie Wilkins. *McGillivray: Lord of the Northwest*. Toronto: Clark, Irwin, 1962.

——. *The North West Company*. Toronto: Macmillan, 1957, 1973; Vancouver: Douglas & Mcintyre, 1983.

——. *The Nor'westers: The Fight for the Fur Trade*. Toronto: Macmillan, 1954, 1958, 1974.

——. *The Savage River: Seventy-One Days with Simon Fraser*. Toronto: Macmillan, 1968; Calgary: Fifth House, 2003.

Campbell, Robert. *Two Journals of Robert Campbell (Chief Factor Hudson's Bay Company), 1808—1853 : Early Journal*, 1808 *to* 1851, *Later Journal*, *Sept. 1850 to Feb. 1853* . Ed. John W. Todd. Seattle: Shorey Books, 1958.

Carpenter, Cecelia Svinth. *Fort Nisqually: A Documented History of Indian and British Interaction*. Tacoma: Tacoma Research Service, 1986.

Chance, David H. *Influences of the Hudson's Bay Company on the Native Cultures of the Colvile District*. Moscow, Idaho: University of Idaho, 1973.

——. *Sentinel of Silence a Brief History of Fort Spokane*. Seattle: Pacific Northwest National Parks Association, 1981.

Cherrington, John. *The Fraser Valley: A History*. Madeira Park: Harbour Publishing, 1992.

——. *Mission on the Fraser*. Vancouver: Mitchell Press, 1974.

Clarke, Adele. *Old Montreal: John Clarke, His Adventures, Friends and Family*. Montreal: Herald Publishing, 1906.

Clayton, Daniel W. *Islands of Truth: The Imperial Fashioning of Vancouver Island*. Vancouver: UBC Press, 2000.

Cline, Gloria Griffen. *Peter Skene Ogden and the Hudson's Bay Company*. Norman: University of Oklahoma Press, 1974.

Coates, Kenneth & John Findlay, eds. *Parallel Destinies: Canadian-American Relations West of the Rockies*. Seattle: University of Washington Press, 2002.

Coats, R. H. & R. E. Gosnell. *Sir James Douglas*. Toronto: Morang, 1908, 1910, 1912; London: Oxford University Press, 1926.

Cole, Jean Murray. *Exile in the Wilderness: The Biography of Chief Factor Archibald McDonald, 1790—1853* . Don Mills: Burns & MacEachern, 1979.

Corney, Peter. *Voyages in the Northern Pacific: Narrative of Several Trading Voyages from 1813 to 1818 , between the Northwest Coast of America, the Hawaiian Islands and China, with a Description of the Russian Establishments on the Northwest Coast: Interesting Early Account of Kamehameha's Realm, Manners and Customs of the People, etc, and Sketch of a Cruise in the Service of the Independents of South American in* 1819, *with a Preface and Appendix of Valuable Confirmatory Letters Prepared by Prof. W. D. Alexander.* Honolulu: Thos. G. Thrum, 1896. Reprinted as Early Voyages in the North Pacific by Ye Galleon Press in 1965.

Coues, Elliott, ed. *New Light on the Early History of the Greater Northwest: The Manuscript Journals of Alexander Henry, Fur Trader of the Northwest*

Company, and of David Thompson, Official Geographer and Explorer of the Same Company, 1799—1814 : Exploration and Adventure Among the Indians on the Red, Saskatchewan, Missouri, and Columbia Rivers. 3vols. New York: Francis P. Harper, 1897.

Cox, Ross. *Adventures on the Columbia River, Including the Narrative of a Residence of Six Years on the Western Side of the Rocky Mountains, Among Various Tribes of Indians Hitherto Unknown: Together with a Journey Across the American Continent.* London: Henry Colburn and Richard Bentley, 1831, 1832; New York: J & J Harper, 1832; San Francisco: California State Library, 1942; Portland: Binfords & Mort, 1957.

D'wolf, John. *A Voyage to the North Pacific and a Journey Through Siberia.* Cambridge, Massachusetts: Welch, Bigelow, and Co., 1861; Fairfield, Washington: Ye Galleon Press, 1968.

Daniells, Roy. *Alexander Mackenzie and the North West.* London: Faber and Faber, 1969.

Daunton, Martin J. & Rick Halpern. *Empire and Others: British Encounters with Indigenous Peoples, 1600—1850* . Philadelphia: University of Pennsylvania Press, 1999.

Davidson, George Charles. *The North West Company.* Berkeley: University of California Press, 1918.

Davies, John. *Douglas of the Forests: The North American Journals of David Douglas.* Edinburgh: Paul Harris Publishing, 1979.

Davies, Raymond Arthur. *The great Mackenzie in word and Photograph.* Toronto: Ryerson Press, 1947.

De Volpi, Charles P., ed. *British Columbia, a Pictorial Record: Historical Prints and Illustrations of the Province of British Columbia, Canada, 1778—1891* . Don Mills: Longman, 1973.

Demers, Modeste & F. N. Blanchet. *Chinook Dictionary, Catechism, Prayers and Hymns. Composed in 1839 & 1839 by Rt. Rev. Modeste Demers. Revised, Corrected and Completed in* 1867 *by F. N. Blanchet, with Modifications and Additions by Rev. L. N. St. Onge.* Montreal, 1871.

Douglas, David. *Journal Kept by David Douglas During his Travels in North America, 1823—1827 . Together with a Particular Description of Thirty-three Species of American Oaks and Eighteen Species of Pinus. With Appendices Containing a List of the Plants Introduced by Douglas and an Account of His*

Death in 1834. London: W. Wesley, 1914.

——. *The Oregon Journals of David Douglas, of his Travels and Adventures Among the Traders and Indians in the Columbium Willamette and Snake River Regions During the Years 1825, 1826 and 1827*. Ed. David Sievert Lavender. 2 vols. Ashland: Oregon Book Society, 1972.

Douglas, James. *James Douglas in California, 1841; Being the Journal of a Voyage from the Columbia to California*. Ed. Dorothy Blakey Smith. Vancouver: The Library's Press, 1965.

Drummond, Thomas. *Musci Americani; or, Specimens of Mosses Collected in British North America, and Chiefly among the Rocky Mountains, During the Second Land Arctic Expedition Under the Command of Captain Franklin, R. N.* Glasgow, 1928.

Drury, Clifford M. *More About the Whitmans: Four Hitherto Unpublished Letters of Marcus and Narcissa Whitman*. Tacoma: Washington State Historical Society, 1797.

Dryden, Cecil Pearl. *Up the Columbia for Furs*. Illus. E. Joseph Dreany. Caldwell, Idaho: Caxton Printers, 1949.

Dunn, John. *History of the Oregon Territory and British North American Fur Trade: With an Account of the Habits and Customs of the Principal Native Tribes on the Northern Continent*. London: Edwards and Hughes, 1844.

Dye, Eva Emery. *McDonald of Oregon: A Tale of Two Shores*. Chicago: A. C. McClurg & Co., 1906.

——. *Mcloughlin and Old Oregon: A Chronicle Chicago*: A. C. McClurg & Co., 1900;, 1901, 1902, 1910, 1913; Doubleday, 1926; Portland: Binfords & Mort, 1936; New York: Wilson-Erickson, 1936.

Eaton, Diane& Sheila Urbanek. *Paul Kane's Great Nor-West*. Vancouver: UBC Press, 1995.

Elliot, T. C., ed. "David Thompson and Beginning in Idaho." *Oregon Historical Quarterly* 21(1920): 49—61.

——. *David Yhompson's Journeys in the Pend Oreille Country*. Seattle: Washington University State Historical Society, 1932.

——. *David Thompson, Pathfinder, and the Columbia River*. Kettle Falls: Scimitar Press, 1911.

Fawcett, Brian. *The Secret Journal of Alexander Mackenzie*. Vancouver: Talonbooks, 1985.

——. *Virtual Clearcut: or, the Way Things Are in My Hometown*. Toronto: Thomas Allen Publishers, 2003.

Finlayson, Roderick. *Biography of Roderick Finlayson*. Victoria, 1891.

Fisher, Robin. *Contact and Conflict: Indian-European Relations in British Columbia, 1774—1890*. Vancouver: UBC Press, 1977, 1992.

罗宾·费莎

Fitzgerald, James Edward. *An Examination of the Charter and Proceedings of the Hudson's Bay Company, with Reference to the Grant of Vancouver's Island*. London: Trelawney Saunders, 1849. Reprinted from the Colonial Magazine. August, 1848.

——. *Vancouver's Island, the New Colony*. London: Simmonds, 1848.

——. *Vancouver's Island, the Hudson's Bay Company, and the Government*. London: Simmonds, 1848.

Flandrau, Grace. *Koo-koo-sint, the Star Man: A Chronicle of David Thompson*. St. Paul: Great Northern Railway, 1927.

Franchère, Gabriel. *A Voyage to the Northwest Coast of America*. Ed. Milo Milton Quaife. Chicago: Lakeside Press, 1954. Reprinted in New York by Citadel Press in 1968.

——. *Adventure at Astoria, 1810—1814*. Ed. and trans. Hoyt C. Franchère. American Exploration and Travel Series. Norman: University of Oklahoma Press, 1967.

——. *Journal of a Voyage on the North West Coast of North America During the Years 1811, 1812, 1813 and 1814*. Ed. W. Kaye Lamb. Toronto: Champlain

Society, 1969.

——. *Journal of a Voyage up the River Missouri, performed in 1811, by H. M. Brackenridge* (&) *Narrative of a Voyage to the Northwest Coast of America in the Years 1811, 1812, 1813 and 1814; or the First American settlement on the Pacific*. Ed. Reuben Gold Thwaites. Cleveland: The Arthur H. Clark Company, 1904. A republication of Volume Ⅵ in the "Early Western Travels, 1748—1846" series.

——. *Narrative of a Voyage to the Northwest Coast of America in the Years 1811, 1812, 1813 and 1814; or, the First American settlement on the Pacific*. Ed. Jedediah Vincent Huntington. New York: Redfield, 1854.

——. *Relation d'un Voyage à la Cote du Nord-Ouest de l'Amérique Septentrionale, dans les Années 1810, 11, 12, 13, et 14*. Ed. Michel Bibaud. Montreal: De L'Imprimerie de C. B. Pasteur, 1820.

Fraser, Simon. *The Letters and Journals of Simon Fraser*, 1806—1808. Ed. W. Kaye Lamb. Toronto: Macmillan, 1960.

Galbraith, J. S. *The Hudson's Bay Company as an Imperial Factor, 1821—1869*. Toronto: University of Toronto Press, 1957.

——. *The Little Emperor: Governor Simpson of the Hudson's Bay Company*. Toronto: Macmillan of Canada, 1976.

Gardner, Alison F. *James Douglas*. Don Mills: Fitzhenry & Whiteside, 1976.

Garst, Doris Shannon. *John Jewitt's Adventure*. Illus. Donald McKay. Boston: Houghton Mifflin, 1955.

Gates, Charles M., ed. *Five Fur Traders of the Northwest: Being the Narrative of Peter Pond and the Diaries of John Macdonell, Archibald N. McLeod, Hugh Faries, and Thomas Connor*. Saint Paul: Minnesota Historical Society, 1965.

Gibbon, John Murray. *The Romance of the Canadian Canoe*. Toronto: Ryerson Press, 1951.

Gibson, James R. *The Lifeline of the Oregon Country: The Fraser-Columbia Brigade System, 1811—47*. Vancouver: UBC Press, 1977.

——. *Otter Skins, Boston Ships, and China Goods: The Maritime Fur Trade of the Northwest Coast, 1785—1841*. Montreal: McGill-Queen's University Press, 1992.

Gilbert, E. W. *The Exploration of Western America 1800—1850; an Historical Geography*. Cambridge: Cambridge University Press, 1933; New York: Cooper Square Publishers, 1966.

Gough, Barry M. *Distant Dominion: Britain and the Northwest Coast of North*

America, 1579—1909. Vancouver: UBC Press, 1980.

——. *First Across the Continent: Sir Alexander Mackenzie*. Toronto: McClelland & Stewart, 1997.

——. *The Northwest Coast: British Navigation, Trade and Discoveries to* 1812. Vancouver: UBC Press, 1992.

——. *The Royal Navy and the Northwest Coast of North America, 1810—1914: A Study of British Maritime Ascendancy*. Vancouver: UBC Press, 1971.

——. *To the Pacific and Arctic with Beechey; the Journal of Lieutenant George Peard of H. M. S. Blossom, 1825—1828*. Cambridge: Cambridge University Press, 1973.

Gough, Barry M, ed. *The Hudson's Bay Company in British Columbia: Forts Langley, Kamloops, Victoria and Simpson.* Burnaby: History Dept., Simon Fraser University, 1983.

——. ed. *The Journal of Alexander Henry the Younger, 1799—1814*. Toronto: Champlain Society, 1988, 1992.

Grant, Walter C. *Descriptions of Vancouver Island by Its First Colonist.* London: Royal Geographical Society, 1857.

——. *Remarks on Vancouver Island, Principally Concerning Townsites and Native Population.* London: Royal Geographical Society, 1859.

Green, Lewis. *The Boundary Hunters: Surveying the* 141*st Meridian and the Alaska Panhandle.* Vancouver: UBC Press, 1982.

Greenbie, Sidney. *Frontiers and the Fur Trade.* New York: John Day Company, 1929.

Hafen, Le Roy R., ed. *The Mountain Men and the Fur Trade of the Far West: Biographical Sketches of the Participants by Scholars of the Subject and with Introductions by the Editor.* 10 vols. Glendale, California: Arthur H. Clark Co., 1965—1972. Includes material on John Work and Peter Skene Ogden.

Hafen, LeRoy R. & Ann W. Hafen, eds. *The Far West and Rockies Historical Series, 1820—1875*. 15 vols. Glendale, California: Arthur H. Clark Co., 1954—1961.

Haig-Brown, Roderick Langmere. *Fur and Gold.* Toronto: Longmans, 1962.

Hardwick, Francis C., ed. *The Helping Hand: How Indian Canadians Helped Alexander Mackenzie Reach the Pacific Ocean.* Center for Continuing Education: Indian Education Resources Center, University of British Columbia, 1972.

Hardwick, Francis Chester, Phillip Moir & Sister Mary Paul. *The Helping Hand:*

The Debt of Alexander Mackenzie and Simon Fraser to Indian Canadians. Vancouver: Tantalus Research, 1973.

Hargrave, James. *The Hargrave Correspondence*. Ed. G. P. Glazebrook. Toronto: Champlain Society, 1938.

Harmon, Daniel Williams. *A Journal of Voyages and Travels in the Interior of North America*. New York: Barnes, 1903; New York: Allerton Book Company, 1922. Edited by Daniel Haskel in1820.

——. *Sixteen Years in the Indian Country. The Journal of Daniel Williams Harmon 1800—1816* . Ed. W. Kaye Lamb. Toronto: Macmillan, 1957.

Harris, R. C. *Old Pack Trails in the Proposed Cascade Wilderness*. Summerland: Okanagan Similkameen Parks Society, 1978.

Harris, R. C. , Harley Hatfield & Peter Tassie. *The Okanagan Brigade Trail in the South Okanagan, 1811 to 1849 : Oroville, Washington, to Westside, British Columbia*. Vernon: Wayside Press, 1989.

Harvey, Athelstan George. *Douglas of the Fir: A Biography of David Douglas, Botanist*. Cambridge: Harvard University Press, 1947.

Hayes, Derek. *First Crossing: Alexander Mackenzie, His Expedition Across North America, and the Opening of the Continent*. Vancouver: Douglas & McIntyre, 2001.

Henry, Alexander (the Younger). *New Light on the Early History of the Greater Northwest: The Manuscript Journals of Alexander Henry and of David Thompson, 1799—1814* . Ed. Elliot Coues. 3 vols. New York: Francis P. Harper, 1897; Minneapolis: Ross & Haines, 1965.

Hing, Robert J. *Tracking Mackenzie to the Sea: Coast to Coast in Eighteen Splashdowns*. Manassas, Virginia: Anchor Watch Press, 1992.

Holman, Frederick V. *Dr. John McLoughlin: The Father of Oregon*. Cleveland: Arthur H. Clarke Co. , 1907.

Howard, Helen Addison. *Northwest Trail Blazers*. Caldwell, Idaho: Caxton Printers, 1963.

Howay, F. W. *A List of Trading Vessels in the Maritime Fur Trade, 1820—1825* . 5 vols. Ottawa: Royal Society of Canada, 1930—34. Transactions of the Royal Society of Canada. Third Series, Section II. Vol. XXVIII.

——. *British Columbia: The Making of a Province*. Toronto: Press, 1928.

——. *Builders of the West: A Book of Heroes*. Toronto: Ryerson Press, 1929.

Howay, F. W. & E. O. S. Scholefield. *British Columbia from the Earliest Times to the Present*. Vancouver: S. J. Clarke Publishing, 1914.

Howay, F. W., W. N. Sage & H. F. Angus. *British Columbia and the United States: The North Pacific Slope from Fur Trade to Aviation*. Toronto: Ryerson Press, 1942.

图书馆学专家威廉·凯耶·兰姆编撰了《亚历山大·麦肯齐、西蒙·弗雷泽、加布里埃尔·弗朗奇瑞和丹尼尔·威廉姆斯·哈蒙的书信集》(布伦达·吉尔德画)

Hussey, John A. *Champoeg: Place of Transition: A Disputed History*. Portland: Oregon Historical Society, 1967.

——. *The History of Fort Vancouver and Its Physical Structure*. Portland: Oregon Historical Society, 1957.

——. *Preliminary Survey of History and Physical Structure of Fort Vancouver*. Washington: Dept. of the Interior, National Park Service, 1949.

Irving, Washington. *The Adventures of Captain Bonneville, U. S. A., in the Rocky Mountains and the Far West*. London: R. Bentley, 1837; London: George Routledge & Sons, 1850; New York: G. P. Putnam, 1851; Norman, Oklahoma: University of Oklahoma Press, 1961.

——. *Astoria, or, Anecdotes of an Enterprise Beyond the Rocky Mountains*. Ed. Richard Dilworth Rust. 2 vols. Philadelphia: Carey, Lea & Blanchard, 1936; Lincoln, Nebraska: Bison Books, University of Nebraska Press, 1982.

——. *Rocky Mountains, or, Scenes, Incidents, and Adventures in the West; Digested from the Journal of Captain B. L. E. Bonneville of the United States, and Illustrated from Various Other Sources*. Philadelphia: Carey Lea, & Blanchard, 1837; Paris: Baudry's European Library, 1837.

Jewitt, John. *A Journal, Kept at Nootka Sound by John Rodgers Jewitt, One of the Surviving Crew of the Ship Boston, of Boston, John Saller, Commander, Who Was Massacred on the 22d of March, 1803; Interspersed with Some Account of the Natives, Their Manner and Customs*. Boston: Printed for the author, 1807.

——. *A Narrative of the Adventures and Sufferings of John R. Jewitt, Only Survivor of the Ship Boston, During a Captivity of Nearly Three Years Among the Savages of Nootka Sound, with an Account of The Manners, Mode of Living, and Religious Opinions Of The Natives; Embellished with a Plate Representing the Ship in Possession of the Savages*. Ed. Richard Alsop. London: Longman, Hurst, Rees, Orme & Brown, 1816.

——. *A Journal Kept at Nootka Sound*. Boston: Goodspeed Press, 1931. A reprint of Jewitt's original 1807 version.

——. *The Adventures and Sufferings of John R. Jewitt, Captive of Maquinna*. Illus. Hilary Stewart. Vancouver: Douglas & McIntyre, 1987, 1995. Notes by Robert Brown.

——. *The Adventures and Sufferings of John R. Jewitt, Captive among the Nootka, 1803—05*. Ed. Derek G. Smith & Richard Alsop. Toronto: McClelland & Stewart, 1974.

——. *The Captive of Nootka, or, the Adventures of John R. Jewitt*. New York: J. P. Peaslee, 1835.

Johnson, Enid. *Great White Eagle, the Story of Dr. John McLoughin*. New York: Julian Messner, 1954.

Johnson, Robert Cummings. *John McLoughlin: Patriarch of the Northwest*. Portland: Metropolitan Press, 1935. Reprinted as John McLoughlin, Father of Oregon by Binfords & Mortin1958.

Johnson, Wellwood Robert. *Legend of Langley: An Account of the Early History of Fort Langley and an Intimate Story of the Lives of Some, but Not All, of the Early Pioneers of the District of Langley*. Langley: Langley Centennial Committee, 1958.

Johnston, Sir Harry Hamilton. *Pioneers in Canada*. London: Blackie &son, 1911

Josephy, Alvin M. *David Thompson, Mountain Men and the Fur Trade of the Far West*. Ed. LeRoy Reuben Hafen. Vol. 3. Glendale, California: Arthur H. Clark Company, 1966.

Jujut, Abbe. Mission of Oregon: An Account of the Apostolical Labours of MGR. Demers, Bishop of Vancouver. Paris: Imprimerie de Vrayet de Surcy, 1851.

Kane, Paul. *Paul Kane's Frontier, Including Wanderings of an Artist Among the Indians of North America*. Ed. J. Russell Harper. Toronto: University of Toronto Press, 1971.

——. *Paul Kane, the Columbia Wanderer, 1846—7 : Sketches and Paintings of the Indians and his lecture, "The Chinooks."* Ed. Thomas Vaughan. Portland: Oregon Historical Society, 1971.

——. *Wanderings of an Artist Among the Indians of North America: From Canada to Vancouver's Island and Oregon through the Hudson's Bay Company's Territory and Back Again*. London: Longman, Brown, Green, Longmans & Roberts, 1859; Toronto: Radisson Society of Toronto, 1925; Edmonton: Hurtig, 1968, 1974; Texas: University of Texas Press, 1971.

Karamanski, Theodore J. *Fur Trade and Exploration: Opening the Far Northwest, 1821—1852*. Norman: University of Oklahoma Press, 1983.

Kruzenshtern, Ivan Fedorovich. *Atlas of the Voyage Round the World*. Amsterdam; N. Israel; New York: Da Capo Press, 1813.

——. *Voyage Round the World in the Years 1803, 1804, 1805, & 1806 : By order of His Imperial Majesty Alexander the First, on Board the Ships Nadeshda and Neva, under the Command of Captain A. J. von Krusenstern of the Imperial Navy*. Ed. Richard Belgrave Hoppner. 2 vols. London: J. Murray, 1813.

Lambert, Richard S. *Trailmaker: The Story of Alexander Mackenzie*. Toronto: McClelland & Stewart, 1957.

Lamirande, Emilien. *L' Implantation de l' Eglise Catholique en Colombie-Britannique, 1838—1848*. Ottawa: Extrait de la Revue de I'Universite d'Ottawa, 1958.

Langsdorff, George H. von. *Bemerkungen auf einer Reise um die Welt in den Jahren 1803 bis 1807*. Frankfurt: Friedrich Wilmans, 1812.

——. *Voyages and Travels in Various Parts of the World During the Years 1893—7*. 2 vols. London: H. Colburn, 1813—14. Amsterdam: N, Israel, 1968.

图书管理员 W. 凯·拉姆编辑整理了亚历山大·麦肯齐、西蒙·弗雷泽、加布里埃尔·弗朗奇瑞和丹尼尔·威廉姆斯·哈蒙的日志及信件。此图由布伦达·吉尔德所作。

Laut. Agnes C. *The Conquest of the Great Northwest. Being the Story of the Adventures of England Known as the Hudson's Bay Company*. 2 vols. Toronto: Musson, 1908; New York: George H. Doran, 1918.

Laveille, E. *The Life of Father De Smet, S. J.: Apostle of the Rocky Mountains*. Trans. Marian Lindsay, translator. New York: P. J. Kenedy & Sons, 1915; Chicago, Illinois: Loyola Press, 1981.

——. Le P. *de Smet, apotre des peaux-rouges, 1801—1873*. Liege: Dessain, 1913.

Lent, D. Geneva. *West of the Mountains: James Sinclair and the Hudson's Bay Company*. Seattle: University of Washington Press, 1963.

Lisiansky, Urey. *A Voyage Round the World, in the Years 1803, 4, 5, & 6: Performed, by Order of His Imperial Majesty Alexander the First, Emperor of Russia, in the Ship Neva*. London: John Booth, 1814.

Loring, Charles Greely. *Memoir of the Hon. William Sturgis*. Boston: John Wilson & Sons, 1864.

MacDonald, Ranald. *The Narrative of His Life, 1824—1894*. Ed. William S. Lewis & Naojiro Murakami. North Pacific Studies Series 16. Portland: Oregon Historical Society Press, 1990.

——. *Ranald Macdonald: The Narrative of His Early Life on the Columbia Under the Hudson's Bay Company's Regime; of His Experiences in the Pacific Whale Fishery; and of his Great Adventures to Japan; with a Sketch of his Later Life on the Western Frontier, 1824—1894*. Eds. W. S. Lewis and N. Murakami. Forward by Donald J. Sterling. Spokane: Eastern Washington State Historical Society, 1923. Includes a manuscript originally titled "Japan Story Of Adventure Of Ranald Macdonald, First Teacher Of English In Japan A. D. 1848—1849.

Mackenzie, Alexander. *Alexander Mackenzie's Voyage to the Pacific Ocean in 1793*. Chicago: The Lakeside Press, 1931.

——. *Exploring the Northwest Territory: Sir Alexander Mackenzie's Journal of a Voyage by Bark Canoe from Lake Athabasca to the Pacific Ocean in the Summer of 1789*. Ed. T. H. McDonald. Norman: University of Oklahoma Press, 1966.

——. *The Letters and Journals of Sir Alexander Mackenzie*. Ed. W. Kaye Lamb. Cambridge: Cambridge University Press, 1970.

——. *Voyages from Montreal, on the River St. Lawrence, through the Continent of North America, to the Frozen and Pacific Oceans, in the Years 1789 and 1793: With a Preliminary Account of the Rise, Progress and Present State of the Fur Trade of That Country*. London: R. Noble, 1801; Edmonton: M. G. Hurtig, 1971.

Mackie, Richard Somerset. *Trading Beyond the Mountains: The British Fur Trade on the Pacific, 1793—1843*. Vancouver: UBC Press, 1997.

Macleoid, Fionnlagh. *Alasdair MacChonnich ann an Canada* Steornabhagh: Acair, 1991.

Malloy, Mary. *"Boston Men" on the Northwest Coast: The American Fur Trade, 1788—1844*. Fairbanks: University of Alaska Press, 1998.

——. *Souvenirs of the Fur Trade: Northwest Coast Indian Art & Artifacts Collected by American Mariners, 1788—1844*. Fairbanks: University of Alaska Press, 1998; Cambridge: Peabody Museum Press, 2000.

Malloy, Mary, ed. *A Most Remarkable Enterprise: Maritime Commerce & Culture on the Northwest Coast*. By William Sturgis. Marstons Mills: Parnassus Imprints, 1997.

Manson, Ainslie. *A Dog Came, Too: A True Story*. Illus. Ann Blades. Toronto: Groundwood, 1993.

——. *Alexander Mackenzie*. Toronto: Grolier, 1988.

Margaret, Helene. *Father De Smet: Pioneer Priest of the Rockies*. New York: Farrar, 1940.

Masson, L. R. *Les Bourgeois de la Compagnie du Nord-Quest de V Aoyages, Letters et Rapports Inedits Relatifs Au Nord-Quest Canadien. Publies Une Esquissse Historique et des Annotations.* 2 vols. Cote, Quebec: De L'Imprimerie Generale A. Cote et Cie., 1889—1890; New York: Antiquarian Press, 1960.

McDonald, Archibald. *Peace River: A Canoe Voyage from Hudson's Bay to the Pacific by the Late George Simpson in* 1828; *Journal of the Chief Factor, Archibald McDonald, Who Accompanied Him.* Ed. Malcom Mcleod. Ottawa: J. Durie, 1827; Toronto: Coles Canadian Collection, 1970; Edmonton: M. G. Hurtig, 1971.

——. *The Fort Langley Journals 1827—30*. Eds. Morag Maclachlan & Wayne P. Suttles. Vancouver: UBC Press, 1998.

——. This *Blessed Wilderness: Archibald McDonald's Letters from the Columbia, 1822—44*. Ed. Jean Murray Cole. Vancouver: UBC Press, 2001.

McDonald, Pat. *Where the River Brought Them: 200 Years at Rocky Mountain House and Area.* Rocky Mountain House: Town of Rocky Mountain House. Bicentennial HistoryBook Committee, 2001.

Mckelvie, B. C. *Fort Langley: Birthplace of British Columbia.* Victoria: Porcepic Books, 1991.

——. *Fort Langley: Outpost of Empire.* Vancouver: Vancouver Daily Province, 1947.

Mckenzie, Cecil W. *Donald Mackenzie, "King of the Northwest": The Story of an International Hero of the Oregon Country and the Red River Settlement at Lower Fort Garry (Winnipeg).* Los Angeles: Ivan Deach, Jr., 1937; Markham, Ontario: Stewart Publishing & Printing, 2001.

Mclean, John. *Notes of a Twenty-Five Year's [sic] Service in the Hudson's Bay Territory.* Ed. W. Stewart Wallace. 2 vols. London: Richard Bentley, 1849; Toronto: Champlain Society, 1932.

Mcleod, Malcolm. *Peace River: A Canoe Voyage from Hudson's Bay to Pacific, by the Late Sir George Simpson (Governor Hon. Hudson's Bay Company) in 1828: Journal of the Late Chief Factor, Archibald McDonald (Hon. Hudson's Bay Company), Who Accompanied Him.* Ottawa: J. Durie & Son, 1872.

Mcloughlin, John. *The Financial Papers of Dr. John Mcloughlin: Being the Record of His Estate and of His Proprietory Accounts with the North West Company (1811—1821) and the Hudson's Bay Company (1821—1868).* Ed. Burt Brown Barker. Portland: Oregon Historical Society, 1949.

Mcloughlin, John. *John Mcloughlin's Business Correspondence, 1847—48*. Ed. William R. Sampson. Seattle: University of Washington Press, 1973.

——. *The Letters of John Mcloughlin from Fort Vancouver to the Governor and Committee*. Ed. E. E. Rich. 3 vols. Toronto: The Champlain Society, 1941—1944.

——. *Letters of Dr. John Mcloughlin Written at Fort Vancouver, 1829—1832*. Ed. Burt Brown Barker. Portland: Binfords and Mort, 1948.

Mead, Robert Douglas. *Ultimate North: Canoeing Mackenzie's Great River*. Garden City, New York: Doubleday, 1976.

Meilleur, Helen. *A Pour of Rain: Stories From a West Coast Fort*. Victoria: Sono Nis, 1980.

Mitchell, Anne Lindsay & Syd House. *David Douglas: Explorer and Botanist*. London: Aurum Press, 1999.

Montgomery, Richard G. *The White-Headed Eagle, John Mcloughlin, Builder of an Empire*. New York: Macmillan, 1934.

Morton, Arthur Silver. *A History of the Canadian West to 1870—71; Being a history of Rupert's Land (the Hudson's Bay Company Territory) and of the North-West Territory (including the Pacific Slope)*. London: Thomas Nelson & Sons, 1939.

——. *David Thompson*. Toronto: Ryerson Press, 1930.

——. *The North West Company*. Toronto: Ryerson Press, 1930.

——. *Sir George Simpson, Overseas Governor of the Hudson's Bay Company: A Pen Picture of a Man of Action*. Toronto: J. M. Dent, 1944.

Morwood, William. *Traveler in a Vanished Landscape: The Life and Times of David Douglas*. New York: Clarkson N. Potter; London: Gentry Books, 1973.

Murray, Alexander Hunter. *Journal of the Yukon, 1847—48*. Ed. L. J. Burpee. Ottawa: Government Printing Bureau, 1910.

Nelson, Denys. *Fort Langley, 1827—1927: A Century of Settlement in the Valley of the Lower Fraser River*. Vancouver: Evans & Hastings, 1927.

Nisbet, Jack. *The Mapmaker's Eye: David Thompson on the Columbia Plateau*. Pullman: Washington State University Press, 2005.

——. *Sources of the River: Tracking David Thompson Across Western North America*. Seattle: Sasquatch Books, 1994.

——. *Visible Bones: Journeys Across Time in the Columbia River Country*. Seattle: Sasquatch books, 2003.

O'Meara, Walter. *Daughters of the Country: The Women of the Fur Trader and Mountain Men*. New York: Harcourt, Brace and Word, 1968.

Ogend, Peter Skene. *Fort Simpson Journal*. Vol. 1, 183—1837. Winnipeg: Hudson's Bay Company Archives B:20 L:A:3, Pudlic archives of Manitoba, N. D.

——. "*Peter Skene Ogden's Notes on western Caledonia*." Ed. W. N. Sage. *British Columbia Historical Quarterly* 1(1937):45—56.

——. *Peter Skene Ogde's Snake Country Journals, 1827—1825 and 1828—1829*. Ed. Edwin E. Rich. London: Hudson's Bay Record Society, 1950.

——. *Peter Skene Ogden's Snake Country Journals, 1827—1828 and 1828—1829*. Ed. Glyndwr Williams. London: Hudson's Bay Record Society, 1971.

——. *Traits of American-Indian Life and Character by a Fur Trader*. London: Smith. Elder, 1853; San Francisco: The Grabhorn Press, 1933.

Patterson, Samuel. *Narrative of the Adventures and Sufferings of Samuel Patterson Who Made Three Voyages to the North West Coast of America, and Who Sailed to the Sandwich Islands, and to Many Other Parts of This World Before Being Shipwrecked on the Feegee Islands*. Palmer, Massachusetts: the press in palmer, 1817; Providence, Rhode Island: 1825; Ye Galleon Press, 1967.

——. *S. S. Beaver: The Ship That Saved the West*. Vancouver: Mithell Press, 1969.

——. *Victoria: The Fort*. Vancouver: Mitchell Press, 1968.

Rakestraw, Donald A. *For Honour or Destiny: The Anglo-American Crisis Over the Oregon Territory*. New York: Peter Lang, 1995.

Ray, Arthur J. *Indians in the Fur Trade: Their Role as Trappers, Hunters, and Middlemen in the Lands Southwest of Hudson Bay, 1660—1870*. Buffale: University of Toronto Press, 1974, 1998.

Reynolds, Stephen. *The voyage of the new hazard to the Northwest Coast, Hawaii and China, 1810—1813*. Ed. F. W. Howay. Salem: Peabody Museum, 1938; Fairfield, Washington: Ye Galleon Press, 1970.

Rezanov, Nikolai petrovich. *Rezanov Reconnoiters California, 1806: A New Translation of Rezanov's Letter, Parts of Lieutenant Khvostov's Log of the Ship Juno, and Dr. Georg von Langsdorff Observations*. Ed. Richard A. Pierce. San Francisco: The Book Club of California, 1972.

——. *The Rezanov Voyage to Nueva California in 1806, the Report of Count Nikolai Peterovich Rezanov of His Voyage to That Provincia of Nueva Espana from New Archangel*. Trans. Thomas C. Russell. San Fancisco: The Private

Press of Thomas C. Russell, 1926; Fairfield, Washington: Ye Galleon Press, 1988.

——. *The Romance of Nikolai Rezanov and Concepcion Argüello: A Literary Legend and Its Effect on California History*. Alaska History 48. Ed. Richard A. Pierec. Kingston; Alaska: Limestone Pres, 1998.

1806年,40岁的尼古拉·扎诺夫男爵和15岁的玛丽亚·德拉·康塞普西翁·阿格优罗在一起。后者是圣·弗朗西斯科的西班牙指挥官的女儿。此画由维克多·阿诺特夫所作,陈列在圣·弗朗西斯科的宗教礼拜堂里。

Rich, E. E. *The Fur Trade in the Northwest to 1857.* Canadian Centenary Series 11. Toronto: McClelland & Stewart, 1967.

Rocheleau, J. E. *The Hills and Scenery Were the Principal Object: The Search for a Trade House*. Thompson Falls: Clark's Forge, 2001.

Roe, Jo Ann. *The Columbia River: A Historical Travel Guide*. Golden, Colorado: Fulcrum Pulishing, 1992.

——. *Ranald Macdonald: Pacific Rim Adventure*. Pullman: Washington State University Press, 1997.

Roquefeuil, Canille de. *Journal d'un Voyage Autour du Monde, Pendent Les Annees 1816, 1817 , Et 1819* . 2 vols. Paris: Ponthieu, et al, 1823.

——. *A Voyage Round the World, between the Years 1816—1819* . Londn: Sir Phillips & Co. , 1823.

Ross, Alexander. *Adventures of the First Settlers on the Oregon or Columbia River*:

Being a Narrative of the Expedition Fitted Out by John Jacob Astor to Establish the "Pacific Fur Company"; with an Account of the Indian Tribes on the Coast of the Pacific. London: Smith, Elder & Co., 1849; Chicago: R. R. Dnnelley, 1923; Lincoln, Nebraska: University of Nebraska Press, 1986; Oregon: Oregon State University Press, 2000.

——. *The Fur Hunters of the Far West: A Narrative of Adventures in the Oregon and Rocky Mountains*. London: Smith, Elder & Co., 1855; Chicago: R. R. Donnelly & Sons, 1924; Norman; University of Oklahoma Press, 1956.

——. *Letters of a Pioneer, Alexander Ross. Ed. George Bryce*. Winnipeg: Manitoba Free Press Print, 1903.

——*Red River Settlement: Its Rise, Process And Present State. With Some Account of the Native Races and Its General History, to the Present Day*. London: Smith, Elder & Co., 1856.

Rudland, Lenore. *Fort Fraser: Where the Hell's That?* Sechelt: Eric & Lenore Rudland, 1988.

Russell, Carl P. *Guns on the Early Frontiers: A History of Firearms from Colonial Times through the Years of the Western Fur Trade*. Berkeley: University of California Press, 1957, 1962; Lincoln: University of Nebraska Press, 1980; New York: Barnes & Noble, 1996; New York: Dover Publications, 2005

Sage, W. N. *Sir James Douglas*. Toronto: Ryerson Press, 1930.

Saum, Lewis O. *The Fur Trader and the Indian*. Seattle: University of Washington Press, 1965.

Shardlow, Tom. *David Thompson, a Trail by Stars*. Montreal: XYZ Publishing, 2006.

Shore, Maxine & M. M. Oblinger. *Knight of the Wilderness: The Story of Alexander Mackenzie*. New York: Dodd, Mead & Company; Toronto: McClelland & Stewart, 1943.

Simpson, George, Sir. "*The Character Book of George Simpson, 1832*." *Hudson's Bay Miscellany, 1670—1870*. Ed. Glyndwr Williams. Winnipeg: Hudson's Bay Record Society, 1975.

——. *Fur Trade and Empire: George Simpson's Journal; Remarks Connected with the Fur Trade in the Course of a Voyage from York Factory to Fort George and Back to York Factory, 1824—25; Together with Accompanying Documents*. Ed. Frederick Merk. Cambridge: Harvard University Press 1931, 1968.

——. *Journal of Occurrences in the Athabasca Department, 1820 and 1821*, *and Report*. Ed. E. E. Rich. London: Champlain Society for Hudson's Bay Record Society, 1938.

——. *London Correspondence Inward from Sir George Simpson, 1841—42*. Ed. Glyndwr Williams. Introduction by John S. Galbraith. London: Hudson's Bay record Society, 1973.

——. *Narrative of a Journey Round the Word, During the Years 1841 and 1842*. London: Henry Colburn, 1847.

——. *Narrative of Voyage to California Ports in 1841—42, Together with Voyage to Sitka, the Sandwich Islands & Okhotsk, to Which Are Added Sketches of Journeys Across America, Asia Europe*. Fairfield: Ye Galleon Press, 1998.

——. *Part of Dispatch from George Simpson, Esqr. Governor of Rupert's Land, to the Governor and Committee of the Hudson's Bay Company, London, March 1, 1829; Continued and completed March 24, and June 5, 1829*. Ed. E. E. Rich. London: Champlain Society for Hudson's Bay Record Society, 1947.

Skinner, Constance Lindsay. *Adventurers of Oregon: A Chronicle of the Fur Trade*. New Haven: Yale University Press; Toronto: Glasgow, Brook & Co., 1920.

Smet, Pierre-Jean de. *Letters and Sketches, with a Narrative of a Year's Residence Among the Indian Tribes of the Rocky Mountains*. Philadelphia: M. Fithian, 1843; United Kingdom: Kessinger Publishing, LLC, 2005.

——. *New Indian Sketches*. New York; Boston; Montreal: D. & J. Sadlier, 1863, 1865; New York: 1886; New York: P. J. Kenedy, Excelsior Catholic Publishing House, 1895; Seatle: Shorey Book Store, 1971; Fairfied, Washington: Ye Galleon Press, 1985, 1999.

——. *Origin, Progress and Prospects of the Catholic Mission to the Rocky Mountains*. Philadelphia: M. Fithian, 1843; Fairfield, Washington: Ye Galleon Press, 1967, 1972, 1986.

——. *Oregon Missions and Travels over the Rocky Mountains, in 1845—46*. New York: Edward Dunigan, 1847; Fairfeld, Washington: Ye Galleon Press, 1987.

——. *Western Missions and Missionaries: A Series of Letters*. Now York: P. J. Kenedy, 1859; 1881; New York: James B Kirker, Late Edward Dunigan and Brother, 1863; Shannon, Ireland: Irish University Press, 1972.

——. *Life, Letters and Travels of Father Pierre-Jean de Smet Among the North American Indians*. 4 vols. New York: Francis P. Harper, 1905.

Smith, Dorothy Blakey. *James Douglas: Father of British Columbia*. Toronto:

Oxford University Press, 1971.

Smith, Helen Kreb. *Sitkum Siwash: An Historical Drama about Dr. John McLoughlin of the Hudson's Bay Company and His Family at Fort Vancouver, 1839—1851, with Historical Notes and Critical References*. Lake Oswego: Smith, Smith, and Smith Pub. Co. 1976.

Smith, James K. *Alexander Mackenzie, Explorer: The Hero Who Failed*. Toronto: McGrawHill Ryerson, 1973.

Smith, Robin Percival. *Captain McNeill and His Wife the Nishga Chief*. Surrey: Hancock House, 2001.

Spargo, John. *Two Bennington-Born Explorers and Makers of Modern Canada*. Bradford: Green Mountain Press, 1950.

Sperlin, O. B., ed. "The Indian of the Northwest as Revealed by the Earliest Journals." *Quarterly of the Oregon Historical Society* 17 (1916): 1—43.

Stanton, William. *The Great United States Exploring Expedition of 1838—1842*. Berkeley: University of California Press, 1975.

Strong, Thomas Nelson. *Cathlamet on the Columbia: Recollections of the Indian People and Short Stories of Early Pioneer Days in the Valley of the Lower Columbia River*. Portland: Binfords & Mort, 1906.

Stuart-Stubbs, Basil. *Maps Relating to Alexander Mackenzie: A Keepsake for the Bibliographical Society of Canada (Societe bibliographique du Canada)*. Vancouver: University of British Columbia Library, 1968.

Sturgis, William. *The Journal of William Sturgis*. Ed. S. W. Jackman. Victoria: Sono Nis, 1978.

Szasa, Ferenc Morton. *Scots in the North American West, 1790—1917*. Norman: university of Oklahoma Press, 2000.

Thom, Adam. *The Claims to the Oregon Territory Considered*. London: Smith, Elder and Co, 1844.

Thompson, David. *Columbia Journals*. Ed. Barbara Belyea. Montreal: McGill-queen's University Press, 1994.

——. *David Thompson's Journals. Relating to Montana and Adjacent Regions, 1808—1812*. Ed. M. Catherine White. Missoula: Montana State University Press, 1950. Transcribed from a photostatic copy of the original manuscripts and edited with an introduction by M. Catherine White.

——. *David Thompson's Narrative, 1784—1812*. Ed. Richard Glover and J. B. Tyrrell. Toronto: Champlain Society, 1962.

——. *David Thompson's Narrative of His Explorations in Western America, 1784—1812*. Ed. Joseph Burr Tyrrell. Toronto: Champlain society. 1916.

——. *New Light on the Early History of the Greater Northwest: The Manuscript Journals of Alexander Henry, Fur Trader of the Northwest Company, and of David Thompson, Official Geographer and Explorer of the Same Company, 1799—1814: Explorations and Aventure Among the Indian on the Red, Saskatchewan, Missouri and Columbia Rivers*. Ed. Elliot Coues. 3 vols. New York: Francis P. Harper, 1897; Minneapolis: Ross & Haines, 1965.

——. *Travels in Western North America, 1784—1812*. Ed. Victor G. Hopwood. Toronto: Macmilla, 1971.

Tichenor, Harold. *The Blanket: An Illustrated History of the Hudson's Bay Point Blanket*. Toronto: Quantum, 2002.

——. *The Collector's Guide to Point Blankets of the Hudson's Bay Company and Other Companies Trading in North America*. Bowen Island: Cinetel Film Productions. 2002.

Tod, John. *History of New Caledonia and the Northwest Coast*. 1878. Original copy in Bancroft Library, Berkeley, California.

Tolmie, William Fraser & George M. Dawson. *Comparative Vocabularies of the Indian Tribes of British Columbia: With a Map Illustrating Distribution*. Montreal: Dawson Brothers, 1884.

Tolmie, William Fraser. *Physician and Fur Trader: The Journals of William Fraser Tolmie*. Vancouver: Mitchell Press, 1963.

Tyler, David B. *The Wilkes' Expedition: The First United States Exploring Expedition, 1838—1842*. Philadelphia: The American Philosophical Society, 1968.

Van Kirk, Sylvia. *Many Tender Ties: Women in Fur-Trade Society, 1670—1870*. Norman: University of Oklahoma Press, 1980.

Vandiveer, Clarence A. *The Fur-Trade and Early Western Explortion*. Cleveland: Arthur H. Clark, 1929.

Vincent, William David. *The Astorians*. Pullman: State College of Washington, 1928.

——. *The Hudson's Bay Company*. Pullman: State College of Washington, 1927.

——. *The Northwest Company*. Pullman: State College of Washington, 1927.

——. *Northwest History*. Pullman: State College of Washington, 1930.

Wade, Mark S. *Mackenzie of Canada: The Life and Adventures of Alexander*

Mackenzie, Discoverer. Edinburgh: Blackwood, 1927.

Wallace, W. Stewart, ed. *Documents Relating to the Northwest Company*. Toronto: Champlain Society, 1934.

——. *The Pedlars from Quebec, and Other Papers on the Nor'Westers*. Toronto: Ryerson Press, 1954.

Warre, Henry James. *Overland to Oregon in 1845; Impressions of a Journey Across North America*. Ottawa: Public Archives of Canada, 1976.

——. *Sketches in North America and the Oregon Territory*. London: Dickinson, 1848; Barre, Massachusetts: Imprint Society, 1970.

Whitman, Narcissa. *A Journey Across the Plains in 1836*. Portland: Oregon Pioneer Association, 1891, 1893.

——. *My Journal, 1936*. Ed. Lawrence L. Dodd. Fairfield, Washington: Ye Galleon Press, 1982, 1984, 1994, 2000.

——. *The Letters of Narcissa Whitman, 1836—1847*. Fairfield, Washington: Ye Galleon Press, 1986, 1997.

Whitman, Narcissa, Eliza Spalding & Clifford Merrill Drury. *Where Wagons Could Go: Narcissa Whitman and Eliza Spalding*. Nebraska: University of Nebraska Press, 1997.

Wilkes, Charles. *Narrative of the United State Exploring Expedition: During the Years 1838, 1839, 1840, 1841, 1842*. Philadelphia: Lea and Blanchard, 1845. Abridged edition published in 1851 by G. Putnam in New York.

——. *Theory of the Winds*. New York: G. P. Putnam & Co., 1856.

——. *Western America, Including California and Oregon, With Maps of Those Regions, and of "the Sacramento Valley."* Philadelphia: Lea and Blanchard, 1849.

Wilson, Clifford. *Campbell of the Yukon*. Toronto: Macmillan, 1970.

Woodworth, John & Halle Flygare. *In the Steps of Alexander Mackenzie: Trail Guide*. Kelowna: J. Woodworth, 1987.

Woollacott, Arthur P. *Mackenzie and His Voyages, By Canoe to the Arctic and the Pacific, 1789—1793*. London, Toronto: J. M. Dent & Sons, 1927.

Work, John. *Fur Brigade to the Bonaventura: John Work's California Expedition 1832—1833 for the Hudson's Bay Company*. Ed. Alice Bay Maloney. San Francisco: California Historical Society, 1945.

——. *The Journal of John Work, a Chief-Trader of the Hudson's Bay Company, During His Expedition from Vancouver to the Flatheads and Blackfeet of the*

Pacific Northwest. Cleveland: The Arthur H. Clark Co., 1923.

——. *The Journal of John Work, January to October, 1835*. Introduction and notes by Henry Drummond Dee. Victoria: C. F. Banfield, 1945.

——. *The Snake Country Expedition of 1830—1831: John Work's Field Journal*. American Exploration and Travel Series 59. Norman: university of Oklahoma Press, 1971.

Wright, Allen A. *Prelude to Bonanza: The Discovery and Exploration of the Yukon*. Sidney: Gray's Publishing, 1976.

Wrong, Hume. *Sir Alexander Mackenzie, Explorer and Fur-Trader*. Toronto: Macmillan, 1927.

Xydes, Georgia. *Alexander Mackenzie and the Explorer of Canada*. New York: Chelsea House, 1992.

1826 年运输队道别图

此画由沃尔特·J.菲利普斯所作,描绘了1826年10月前往温哥华堡的陆上运输队与前往新喀里多尼亚的小探险队分别时的情形。运输队的一名成员伊米尼乌斯·辛普森在日志中记录了这一事件,这名来自"西部斜坡"的新手,与詹姆斯·麦克米兰、詹姆斯·德拉蒙德、乔治·巴恩斯顿、托马斯·德鲁蒙德、托马斯·辛克莱及其他25人一起沿着哥伦比亚河前行。这支西行的运输队由约瑟夫·麦吉里夫雷和詹姆斯·麦克杜格尔带队,吸取了1825年詹姆斯·麦克米伦探险(由泰特·育恩担任

向导)的经验。他们于1826年11月3日到达圣詹姆斯堡,验证了到新喀里多尼亚(不列颠哥伦比亚省中部)的一条新路线。哈得孙湾公司总裁乔治·辛普森得以很快构建一个新的运输体系,将哥伦比亚(俄勒冈)与新喀里多尼亚合并,使得落基山脉以西的毛皮贸易利润丰厚。一直到1828年,新喀里多尼亚向奥克那根堡派送的春季货物都是由哥伦比亚运输队经由阿萨巴斯卡山口向东运输。哈得孙湾公司于1938年发行了以这幅梅耶特河上"运输队道别图"为专题的日历。

在大卫·汤普森开辟的经由哥伦比亚河通往太平洋的陆上路线无可争议地被视为发展的主动脉,之前的1828年10月,阿奇博尔德·麦当劳冒着生命危险穿越了在耶鲁附近弗雷泽河的急流,这一事件由A.谢里夫·斯科特定格在如上的图画里,为哈得孙湾公司的1994年日历而作。麦当劳的老板乔治·辛普森(上图中抓着帽子的那位)写道:"这是一条九死一生的道路,因此我不再把它作为水上通道。"

致 谢

感谢罗斯戴尔出版社(Ronsdale Press)负责人不列颠哥伦比亚大学的罗纳德·B. 哈奇(Ronald B. Haltch)教授和作者艾伦·特威格(Alan Twigg)教授慷慨免费授权译者处理*Thompson's Highway*: *British Columbia's Fur Trade*, *1800—1850* : *The Literary Origins of British Columbia*, *Vol*. 3在中国大陆地区的翻译及出版。

译 者

2013年10月30日